Für Liam, Leonardo, Isabella und Naomi.
Schön, dass es euch in meinem Leben gibt.

Angelika Schwarzhuber
Der Weihnachtssee

Autorin

Angelika Schwarzhuber lebt mit ihrer Familie in einer kleinen Stadt an der Donau. Sie arbeitet auch als erfolgreiche Drehbuchautorin für Kino und TV, unter anderem für das mehrfach mit renommierten Preisen, unter anderem dem Grimme-Preis, ausgezeichnete Drama »Eine unerhörte Frau«. Ihr Roman »Hochzeitsstrudel und Zwetschgenglück« wurde für ARD/BR verfilmt. Zum Schreiben lebt sie gern auf dem Land, träumt aber davon, irgendwann einmal die ganze Welt zu bereisen.

Weitere Weihnachtsromane von Angelika Schwarzhuber:

Der Weihnachtswald · Das Weihnachtswunder · Das Weihnachtslied · Das Weihnachtsherz · Die Weihnachtsfamilie · Die Weihnachtsüberraschung

Angelika Schwarzhuber

Der Weihnachtssee

Roman

blanvalet

MIX
Papier | Fördert gute Waldnutzung
FSC® C014496

Penguin Random House Verlagsgruppe FSC® N001967

1. Auflage

produktsicherheit@penguinrandomhouse.de
(Vorstehende Angaben sind zugleich Pflichtinformationen nach GPSR.)

Dieses Werk wurde vermittelt durch die Literarische Agentur Thomas Schlück GmbH, 30161 Hannover.
Redaktion: Alexandra Baisch
Umschlaggestaltung: © Johannes Wiebel | punchdesign; unter Verwendung von Motiven von stock.adobe.com (Mumemories; TWINS DESIGN STUDIO; Igor; Subbotina Anna; lauritta) und Bokeh Blur Background / Shutterstock.com
LH · Herstellung: DiMo
Satz: Uhl + Massopust, Aalen
Druck und Bindung: GGP Media GmbH, Pößneck
Printed in Germany
ISBN: 978-3-7341-1377-2

www.blanvalet.de

Kapitel 1

Vier Kerzen

Bodenmais im Bayerischen Wald

Oh du fröhliche ...« erklang es aus den Boxen des alten Plattenspielers, der noch von Janas Großeltern stammte. Die vier honiggelben Kerzen des Adventskranzes verbreiteten ein warmes, stimmungsvolles Licht. Im Wohnzimmer duftete es nach Bienenwachs und Tannengrün, nach Glühwein und Plätzchen. Im Backofen in der Küche nebenan brutzelte der Gänsebraten vor sich hin. Eigentlich war es wie in jedem Jahr an Weihnachten. *Eigentlich!*

Dennoch fühlt es sich ganz anders an. So als hätte man den Zucker in einer Torte vergessen oder die Gewürze im Lebkuchen, dachte Jana. Kein Wunder, denn es war noch gar nicht Weihnachten, sondern zwei Tage vor Heiligabend. Und zum ersten Mal seit Jana vor gut neunundzwanzig Jahren zur Welt gekommen war, gab es im Haus ihrer Eltern keine rot-gold geschmückte Nordmanntanne mit einem funkelnden Stern auf der Spitze.

»… oh du selige …«

Jana fiel in der zweiten Stimme mit ein und schielte zu ihren Eltern Almut und Franz, die das Lied trotzdem – oder vielleicht gerade deswegen – besonders inbrünstig schmetterten.

Janas sieben Jahre ältere Schwester Christa beschränkte sich wie immer darauf, so zu tun, als ob sie mitsingen würde, dabei bewegte die völlig unmusikalische Anwältin nur die Lippen.

»… freue dich, freue dich …«

Elina strahlte ihre Tante Jana mit einem breiten Lächeln an, als das Lied zu Ende ging. Dabei war die süße kleine Zahnlücke in der oberen Reihe besonders gut zu sehen. Jana zwinkerte zurück. Gleich war es Zeit für die Bescherung.

»Frohe Weihnachten, meine Lieben«, wünschte Franz seiner Familie und fragte dann etwas leiser: »Darf man das überhaupt schon vorher sagen?«

»Das nehmen wir in diesem Jahr einfach nicht so genau«, winkte Almut ab und umarmte erst ihren Mann, dann ihre beiden Töchter und schließlich die fünfjährige Elina.

»Eben. Und übermorgen feiern wir dann noch mal – und zwar ganz anders«, erklärte Christa mit einem zufriedenen Lächeln.

»Ich kann es immer noch nicht glauben. Weihnachten auf einem Kreuzfahrtschiff auf dem Nil und Silvester am Strand von Hurghada«, schwärmte Almut aufgeregt. »So ein großzügiges Geschenk!«

»Ihr habt mich die letzten Jahre mit Elina immer so viel

unterstützt, das ist jetzt mein Dankeschön an euch!«, erklärte Christa, die noch vor der Geburt ihrer Tochter von ihrem Ehemann verlassen worden war. Franz und Almut waren vom ersten Tag an eingesprungen, damit die ehrgeizige Juristin weiterarbeiten und sich eine eigene Kanzlei aufbauen konnte, die inzwischen zu einer der Top-Adressen im Landkreis gehörte.

Franz linste zu seiner jüngeren Tochter, und das schlechte Gewissen stand ihm ins Gesicht geschrieben.

»Wirklich schade, dass du nicht dabei sein kannst, Janinchen«, meinte er etwas bedrückt, und ihm rutschte dabei auch ihr Kosename aus Kindertagen heraus, den er nur ganz selten noch benutzte.

»Janinchen hört sich an wie Kaninchen«, giggelte Elina vergnügt.

»Schon gut, Papa. Ist nun mal so«, sagte Jana. Sie war zwar noch immer sauer auf ihre Schwester, ließ es sich jedoch nicht anmerken, um den anderen den Tag nicht zu verderben. Tatsächlich wäre sie nämlich wirklich auch gerne nach Ägypten mitgekommen. Doch Christa hatte noch nicht einmal daran gedacht, sie zu fragen, sondern die Reise einfach als Überraschung für ihre Eltern gebucht. Sie hatte die Bombe aber erst vor fünf Tagen platzen lassen und damit die Pläne aller für die Weihnachtszeit gehörig durcheinandergewirbelt.

Während Almut vor Freude ganz aus dem Häuschen war, wusste Franz noch nicht so recht, was er von diesem mehr als großzügigen Geschenk seiner Tochter halten sollte. Heiligabend auf einem Deck in der Sonne? Die Pyramiden von

Gizeh anstatt des traditionellen Eisstockturniers mit seinen ehemaligen Kollegen aus der Glasfabrik am zweiten Weihnachtsfeiertag? Spaziergänge am Strand und nicht durch die hiesige Schneelandschaft? Für ihn hörte sich das ehrlich gesagt wenig verlockend an. Dennoch hätte er das Geschenk nie und nimmer ausgeschlagen. Damit hätte er seine älteste Tochter brüskiert. Außerdem wollte er seiner Frau die Freude nicht verderben. Almut hatte schon immer von exotischen Reisen geträumt, doch weiter als bis zur oberen Adria waren sie bisher nie gekommen.

Trotzdem nagte es an ihm, dass seine jüngste und heimliche Lieblingstochter nicht dabei sein würde und die Weihnachtszeit zum ersten Mal ohne die Familie verbringen musste. Und er ohne sie.

»Warum bleibst du nicht einfach trotzdem hier?«, schlug er vor. »Du kannst am Silberberg Skifahren gehen, dich bei uns mit deinen alten Freundinnen treffen und es dir hier im Haus gemütlich machen.«

Eigentlich hatte Jana tatsächlich geplant, die Zeit bis Neujahr bei ihren Eltern zu verbringen. So wie jedes Jahr in den Winterferien, wenn der Kindergarten in München, in dem sie seit sechs Jahren als Erzieherin arbeitete, geschlossen war. Sie liebte ihre alte Heimat im Bayerischen Wald und hatte sich schon auf das Skifahren mit ihren Schulfreunden gefreut, zu denen sie immer noch Kontakt hatte, auf das Schlittschuhlaufen oder die Schneewanderungen mit ihrem Vater. Doch fast zwei Wochen so ganz ohne ihre Familie in dem großen Haus? Da würde sie sich bestimmt einsamer fühlen als in ihrem WG-Zimmer in der Wohnung in München, die sie sich mit zwei Mitbewohnerinnen teilte. Die verbrachten die Feiertage zwar ebenfalls bei ihren Familien, kamen danach aber wieder zurück und hatten sogar eine kleine Silvesterparty geplant, bei der Jana nun dabei sein würde.

»Und Tante Wally würde sich bestimmt auch freuen, wenn du ab und zu bei ihr vorbeischaust, während wir weg sind«, warf ihre Mutter ein.

»Die besuche ich morgen im Seniorenheim, bevor ich nach München zurückfahre«, sagte Jana. Nur wegen der gelegentlichen Besuche bei ihrer Großtante wollte sie auch nicht unbedingt allein im Haus in Bodenmais bleiben.

»Wann gibt es denn die Geschenke?«, drängte Elina, schon ein wenig ungeduldig. Sie war ganz begeistert, dass das Christkind bei ihnen schon ein paar Tage früher kam als bei ihren Freundinnen und Freunden aus dem Kindergarten.

»Jetzt, Spätzchen«, antwortete ihre Oma mit einem breiten Lächeln und reichte Elina eines der Päckchen, die auf dem Tisch neben dem Adventskranz standen.

Während Elina es mit vor Aufregung rosigen Wangen öffnete und sich riesig über einen Lego-Bauernhof freute, reichte Christa ihrer Schwester die obligatorische Flasche Champagner, welche auch die wichtigen Klienten der Kanzlei bekamen, wie Jana wusste.

»Aber wir haben doch letztes Weihnachten ausgemacht, dass wir beide uns gegenseitig nichts mehr schenken«, wandte Jana ein, die sich selbst an die Vereinbarung gehalten und somit kein Präsent für Christa dabeihatte.

»Ist auch eher als kleine Entschuldigung gedacht, weil ich deine Pläne für die Feiertage doch ein wenig durcheinandergebracht habe.«

»Nicht nur für die Feiertage«, konterte Jana. Diesen Einwurf konnte sie sich nicht verkneifen, doch ihre Schwester hatte sich bereits wieder den anderen zugewandt, und es ging weiter mit der Bescherung.

Ihrer Mutter schenkte Jana eine teure Gesichtscreme, die sich die sparsame und in solchen Dingen fast ein wenig knauserige Almut niemals selbst gönnen würde. Und ihr Vater bekam seinen Lieblingswhisky, von dem er sich nur zu besonderen Gelegenheiten ein Gläschen einschenkte.

»Und das hat das Christkind noch für dich gebracht, Elina«, sagte Jana und reichte ihrer Nichte ein größeres Paket.

»Was ist das denn?«

»Pack es aus, dann weißt du es.«

»Schlittschuhe!«, rief die Kleine kurz darauf begeistert und fiel ihrer Tante um den Hals. Die hatte Elina sich schon seit Wochen sehnlichst gewünscht.

»Wenn ihr aus dem Urlaub wieder zurück seid, besuche ich dich gleich am Wochenende, und dann üben wir zusammen«, versprach Jana, die selbst schon als Vorschulkind angefangen hatte, Pirouetten zu drehen. Eigentlich hatte sie vorgehabt, in den Ferien so oft wie möglich mit Elina aufs Eis zu gehen. Überhaupt hätte sie gern viel Zeit mit ihrem Patenkind verbracht. Doch auch diese Pläne hatte ihre Schwester mit der Überraschungsreise zunichtegemacht.

»Lass uns gleich mal nachsehen, ob sie dir passen«, sagte

Jana, die ihre Mutter vor dem Kauf extra nach der aktuellen Schuhgröße der Nichte gefragt hatte.

Eifrig zog Elina die Hausschuhe aus und setzte sich auf einen Hocker. Jana half ihr in die roten Kinderschlittschuhe.

»So, jetzt steh mal auf!«

Sie hielt Elina an den Händen fest, während sich das Mädchen wackelig auf dem dicken Teppich erhob.

»Und?«

»Das drückt ein bisschen, Tante.«

»Echt? Wo denn?«

»An der großen Zehe … Aber das macht nichts. Das geht schon«, beteuerte sie mit einem nicht ganz überzeugenden Lächeln.

»Was für eine Größe ist das denn?«, wollte Christa wissen.

»Die Schuhe sind verstellbar und sollten eigentlich von Größe 26 bis 28 passen«, antwortete Jana.

»Oje – das ist knapp. Elina ist in den letzten Wochen noch mal ziemlich gewachsen, auch die Füße. Sie braucht inzwischen mindestens Größe 28, wenn nicht sogar 29.«

»Da hat das Christkind sich wohl etwas verschätzt.« Jana sah zu ihrer Mutter, die bedauernd mit den Schultern zuckte.

»Ich dachte wirklich, dass es noch locker reichen würde«, murmelte sie. »Tut mir leid.«

Jana unterdrückte ein Seufzen.

»Kann ich jetzt nicht Schlittschuh fahren?«, fragte Elina enttäuscht, und in ihren großen grüngrauen Augen schimmerten Tränen.

»Doch. Auf jeden Fall kannst du das!«, rief Jana rasch. »Wenn du wieder zurück bist, hat das Christkind schon längst welche gebracht, die dir passen, und dann gehen wir beide aufs Eis.«

»Versprochen?«

»Aber klar. Ganz fest versprochen!«

Sie würde die Schuhe gleich nach den Feiertagen im Sportladen in München umtauschen.

Nun wartete noch ein Geschenk von ihren Eltern auf Jana. Normalerweise bekam sie immer einen Gutschein für ein Modegeschäft vor Ort und eine Schachtel mit ihren Lieblingspralinen sowie ein wohlduftendes Duschbad. Auch diesmal hatten ihre Eltern diese Tradition beibehalten. Doch es gab noch eine weitere Überraschung. Almut reichte ihrer Tochter einen kleinen Samtbeutel.

»Was ist das denn?«, fragte sie neugierig.

»Du musst es auspacken, wenn du es wissen willst«, forderte ihr Vater sie lächelnd auf.

Jana staunte, als sie ein Paar goldener Ohrhänger mit Brillanten und jeweils drei nach unten hin größer werdenden hellgrünen Peridot-Steinen herausholte.

»Das sind ja die Ohrringe von Oma Luise!«, rief Christa und hörte sich fast ein wenig neidisch an, wie Jana fand.

»Ja. Und sie sind viel zu schön, um nur im Schmuckkästchen zu liegen. Mir stehen sie leider nicht so gut, aber zu deinen rotbraunen Locken und den hellgrünen Augen passen sie perfekt, Jana«, sagte Almut.

»Die sind wirklich wunderschön! Vielen Dank!«, murmelte Jana berührt und steckte sie gleich an.

»Toll«, schwärmte Franz. »Meine Mutter würde sich freuen, wenn sie dich jetzt damit sehen könnte. Ihr wisst ja, dazu gibt es diese besondere Geschichte.«

»Du meinst, dass Oma Luise am Abend vor ihrer Hochzeit ein Päckchen mit den Ohrringen bekam, auf dem nur ihr Name stand?«, erinnerte sich Christa.

»*Für meine Luise* stand darauf, und sie dachte damals, dass sie ein Geschenk ihres Bräutigams waren, also hat sie sie zur Hochzeit angesteckt«, bestätigte er. »Erst im Laufe des Tages hat sich herausgestellt, dass sie nicht von meinem Vater waren. Danach hat sie den Schmuck nie mehr getragen.«

»Und sie hat echt niemals herausgefunden, von wem das Päckchen stammte?«, wollte Jana wissen.

»Nein. Und falls doch, hat sie keinem Menschen etwas davon erzählt«, antwortete Franz.

Ob da wohl ein geheimnisvoller Verehrer dahintersteckte?, fragte sich Jana. Sie liebte Geheimnisse. Und mit diesem rätselhaften Hintergrund bedeutete ihr der wunderschöne Schmuck gleich noch viel mehr.

»Auf dich wartet übrigens auch noch ein Geschenk, Christa«, sagte Almut. »Aber das bekommst du erst auf dem Schiff.«

Diese Information schien Christas Laune prompt wieder zu heben, und sie machte ihrer Schwester sogar ein Kompliment. »Die Ohrringe passen perfekt zu dir, Jana! Du siehst Oma in jungen Jahren echt auch ein wenig ähnlich, wenn man sich die alten Fotos so anschaut.«

Jana warf einen Blick zu den vielen Bildern, die gerahmt

auf der Kommode standen. Und nicht zum ersten Mal entdeckte auch sie eine gewisse Ähnlichkeit mit ihrer vor zehn Jahren verstorbenen Oma Luise, die auf dem alten Hochzeitsfoto aus den Fünfzigerjahren genau diese Ohrringe trug.

»Vielen Dank. Ich freue mich wirklich sehr!«, sagte Jana und umarmte nacheinander ihre Mutter und ihren Vater. Sie würde das Geschenk in Ehren halten.

»So. Und ich geh jetzt mal in die Küche und schau nach dem Braten!«, verkündete Almut.

»Moment, Mutter!«, hielt Christa sie zurück. »Elina hat noch Geschenke für euch.«

Sie nickte ihrer Tochter zu, und die Kleine flitzte hinaus in den Flur zur Garderobe. Kurz drauf kam sie mit ihrem Rucksack zurück.

»Das hab ich im Kindergarten gemacht!«, erklärte Elina und holte für ihre Großeltern zwei selbst gebastelte Weihnachtswichtel und für Jana ein kleines Album heraus, das sie mit Fotos und Deko-Sachen beklebt und bemalt hatte.

Jana drückte die Kleine fest an sich.

»Wie toll! Danke, du Süße. Ich freue mich riesig darüber.«

Auch ihre Oma und ihr Opa waren begeistert über das putzige Geschenk ihrer Enkelin.

Während Almut, Franz und Christa sich in der Küche um das Essen kümmerten, hockte Jana mit Elina im Wohnzimmer auf dem Teppich und blätterte durch das Album. Im Hintergrund lief leise Weihnachtsmusik.

»Das sind die Kinder von der roten Gruppe!«, erklärte die Kleine ihrer Tante bei einem Bild vom ersten Kindergartentag im vergangenen September. Elina stand zwischen einem blonden Mädchen und einem rothaarigen Jungen, der eine grasgrüne Brille trug. Einige der Kinder kannte Jana von Elinas letztem Kindergeburtstag, von Besuchen auf dem Spielplatz oder aus der Nachbarschaft.

Ein weiteres Bild zeigte Elina und einen etwas kleineren Jungen, der eine rote Schirmmütze bis über die Nasenspitze gezogen hatte, wie sie Händchen haltend und mit kleinen Rucksäcken auf dem Rücken durch den herbstlichen Wald stapften.

»Wer ist das denn?«

»Finn. Aber der kommt nicht mehr«, erklärte die Kleine, und ihr Lächeln war plötzlich verschwunden.

»Du meinst, nach den Ferien.«

Sie nickte.

»Warum das denn?«

Sie zuckte mit den Schultern.

»Weiß nicht.«

»Hm. Das ist wirklich schade. Zieht er denn um?«

Wieder zuckte sie mit den Schultern, und Jana hatte das Gefühl, dass Elina nicht mehr dazu sagen wollte, obwohl sie noch nicht alles erzählt hatte.

»Schau Tante, da war der Nikolaus im Kindergarten!« Elina deutete auf ein anderes Bild mit einem etwas moppeligen Jungen. »Der Flori hat sich gefürchtet, weil er immer so frech ist.«

»Ach je, der arme Kerl«, meinte Jana. Sie selbst hatte

sich als kleines Mädchen vor allem vor dem Krampus gefürchtet, der den Nikolaus meistens begleitet und die Kinder mächtig erschreckt hatte. Schon Tage vorher hatte sie vor Aufregung kaum mehr schlafen können und war zu ihrer großen Schwester ins Bett geschlüpft.

»Aber es war gar nicht schlimm«, beteuerte Elina.

»Na dann ist es ja gut.«

»Essen ist fertig!«, rief Franz ins Wohnzimmer, und Jana und Elina standen auf und gingen ins Esszimmer.

Gänsebraten mit Blaukraut und Knödeln war eines von Janas Lieblingsgerichten, das es nur an Weihnachten bei ihren Eltern gab.

»Mama, das kriegst nur du so gut hin!«, schwärmte Jana, die selbst keine allzu talentierte Köchin war.

»Aber ich habe das Blaukraut geschnitten. Das war auch ganz schön viel Arbeit!«, erinnerte Franz.

»Wir wissen es alle: Du bist der wahre Küchenheld, Papa!«, meinte Christa trocken.

»Allerdings. Die Nachspeise hab schließlich auch ich gemacht!«

»Was gibt es denn heute zum Dessert?«, fragte Jana neugierig.

»Ein weihnachtliches Schwarzwälder-Kirsch-Tiramisu!«, verriet Franz.

»Und Plätzchen!«, ergänzte Almut.

»Ich mag Plätzchen!«, rief Elina mit großen Augen.

»Aber nicht zu viele, nicht, dass du Bauchweh kriegst«, meinte Christa, die etwas streng sein konnte, was den Süßigkeitenkonsum ihrer Tochter betraf.

»Ach, übrigens. Ich habe gehört, dass ab März eine Stelle als Erzieherin im Kindergarten frei wird!«, meinte Franz plötzlich, während er sich noch mehr Soße über den Braten goss.

»Bitte, Franz! Denk an dein Cholesterin«, ermahnte Almut ihren Mann und wandte sich, ohne eine Antwort abzuwarten, gleich darauf an Jana: »Dort suchen sie wohl schon länger. Warum bewirbst du dich nicht? Die würden dich bestimmt mit Handkuss nehmen.«

»Ich hab doch meinen Job in München.«

»Aber kein richtiges Leben. Wenn du dir noch nicht mal eine eigene Wohnung leisten kannst«, ließ Christa in ihrer überaus direkten Art verlauten. »Mit fast dreißig noch immer in einer WG?«

»Für mich ist das okay. Außerdem könnte ich es mir leisten, wenn ich es wollte«, beteuerte Jana ein wenig trotzig. Bei den hohen Mietpreisen würde aber tatsächlich der größte Teil ihres Gehalts für eine eigene Wohnung draufgehen.

»Denk einfach darüber nach«, empfahl ihre Mutter. »Nach so langer Zeit kannst du doch wirklich …«

»Wann geht euer Flug morgen noch mal?«, unterbrach Jana sie, da sie auf das, worauf ihre Mutter gerade anspielte, ganz bestimmt nicht eingehen wollte.

»Um zwölf Uhr fünfzig«, antwortete Christa. »Und nachdem für morgen Vormittag hier in der Gegend Schneefall angesagt ist, sollten wir zur Sicherheit spätestens um halb neun Uhr losfahren.«

Bis zum Flughafen in München brauchte man mit dem

Auto normalerweise knapp zwei Stunden, wenn nichts dazwischenkam. Allerdings konnte einem das Winterwetter im Bayerischen Wald da manchmal durchaus einen Strich durch die Rechnung machen.

»Wäre es nicht besser, schon um acht Uhr aufzubrechen?«, überlegte Almut. Sie wollte den Flug auf keinen Fall verpassen, nur weil sie aus irgendeinem Grund nicht rechtzeitig am Flughafen ankämen.

»Na gut. Meinetwegen schon um acht Uhr«, stimmte Christa zu.

»Jetzt bin ich aber pappsatt!«, verkündete Franz nach dem Dessert und zahlreichen Plätzchen mit Punsch und lehnte sich auf dem Stuhl zurück.

Und auch Jana würde keinen weiteren Bissen mehr runterbekommen.

»In meinen Bauch passt bestimmt noch ein Vanillekipferl«, beteuerte Elina und wollte sich gerade eines aus der Schale nehmen, doch ihre Mutter zog sie vor ihrer Nase weg.

»Das reicht jetzt wirklich, Schatz.«

»Ach je. Und es ist immer noch so viel übrig!« Almut seufzte.

»Weil du auch immer viel zu viel kochst!«, meinte Franz lakonisch.

»Pack es doch einfach in den Gefrierschrank!«, schlug Christa vor.

»Der ist doch schon rappelvoll«, erklärte ihre Mutter. »Ich hatte das meiste für die ganzen Feiertage schon längst eingekauft, als wir von deiner Überraschung erfahren haben.«

»Du hättest uns wirklich schon ein wenig früher von der Reise erzählen können!«, platzte es nun auch aus Jana heraus. Aber wie üblich reagierte Christa nicht auf etwaige Vorwürfe.

»Jana, du kannst doch alles mitnehmen, was sich nicht bis zu unserer Rückkehr hält!«, schlug sie stattdessen vor.

Da Jana für sich selbst noch nichts eingekauft hatte, war das tatsächlich eine gute Idee.

Sie unterhielten sich noch eine Weile über die bevorstehende Reise, dann stand Christa auf.

»Elina, hol bitte deinen Rucksack, wir sollten uns so langsam auf den Heimweg machen. Du musst ins Bett und ich noch die restlichen Sachen packen.«

»Aber ich wollte noch mit Tante Jana Lego spielen«, protestierte Elina.

»Das machen wir, wenn du wieder zurück bist«, versprach Jana.

Zwanzig Minuten später verabschiedeten sie sich vor dem Haus. Jana knuddelte Elina und gab ihr einen Kuss auf die Wange.

»Ich wünsche euch ganz viel Spaß auf der Reise«, sagte sie. »Und wenn du am Strand eine Muschel findest, bringst du sie mir dann mit?«

»Eine ganz große, Tante!«

»Das ist leider nicht erlaubt. Das fällt doch unter Artenschutz!«, warf Christa ein.

»Dann macht einfach schöne Bilder davon und schickt sie mir!«, sagte Jana und umarmte zuletzt auch ihre Schwester. »Habt eine gute Zeit in Ägypten.«

»Und du in München!«

»Wir holen euch morgen pünktlich um acht Uhr ab!«, rief Franz den beiden hinterher, bevor sie ins Auto stiegen.

Jana half ihrem Vater, die Küche aufzuräumen, während Almut die Weihnachtsdekoration im Wohnzimmer in Kartons verstaute, in denen sie nun wieder ein Jahr lang im Keller auf ihren nächsten großen Auftritt wartete.

»Am liebsten würde ich hier bei dir bleiben und die drei alleine nach Ägypten fliegen lassen«, verriet Franz leise, während er Teller, Gläser und Besteck in den Geschirrspüler räumte. »Ich hab sogar schon überlegt, ob ich vielleicht so ganz zufällig meinen Reisepass verlegt haben könnte.«

Jana grinste.

»Mama würde dir den Kopf abreißen.«

»Ja. Das würde sie. Und Christa würde sie anschließend vor Gericht verteidigen.«

»Und gewinnen.«

Die beiden kicherten.

»Jetzt komm, Papa. Freu dich einfach. Und mach dir meinetwegen bitte keine Gedanken, nur weil ich an den Feiertagen alleine bin«, sagte sie dann. Sie wollte nicht, dass ihr Vater sich deswegen schlecht fühlte. »Ich bin schon ein ziemlich großes Mädchen und komme klar. Und vielleicht ist es ja sogar eine schöne Erfahrung, die Weihnachtsferien mal in München zu verbringen und mich dort mit Freunden und Kolleginnen zu treffen.«

»Trotzdem … Ich finde, dass …«

»Franz?«, rief Almut aus dem Wohnzimmer. »Kannst du mir bitte schnell mal helfen?«

»Komme schon!«

Er lächelte seiner Tochter zu und verschwand aus der Küche.

Kapitel 2

Zu viele Plätzchen

Und die Ananas hält sich auch nicht mehr bis zu unserer Rückkehr«, sagte Almut und legte die aromatisch duftende Frucht in die große Klappbox, die schon bis oben hin mit Gemüse und Obst, angebrochenen Packungen Toast, Keksen und Nüssen, sowie den Resten des gestrigen Abendessens gefüllt war. Dann reichte sie ihrer Tochter eine Thermotasche. »Da drin sind die Sachen aus dem Kühlschrank, die in den nächsten zwei Wochen ablaufen. Und auch die französische Salami, die du so gern magst und der Feigenkäse.«

»Mama! Das reicht jetzt aber wirklich. Ich kann das doch nie im Leben alles futtern!«, protestierte Jana.

»Ach, das geht schon. Deine Mitbewohnerinnen freuen sich bestimmt auch darüber, wenn sie nach den Feiertagen zurückkommen«, meinte ihr Vater. »Und Almut, gib unserer Kleinen auch noch zwei Flaschen vom guten Pinot Noir mit, den ich extra wieder für Heiligabend im Elsass beim Weingut Bernard Beaulieu bestellt habe.«

»Hab ich doch schon längst eingepackt!«, antwortete

Almut und verschwand noch mal in der Speisekammer. Den edlen Wein hatte Jana vorhin bereits mit den Weihnachtsgeschenken in ihrer Reisetasche verstaut.

Sie sah auf die Armbanduhr.

»Ihr müsst in zehn Minuten los«, mahnte sie, als ihre Mutter mit zwei Blechdosen wieder zurück in die Küche kam.

»Die Plätzchen sind für dich. Und die hier ...«, sie nickte zur kleineren Dose, »... sind für Tante Wally. Und sag ihr einen ganz lieben Gruß von uns. Wir rufen sie an den Feiertagen auf jeden Fall mal an.«

»Falls wir Handy-Empfang haben!«, warf Franz ein.

»Das wird schon klappen.« Almut war guter Dinge.

»Ich richte es Tante Wally aus«, versprach Jana.

Dann beeilten Franz und Almut sich, ihre Koffer und Taschen ins Auto zu laden. Die Verabschiedung fiel kurz, aber herzlich aus. Schließlich winkte Jana ihnen hinterher. In diesem Moment trieb ein pfeifender eisiger Wind einzelne kleine Schneeflocken vor sich her. So langsam setzte der angekündigte Schneefall wohl ein. Fröstelnd eilte Jana zurück ins Haus und schloss rasch die Tür hinter sich. Sie trank noch in aller Ruhe ihren Kaffee aus, spülte das Geschirr vom Frühstück, kontrollierte, ob alle Geräte im Haus auch wirklich ausgeschaltet waren, packte dann die Reisetasche in den Kofferraum und ihren Rucksack, den sie statt einer Handtasche nutzte, und die Lebensmittel auf die Rückbank. Sie war schon im Begriff einzusteigen, als ihr einfiel, dass sie ja auch noch den Karton mit den Schlittschuhen mitnehmen musste, die sie in München umtauschen wollte. Sie stellte sie neben die Reisetasche und ihre eigenen Schlittschuhe.

Als sie losfuhr, fielen schon größere Schneeflocken vom Himmel. Kurz überlegte sie, ob sie besser gleich nach München aufbrechen sollte, bevor es richtig losging. Aber sie hatte versprochen, Wally zu besuchen, und die kinderlose und seit wenigen Jahren verwitwete Großtante wäre sicher sehr enttäuscht, wenn sie ihr so kurzfristig absagte. Auf einen Sprung würde sie auf jeden Fall bei ihr vorbeischauen.

Da sie wusste, wie sehr die Tante ihrer Mutter Blumen liebte, hielt sie unterwegs an einer Gärtnerei und besorgte rosafarbene Rosen mit einer glitzernden weihnachtlichen Deko.

»Ach, du bist wirklich ein Engel, Jana«, schwärmte Wally, die eigentlich Waltraud hieß. »Wie schön, dass du gekommen bist. Und die Blumen – einfach herrlich! Vielen, vielen Dank, meine Liebe!«

Die erstaunlich rüstige Sechsundachtzigjährige holte für die Rosen eine Kristallvase aus einer Kommode und stellte sie auf den Tisch, der schon für den Besuch ihrer Großnichte gedeckt war. Jana und Wally nahmen Platz, und die alte Dame schenkte dampfend heißen Pfefferminztee ein, den sie in der kleinen Küchenzeile ihres gemütlich eingerichteten Apartments zubereitet hatte.

»Die Plätzchen soll ich dir von Mama geben.« Jana reichte Wally die kleinere Dose. »Sie werden sich irgendwann an den Feiertagen aus dem Urlaub bei dir melden. Und wenn sie zurück sind, kommen sie dich gleich besuchen, soll ich ausrichten.«

»Schon gut. Die sollen jetzt einfach mal ihre Reise genießen. Ägypten – das ist ja wirklich mal was ganz Besonderes.«

Jana nickte.

»Wieso fährst du eigentlich nicht mit?«, wollte Wally wissen.

»Irgendwie hat sich das nicht ergeben«, wich sie aus, ohne zu verraten, dass sie gar nicht erst gefragt worden war.

Wally öffnete den Deckel der Dose und schnupperte mit einem verzückten Ausdruck im Gesicht an den Plätzchen.

»Ach, wie gut die duften. Da läuft einem doch gleich das Wasser im Mund zusammen«, schwärmte sie und seufzte dann.

»Ist was, Tante Wally?«, fragte Jana.

»Eigentlich nicht. Aber … na ja, meine Ärztin meinte letzte Woche, dass ich dringend mit den Süßigkeiten bremsen muss. Irgendwelche Werte sind wohl neuerdings etwas zu hoch bei mir.«

»Aber wenn du nur ab und zu eines isst, kann das doch nicht so schlimm sein, oder?«

»Das Problem ist, wenn ich erst mal anfange, dann verputze ich gleich die halbe Dose«, gab sie zu und fügte noch hinzu: »Oder die ganze.«

»Das solltest du vielleicht wirklich lieber nicht machen, Tante Wally. Das kommt bei deiner Ärztin sicher nicht so gut an«, sagte Jana.

»Stimmt. Andererseits – ich werde in acht Wochen siebenundachtzig. Wer weiß schon, wie viele Weihnachten ich noch erlebe?«, meinte Wally plötzlich mit einem verschmitzten Lächeln. »Und diese Haselnuss-Kringel von deiner Mama, die sind einfach unwiderstehlich. Nicht wahr?«

Jana nickte. »Oh ja. Da kann ich mich auch kaum zusammenreißen.«

Wally griff in die Dose und nahm sich ein Plätzchen, das sie genussvoll in den Mund schob. Gleich darauf folgten eine Mini-Nussecke und eine Kokosmakrone mit Schokoladenüberzug.

»Hm. Und diese schwarz-weißen hier – die liebe ich ganz besonders. Die sind doch nach dem Rezept von Cousine Elly, oder?«

Jana nickte, während Wally sich auch noch dieses Plätzchen gönnte.

Schließlich seufzte sie erneut, schloss den Deckel und schob die Dose zu Jana.

»Siehst du? Ich kann einfach nicht aufhören. Besser, du nimmst sie wieder mit. Sonst habe ich sie noch vor dem Mittagessen aufgefuttert.«

»Bist du dir wirklich sicher, Tante Wally?«

»Nein. Aber nimm sie trotzdem mit.«

Vermutlich war das am vernünftigsten. Trotzdem tat sie Jana ein klein wenig leid.

»Aber dafür habe ich die herrlichen Blumen. Die halten auf jeden Fall länger als so ein schneller Genuss, der mir sowieso nur schadet«, tröstete sich Wally und lächelte tapfer. »Und ich hab hier noch was für dich, Jana.«

»Aber du sollst mir doch nichts schenken, Tante Wally!«, protestierte Jana. Schließlich wusste sie, dass das Seniorenheim den Großteil der Rente der ehemaligen Sekretärin verschlang.

»Es ist wirklich nur eine Kleinigkeit«, sagte Wally und holte ein Päckchen aus der Schublade.

»Vielen Dank! Darf ich es gleich aufmachen?«, fragte Jana neugierig.

»Normalerweise erst an Heiligabend! Aber ... eigentlich ist es auch egal. Du kannst ruhig schon reinschauen. Dann sehe ich wenigstens, ob du dich darüber freust.«

Jana öffnete das hübsch verpackte Päckchen und holte eine kleine Schachtel hervor, die sie aufklappte. Darin lag auf Watte gebettet eine kleine Schildkröte aus Glas.

Jana sah ihre Tante verdutzt an.

»Aber Tante Wally, das ist ja deine Glücksschildkröte!«, rief sie.

»Schön, dass du sie noch kennst«, sagte Wally mit einem Lächeln.

»Natürlich. Ich kann mich gut daran erinnern, dass ich manchmal damit spielen durfte, wenn ich dich als Kind besucht habe.«

»Und du warst immer sehr vorsichtig damit«, sagte die Tante.

Für Jana war es als Kind immer etwas ganz Besonderes, wenn sie die kleine Glasfigur in die Hand nehmen durfte. Vor allem, nachdem Wally ihr erzählt hatte, dass sie die Schildkröte selbst als kleines Mädchen von ihrem Vater bekommen hatte, der genau wie Janas Vater Glasbläser gewesen war. Er hatte sie für Wally selbst angefertigt. Als Glücksbringer.

»Das ist wirklich total lieb, Tante Wally, aber ich kann doch unmöglich deinen Talisman annehmen.«

Die alte Dame lächelte.

»Meine liebe Jana, das kannst du sehr wohl. Ich hatte in meinem Leben immer sehr viel Glück. Auch wenn es mal Probleme gab. Ich glaube fest daran, dass mir die Schildkröte in ganz vielen Situationen Glück gebracht hat. Und es würde mich besonders freuen, wenn ich wüsste, dass sie zukünftig bei dir in guten Händen ist. Und vielleicht bringt sie dir genau so viel Glück wie mir.«

Jana schluckte.

»Aber Tante Wally …«, begann sie. Doch diese unterbrach sie.

»Jetzt hör mir mal zu. Ich habe keine Kinder, und nach meinem Tod – der hoffentlich noch eine Weile auf sich warten lässt – hättest du sie ohnehin bekommen. Da ist es doch viel schöner, wenn ich sie dir noch selbst geben kann, nicht wahr?«

»Ja … schon … das ist wirklich schöner«, sagte Jana und betrachtete das kleine Tier aus Glas, das im Licht der Kerzen funkelte.

»Und es ist ja nicht so, als würde ich dir die blaue Mauritius oder ein Fabergé-Ei schenken«, scherzte sie und zwinkerte vergnügt.

»Für mich ist die kleine Schildkröte aber genauso kostbar. Danke, Tante Wally. Ich werde gut darauf aufpassen«, versprach Jana.

»Aber gerne doch, meine Liebe!«

Während sie Tee tranken und Wally sich doch noch ein weiteres – allerletztes – Plätzchen aus der Dose stibitzte, erzählte die Seniorin unterhaltsame Anekdoten von ihren Mitbewohnerinnen und dem Personal und vor allem von der bevorstehenden großen Feier an Heiligabend, auf die sie sich schon freute.

»Stell dir vor: In diesem Jahr soll ich die Weihnachtsgeschichte vorlesen! Ich bin schon jetzt ein wenig aufgeregt.«

»Das kann ich mir vorstellen, aber du machst das bestimmt mit links«, ermunterte Jana sie und bemerkte bei einem Blick aus dem Fenster, dass der Schneefall deutlich stärker geworden war. Es war vernünftiger, bald aufzubrechen. Und so verabschiedete sie sich früher, als sie ursprünglich vorgehabt hatte. Doch Wally hatte dafür Verständnis.

»Komm gut nach Hause, meine liebe Jana, und fahr vorsichtig!«

»Das mache ich. Und dir ganz schöne Feiertage, Tante Wally.«

»Oh, die werde ich bestimmt haben. Die lassen sich hier ja immer ein ganz besonderes Programm für unsere Rentnergang einfallen.«

Jana lachte und war froh, dass Wally in jeder Lage ihren Humor behielt und sich im Seniorenheim so gut aufgehoben fühlte.

Der Schnee knirschte unter ihren Füßen, als Jana zum Auto ging und die Scheiben erst mal freikehren musste, bevor sie losfahren konnte. Jana hoffte, dass ihre Eltern problemlos und rechtzeitig am Flughafen ankommen würden. Sie warf einen Blick auf die Uhr. Es war kurz vor halb elf. Eigentlich müssten sie bald dort sein.

Das Fahrzeug vor ihr hatte ein Kölner Kennzeichen und fuhr extrem langsam. *Vermutlich Urlauber,* dachte sie. Der schon etwas betagt aussehende Mann am Steuer war solche Wetterbedingungen offenbar nicht gewohnt, und sie kamen nur schrittweise voran. Kurz überlegte sie, ob es vielleicht schlauer wäre, heute doch noch im Haus ihrer Eltern zu bleiben. Aber vorhin hatte die Wettervorhersage im Regionalradio gemeldet, dass in großen Teilen Niederbayerns auch für die nächsten Tage Schneefälle zu erwarten waren, die Fahrt nach München würde somit nicht sehr viel einfacher werden. Eher das Gegenteil wäre vermutlich der Fall.

Plötzlich waren an den Fahrzeugen vor ihr die Bremslichter zu sehen, und der Verkehr kam völlig zum Erliegen. Jana schaltete den Motor ab und wartete geduldig. Nach einer Weile fuhr ein Rettungswagen mit Blaulicht an ihr vorbei. Es sah ganz nach einem Unfall aus, und erst einmal ging für sie gar nichts weiter.

»Na toll!«, murmelte sie und vertrieb sich die Zeit mit dem Handy auf ihrem Instagram-Kanal.

Sie wartete schon fast fünfzehn Minuten, und inzwischen war ihr kalt geworden. Die Verkehrsapp zeigte zwei Kilometer vor ihr eine Vollsperrung nach einem Unfall. Sie seufzte. Das konnte sich noch länger hinziehen! Plötzlich kam ihr ein Gedanke. Sie musste nicht warten, bis die Straße wieder frei war. Schließlich war sie hier aufgewachsen und kannte viele Schleichwege. Damit würde sie die Sperrung umgehen und später auf die Bundesstraße 11 Richtung Deggendorf kommen. Beherzt startete sie ihren Kleinwagen und machte mit einigem Hin- und Herrangieren auf der Straße kehrt. Als sie langsam in die Gegenrichtung der wartenden Autos davonfuhr, sah sie im Rückspiegel, dass auch andere Fahrzeuge dasselbe machten.

Im Radio lief eines ihrer liebsten Weihnachtslieder: *Driving Home for Christmas* von Chris Rea. Bei ihr war es in diesem Jahr genau umgekehrt, dachte sie. Dabei fiel ihr auf, dass sie nicht die Wohnung in München mit dem WG-Zimmer als ihr Zuhause betrachtete, auch wenn sie schon einige Jahre dort lebte, sondern nach wie vor das Haus ihrer Eltern in Bodenmais.

Obwohl sie die Gegend gut kannte, verlor sie im immer dichter werdenden Schneetreiben bald die Orientierung, weil die Sicht sich auf wenige Meter beschränkte. Selbst das Navi schien Probleme zu haben und schickte sie auf seltsame Wege.

»Jetzt rechts abbiegen!«, sagte die Stimme an einer Abzweigung.

»Aber das kann doch überhaupt nicht sein«, murmelte Jana verwirrt und entschied sich dann aus dem Bauch heraus für links. Die kleine abgelegene Straße war noch nicht geräumt und offenbar schon eine Weile lang von niemandem mehr befahren worden, es waren nämlich keine frischen Reifenspuren im Schnee zu sehen. Obwohl es noch nicht einmal Mittag war, war es düster. Immer weniger Häuser tauchten in der Nähe auf. Wo war sie denn jetzt nur gelandet?

»Bitte in einem Kilometer wenden!«

Also hatte sie sich doch verfahren? Oder wollte das Navi sie einfach nur auf eine andere Strecke führen, die kürzer war?

Das Vorankommen wurde auf der schneeglatten Fahrbahn immer mühsamer und gefährlicher. Alles um sie herum war nur noch weiß! Obwohl sie überaus langsam fuhr, hätte sie im dichten Schneetreiben fast die nächste enge Kurve übersehen und wäre im Graben gelandet. Ihr Herz klopfte schneller. Es war wohl eine blöde Idee gewesen, bei dem Wetter nach München fahren zu wollen. Auch wenn sie es sich immer noch nicht vorstellen konnte, die Feiertage ganz allein im Haus der Eltern zu verbringen, gestand sie sich ein, dass es vernünftiger wäre, hier in Bodenmais zu bleiben. Zumindest bis die Straßen geräumt und wieder gut befahrbar waren. Sie würde umkehren. Doch da sie angesichts der Schneemenge und der schlechten Sicht nicht mehr richtig einschätzen konnte, ob sie beim Zurücksetzen gegen einen Pfosten stoßen oder in einem Graben landen würde, musste sie weiterfahren, bis sie eine sichere Gelegenheit zum Wenden fand. Sie konzentrierte sich darauf, auf der kleinen Straße zu bleiben. Aber war sie überhaupt noch auf einer befestigten Straße? Langsam zweifelte sie daran, und sie wollte einfach nur noch so schnell wie möglich auf eine Hauptstraße kommen und zum Haus der Eltern zurückfahren. Als sie um eine weitere abschüssige Kurve fuhr, bemerkte sie im Licht der Scheinwerfer irgendetwas, das vor ihr vorbeihuschte! *Eine weiße Katze!* Die sie im Schnee fast übersehen hätte!

Obwohl sie wusste, dass sie genau das Falsche tat, konnte

sie den Reflex nicht unterdrücken, auf die Bremse zu treten, um das Tier nicht zu überfahren. Was dann geschah, fühlte sich an, als würde alles in Zeitlupe und gleichzeitig ganz schnell im Bruchteil einer Sekunde passieren. Sie schrie auf und versuchte, das Lenkrad herumzureißen. Doch sie hatte bereits die Kontrolle über den Wagen verloren. Das Auto rutschte einen Abhang hinunter und blieb nach einigen Metern in einem Graben leicht auf die Beifahrerseite gekippt im Tiefschnee stecken.

Kapitel 3

Das Haus am See

Einen Augenblick dachte Jana, das wär's jetzt gewesen. Ihr Herz klopfte bis zum Zerspringen, und sie zitterte wie Espenlaub. Der Sicherheitsgurt drückte unangenehm gegen ihre Brust. Zum Glück trug sie eine dick wattierte Jacke, die den Aufprall etwas abgemildert hatte.

»Heiliger Scheibenkleister«, keuchte sie heiser. Vor Schreck platzte dieser Spruch aus ihr heraus, den ihr Vater so gern verwendete.

Jana hatte Angst, sich zu bewegen, weil sie befürchtete, dass das Auto dann noch weiter kippen und sich womöglich den restlichen Hang hinunter überschlagen könnte. Einige Minuten lang blieb sie starr sitzen und wagte kaum zu atmen. Doch irgendwann wurde ihr klar, dass sie aussteigen musste. Die Wahrscheinlichkeit, dass ihr in der abgelegenen Gegend bei diesem Wetter bald jemand zu Hilfe kam, war eher gering. Vermutlich konnte man sie von der Straße oben gar nicht sehen. Das Handy hatte sich vom Verbindungskabel gelöst und lag irgendwo im Fußraum der Beifahrerseite. Nach ein paar Minuten gelang es ihr endlich, sich aus dem Sicherheitsgurt zu befreien, wobei sie auf die Beifahrerseite rutschte. Ihre Angst, dass der Wagen noch weiter kippen könnte, stellte sich als unbegründet heraus. Das Auto steckte im tiefen Schnee regelrecht fest.

»Du kommst hier raus, Jana. Ganz bestimmt«, machte sie sich selbst Mut.

Sie beugte sich zum Handy und schob es zusammen mit dem Schlüsselbund in die Jackentasche. Die Box mit den Lebensmitteln auf der Rückbank war umgekippt, und die Sachen hatten sich im Auto verstreut. Doch darum konnte sie sich jetzt erst mal nicht kümmern. Sie streckte die Arme aus, griff nach ihrem Rucksack und hängte ihn sich um. Dann öffnete sie die Fahrertür und drückte sie so weit auf, dass sie hinauskraxeln konnte, was durch die schräge Lage alles andere als einfach war. Kaum war sie draußen, versank sie bis über die Knie im Schnee, und der eisige Wind und die dicken Schneeflocken peitschten ihr schmerzhaft ins Gesicht. Jana japste gerade nach Luft, als sie das Vibrieren ihres Handys spürte. Mit klammen Fingern holte sie es aus der Jackentasche. Ein Anruf von ihrer Mutter! Ausgerechnet jetzt!

»Hallo ... hallo Mama!«, keuchte sie, noch nicht wieder ganz Herrin über ihre Stimme. Doch ihre Mutter schien das nicht zu bemerken.

»Huhu Jana«, meldete sie sich blendend gelaunt. »Wir sind gut am Flughafen angekommen. Kurz nach Deggendorf hat es schon wieder aufgehört zu schneien, und unser Flug wird pünktlich starten.«

»Super. Das freut mich!«, rief Jana gegen den pfeifenden Wind an.

»Was sagst du, Jana? Die Verbindung ist irgendwie nicht so gut.«

»Dass ich mich freue«, wiederholte Jana noch ein wenig lauter.

»Ich kann dir gar nicht sagen, wie aufgeregt ich schon bin!«

Jana wusste, wie lange ihrer Mutter schon von einer solchen Reise träumte.

»Das glaub ich.«

»Und du? Bist du schon unterwegs nach München?«, wollte Almut wissen, und Jana hörte im Hintergrund ihren Vater, der ihr ständig dazwischenredete, damit sie Jana einen Gruß ausrichtete.

»Ja, aber ich ...«, Jana sprach nicht weiter. Wenn sie ihrer Mutter jetzt erzählte, dass sie mit dem Auto irgendwo im Nirgendwo im Graben gelandet war und um sie herum ein Schneesturm tobte, hätte Almut vor lauter Sorge um sie während des Fluges nach Ägypten sicher keine ruhige Minute mehr. Ganz zu schweigen von ihrem Vater! Sie wollte ihnen den Start in den Urlaub auf keinen Fall vermiesen. Außerdem könnten sie ohnehin nichts für sie tun. Sie musste sich selbst um Hilfe kümmern. Zum Glück hatte sie hier Empfang. Nur auf ihr Auto würde sie wohl vorerst verzichten müssen.

»Ich bin schon unterwegs. Bei mir ist alles okay, Mama«, beteuerte sie deswegen und versuchte, sich so unbefangen wie möglich anzuhören.

»Was? Bei dir rauscht es so schrecklich. Ich versteh dich ganz schlecht, Jana.«

»Kein gutes Netz hier«, schwindelte sie.

»Sieht so aus.«

»Reden wir später, wenn ihr angekommen seid. Grüß alle noch mal von mir und guten Flug.«

»Mache ich. Danke!«

»Tschüss, Mama!«

Dann legte Jana auf. Ihre Finger waren inzwischen eiszapfenkalt, und auf ihren Schultern und dem Kopf lag Schnee. Es fühlte sich an, als ob ihre Ohren gleich abfrieren würden. Sie musste dringend Handschuhe und Mütze aus dem Rucksack holen. Als sie das Handy zurück in die Jackentasche stecken wollte, rutschte es ihr aus der Hand und schlitterte einige Meter die Böschung hinunter, wo es in einer Kuhle verschwand.

»Nein!«, schrie Jana erschrocken. Das durfte doch nicht wahr sein! Wie viel Pech hatte sie heute denn noch? Plötzlich kam ihr die kleine Schildkröte in den Sinn. Seitdem sie das Glastier von ihrer Tante bekommen hatte, lief überhaupt nichts mehr gut. Im Gegenteil. Und das sollte ein Glücksbringer sein? Sie musste ihr Handy unbedingt finden, damit sie Hilfe rufen konnte. Aber zuerst öffnete sie den Rucksack, schüttelte sich den gröbsten Schnee vom Kopf, bevor sie ihre Mütze aufsetzte, dann schlüpfte sie bibbernd in die Handschuhe.

»Was für ein verdammter Mist! Aber du schaffst das schon, Jana!«

Sie versuchte vorsichtig nach unten zu steigen. Dabei stieß sie mit dem Fuß gegen etwas Hartes – einen Baumstamm oder Felsen? –, verlor das Gleichgewicht und stürzte.

Hilflos rutschte sie einige Meter nach unten, schaffte es dann aber abzubremsen, bevor es noch weiter nach unten ging. Ihr Herz pochte wie wild. Verzweifelt rappelte sie sich auf und beschloss, die Suche nach dem Handy vorerst aufzugeben. Es war einfach viel zu gefährlich. Sie wollte nicht riskieren, in dem unwegsamen Gelände noch mal zu stürzen und sich womöglich zu verletzen.

Und jetzt?

Voller Panik blickte sie sich um, sah die steile Böschung hinauf. Es würde nicht ganz einfach werden, wieder nach oben auf die Straße zu kommen, aber ihr blieb nichts anderes übrig, wenn sie nicht hier unten erfrieren wollte. Sie wollte sich gerade in Bewegung setzen, da entdeckte sie aus dem Kamin eines Hauses ein paar hundert Meter entfernt Rauch aufsteigen. Wenn dort unten jemand wohnte, führte da sicher auch eine Straße hin. Sie nahm die Umgebung noch mal genauer in Augenschein, und tatsächlich schien keine zehn Meter weiter links von ihr ein – wenn auch völlig zugeschneiter – Weg in die Richtung des Hauses zu führen. Sie entdeckte ein kleines Holzschild, das zur Hälfte aus dem Schnee herausschaute. Die Schrift konnte sie nicht lesen. Schritt für Schritt bewegte sie sich darauf zu und wischte den Schnee vom Schild. *Zum See* stand darauf. Außerdem entdeckte sie frische Spuren, die vielleicht von der weißen Katze stammten. War sie dort unten zu Hause? Jedenfalls erhoffte sie sich dort Hilfe zu finden.

Der Sturm wurde immer stärker, ihr war eiskalt, sie musste dringend ins Warme. In ihren Wimpern verfingen sich immer mehr eisige Schneeflocken, und sie musste blinzeln, um überhaupt etwas zu sehen. Langsam kämpfte sie sich im dichten Schneetreiben auf das Haus zu.

Als sie näherkam, entdeckte sie neben dem Haus ein bis zur Hälfte eingeschneites Auto, das sie in ihrer Hoffnung bestärkte, dass jemand da war. Ihr Herz machte vor Freunde einen Luftsprung, als sie durch ein Fenster sah und feststellte, dass drinnen Licht brannte. Also war tatsächlich jemand daheim.

»Ich hab's geschafft!«, murmelte sie.

Nur noch wenige Meter trennten sie von der Treppe, die zur Haustür führte, da stolperte sie über ein im Schnee nicht zu sehendes Hindernis und stürzte erneut. Rasch hob sie den Kopf und schnappte nach Luft.

»Verdammt!«, schimpfte sie und rappelte sich hoch. So gut es ging wischte sie sich den Schnee aus dem Gesicht und klopfte ihn von ihrer roten Jacke, bevor sie die letzten Meter ging. Endlich hatte sie es geschafft. Bibbernd vor Kälte stapfte sie die drei Stufen hoch und drückte auf den Klingelknopf.

Kapitel 4

Alte Bekannte

Gefühlt dauerte es eine kleine Ewigkeit, bis endlich jemand die Tür öffnete. Vor Erleichterung hätte Jana fast geheult.

»Entschuldigung, dass ich störe. Ich bin mit meinem Auto im Graben gelandet und habe mein Handy verloren. Kann ich bitte reinkommen?«, bat sie den dunkelhaarigen Mann vor ihr atemlos und wischte sich mit dem Handrücken den bereits schmelzenden Schnee aus dem Gesicht.

»Äh, ja klar«, antwortete er etwas überrumpelt, trat zur Seite, und Jana stapfte an ihm vorbei in den Flur.

»Danke!«

Rasch schloss er die Haustür und sperrte den heulenden Wind und weitere Schneeflocken aus, die in der kurzen Zeit über den kleinen Teppich geweht waren, der auf den Fliesen im Flur lag. Sofort umfing Jana eine angenehme Wärme.

»Ist es okay, wenn ich mich hier eine Weile aufwärme?«, fragte sie, immer noch vor Kälte zitternd.

»Klar. Aber sei bitte nicht so laut!«, bat er sie flüsternd. »Sonst weckst du den Kleinen auf.«

Sie nickte wortlos, zog Mütze und Handschuhe aus und schlüpfte rasch aus der Jacke.

»Gib mir die Jacke, die kann im Bad abtropfen. Und warte hier kurz ...«

»Okay.«

Er verschwand im Badezimmer, und Jana zog ihre Stiefel aus. Gleich darauf kam er mit einem Handtuch zurück und reichte es ihr.

»Hier.«

»Danke«, sagte sie leise und rubbelte sich die tropfnassen Haare, während er in eine große Wohnküche voranging. Dort flackerte ein fröhliches Feuer in einem Schwedenofen. Allein dieser Anblick war eine unglaubliche Wohltat. Mit einem Seufzer der Erleichterung stellte Jana sich davor, um sich aufzuwärmen. Dabei warf sie dem jungen Mann, etwa in ihrem Alter, einen Blick zu und musterte ihn zum ersten Mal etwas genauer.

»Sag mal, kennen wir uns nicht?«, fragte sie, während sie das Handtuch wie einen Turban um ihre langen nassen Haare wickelte. »Du kommst mir irgendwie bekannt vor.«

Nun nahm auch er Jana genauer in Augenschein und schien ein besseres Gedächtnis zu haben als sie.

»Du bist doch Jana! Jana Böhm, oder?«, sagte er, während sie immer noch überlegte, wer er war.

»Stimmt.«

»Ich bin's. Toni. Ich war in der Grundschule in deiner Parallelklasse.«

Und endlich fiel der Groschen.

»Toni Nestler! Genau! Du hast dich ja echt ganz schön verändert«, rutschte es ihr heraus.

Aus dem damals schmächtigen und unscheinbaren Jungen war ein attraktiver Kerl geworden, der einen Kopf größer war als sie.

»Und du siehst irgendwie immer noch aus wie damals!«

»Ich weiß nicht, ob ich das gut oder schlecht finden soll«, meinte sie.

Er zuckte mit den Schultern.

»Ach, vermutlich keines von beiden … Aber sag mal, was ist denn passiert? Und wieso bist du bei dem Wetter überhaupt mit dem Auto unterwegs gewesen?«

»Ich war bei meinen Eltern in Bodenmais zu Besuch und wollte nach München zurückfahren. Aber dann kam es wegen eines Unfalls zu einer Komplettsperrung, und ich wollte eine andere Strecke nehmen«, sprudelte sie los. »Ich hatte nicht damit gerechnet, dass das Wetter sich so dramatisch verschlechtern würde. Das ging alles so schnell. Es wurde schlagartig immer schlimmer. Irgendwann habe ich die Orientierung verloren und wusste nicht mehr, wo ich war. Und das Navi war mir auch keine Hilfe. Also habe ich beschlossen, umzukehren und zum Haus meiner Eltern zurückzufahren, aber plötzlich tauchte direkt vor mir auf der Straße eine weiße Katze auf, und beim Ausweichen bin ich im Graben gelandet.«

»So ein Mist!«

»Allerdings. Dann hab ich auch noch mein Handy im Schnee verloren und konnte keine Hilfe rufen. Und dann hab ich dein Haus gesehen.«

»Da hast du noch mal Glück gehabt«, meinte er und ließ Wasser in einen blauen Kessel laufen, den er auf eine Herdplatte stellte. »Möchtest du einen Tee?«

»Sehr gern.«

Sie hatte das Gefühl, dass sie bis in ihr Inneres ausgekühlt war.

»Schwarztee oder lieber Früchte?«

»Früchte bitte.«

Toni holte eine Glaskanne aus einem Regal und hängte zwei Teebeutel hinein.

Janas Hände prickelten schmerzhaft, während sie langsam wieder warm wurden, und die nasse Jeans klebte unangenehm an ihren Beinen.

»Sag mal, hast du vielleicht irgendwas für mich zum Anziehen, bis meine Sachen wieder trocken sind?« Sie deutete auf die Hose und Socken. Ihr Pullover war unter der dicken Jacke zum Glück weitgehend trocken geblieben.

Er nickte, wirkte jedoch leicht genervt. Kein Wunder, er hatte an diesem Tag bestimmt nicht mit einem unangekündigten Überraschungsbesuch wie ihr gerechnet.

»Okay. Warte …«

Toni verschwand aus der Wohnküche, und Jana sah sich inzwischen um. Die Einrichtung wirkte nicht mehr ganz neu und war ein wenig zu rustikal für ihren Geschmack, aber trotzdem gemütlich. An der Wand hing ein Kalender mit Tierbildern, der jedoch noch den Monat November anzeigte. Zahlreiche Termine waren handschriftlich mit unterschiedlichen Farben eingetragen. An den Wänden zeigten verblasste rechteckige Stellen an, dass offenbar erst kürzlich

Bilder abgenommen worden waren. Jana fand es etwas ungewöhnlich, dass so kurz vor den Feiertagen, mit Ausnahme eines Schokoladenkalenders, an dem jedoch zahlreiche Türchen gar nicht geöffnet waren, kein bisschen weihnachtlich dekoriert war. Zumindest nicht in diesem Raum oder draußen im Flur. Als der Teekessel anfing zu pfeifen, nahm Jana ihn von der Herdplatte und goss das sprudelnd heiße Wasser in die Kanne.

»Ich hab dir die Sachen ins Badezimmer gelegt! Links die zweite Tür«, sagte Toni, als er ein paar Minuten später wieder zurückkam.

»Super. Und nochmals vielen Dank, Toni. Das ist echt total nett von dir.«

»Schon gut.«

Auf dem Fensterbrett im Badezimmer lagen eine dunkelgraue Jogginghose und ein paar schwarze Socken. Beides war ihr zu groß, aber sie fühlte sich sofort wohler, als sie in die trockenen Sachen geschlüpft war. Ihre Jeans und die Socken legte sie über den Heizkörper, an dem bereits ihre Jacke hing. Sie wickelte das Handtuch vom Kopf und sah in den Spiegel. Ihre Wangen waren von der Kälte noch immer stark gerötet, und die Wimperntusche, die sie heute Morgen aufgetragen hatte, hatte dunkelgraue Spuren unter ihren Augen hinterlassen. Sie wusch sich das Gesicht mit warmem Wasser und Seife, bis die dunklen Flecken ganz verschwunden waren. Dann nahm sie eine Bürste aus einem Regal und kämmte ihre zerzausten dicken Locken, bevor sie die Haare föhnte und wieder zu einem Dutt zusammenband.

Als sie zurück in die Wohnküche kam, hatte Toni den Tee bereits in zwei große Becher eingeschenkt und auf den großen quadratischen Holztisch gestellt, an dem locker acht Leute Platz fanden.

»Es tut mir echt leid, dass ich dir so viele Umstände mache«, sagte sie, während sie auf der gepolsterten Eckbank Platz nahm. »Und ich muss dich noch was fragen. Kannst du mir vielleicht auch dein Telefon leihen?«

Sie wollte sich ein Taxi rufen, das oben an der Straße warten und sie zum Haus ihrer Eltern fahren sollte. Wobei ihr jetzt schon davor graute, den ganzen Weg durch den Schnee wieder hinaufzugehen und die Sachen aus ihrem Auto zu holen. Zumindest das, was schlecht werden konnte. Um das Abschleppen des Autos würde sie sich später kümmern.

Wortlos holte er sein Handy aus der Hosentasche und reichte es ihr.

»Ist es okay, wenn ich damit nach der Adresse für ein Taxi googele?«

»Klar. Aber ich kann mir nicht vorstellen, dass du da Glück haben wirst.«

Er sollte recht behalten. Als nach mehrmaligen Versuchen bei der Nummer endlich überhaupt jemand antwortete, wurde ihr bedauernd mitgeteilt, dass alle Fahrten wetterbedingt fürs Erste eingestellt waren. Und auch der Abschleppdienst vertröstete sie auf einen unbestimmten Zeitpunkt.

»Na toll!«, rief sie frustriert, nachdem sie aufgelegt hatte. »Was soll ich denn jetzt machen? Ich kann doch nicht hierbleiben!«

»Ich fürchte, dir wird vorerst nichts anderes übrigbleiben«, sagte Toni und hörte sich nicht sonderlich begeistert hat. »Ich hoffe selbst, dass sich das Wetter bald bessert und die Straßen geräumt werden. Morgen Mittag geht nämlich unser Flug von München nach Hamburg.«

»Unser?«, fragte sie neugierig und griff nach der Teetasse.

Noch bevor er antworten konnte, öffnete sich mit einem leisen Knarzen die Tür zur Wohnküche, und ein kleiner Junge kam herein, ein hellbraunes Stofftier fest an sich gedrückt. Er trug einen grünen Jogginganzug, und seine dunklen Haare waren vom Schlaf zerzaust. Jana schätzte ihn etwa auf viereinhalb bis fünf Jahre.

»Hey, Krümel! Du bist ja schon wach«, sagte Toni freundlich, plötzlich in einer ganz anderen Tonlage, und stand auf.

»Du hast einen Sohn?«, fragte Jana überrascht, während der Kleine sie schüchtern ansah.

Toni schüttelte den Kopf.

»Das ist mein Neffe.«

»Hallo, ich bin Jana«, sagte sie zu dem Kind. »Und wie heißt du?«

»Finn«, antwortete er so leise, dass Jana ihn gerade noch verstehen konnte.

»Magst du was essen?«, fragte Toni.

Finn schüttelte den Kopf und drückte das kleine Stofftier noch fester an sich, das sie inzwischen als ein Erdmännchen identifiziert hatte.

»Hab keinen Hunger.«

Jana spürte, dass Finn etwas zu bedrücken schien. Seine hübschen hellbraunen Augen wirkten eigenartig stumpf, als ob das Licht dahinter erloschen wäre.

»Setz dich doch zu uns, Finn!«, forderte Jana ihn auf, doch er blieb stehen.

»Verrätst du mir denn, wie dein Stofftier heißt?«

Und nun entdeckte sie ein kleines Funkeln in seinen Augen.

»Xaverl«, antwortete er und kam etwas näher.

»Xaverl? Das ist aber ein schöner Name.«

»Das ist ein Erdmännchen«, fügte er hinzu.

»Erdmännchen sind total süß. Hast du denn schon mal eines in echt gesehen?«

Er nickte.

»Ja. Mit meiner Mama im Zoo.«

Kaum hatte er das gesagt, verschwand das Funkeln wieder, und er schaute rasch zu seinem Onkel.

»Was meinst du? Sollen wir was spielen, Krümel?«, fragte der.

Jana warf einen Blick zu Toni, der sichtlich um ein Lächeln bemüht war, das jedoch eher traurig als aufmunternd wirkte. Was war denn hier los?

»Ich hab eine Idee. Hol doch mal die Dominosteine aus dem Wohnzimmer.«

Finn nickte und verschwand aus der Küche.

»Was ist denn mit ihm?«, fragte Jana sofort.

Toni atmete einmal tief durch, dann sagte er leise: »Meine Schwester Margit, sie … sie ist vor vier Wochen völlig überraschend an einem geplatzten Aneurysma gestorben.«

Kapitel 5

Noch mehr Besuch

Oh Gott, das ist ja schrecklich für den Jungen und seinen Papa«, sagte Jana nach einem kurzen Moment, in dem sie die Nachricht hatte sacken lassen.

»Er hat leider auch keinen Papa mehr. Nur noch mich«, antwortete Toni, doch bevor er das weiter erklären konnte, kam Finn mit einer gelben Kiste zurück, die er auf den Boden stellte.

»Hey, du warst ja ganz schön schnell«, sagte Toni. Er hockte sich zu ihm, und sie begannen, mit bunten Dominosteinen eine lange Strecke aufzustellen.

Beim Spielen war Finn ein wenig abgelenkt. Er lächelte sogar, als Toni versehentlich gegen einen Stein stieß und die bisher aufgestellte bunte Steine-Reihe klackernd umkippte.

»Oje. Jetzt müssen wir wieder von vorne anfangen«, meinte Toni bedauernd.

»Macht nix«, murmelte der Kleine.

»Soll ich euch vielleicht ein wenig helfen?«, fragte Jana.

»Gern«, sagte Toni.

Als sie alle Steine in einer schlangenförmigen Linie fast

durch die ganze Wohnküche aufgebaut hatten, stupste Finn einen Stein an, damit alle umfielen.

»Das hat ja super geklappt!«, rief Jana begeistert und lächelte Finn an.

»Noch mal?«, fragte Toni, doch sein Neffe schüttelte den Kopf und begann schon mit dem Aufräumen.

»Nach dem Essen müssen wir in deinem Zimmer noch die Spielsachen aussuchen, die du nach Hamburg mitnehmen möchtest.«

Finn nickte nur.

Jana hätte gern mehr über die ganzen Umstände erfahren, doch in Anwesenheit des Kindes wollte sie nicht fragen. Während sie half, die Steine aufzuräumen, warf sie immer wieder mal einen Blick nach draußen, doch der Schneefall ließ einfach nicht nach. Im Gegenteil. Inzwischen war es schon Mittag, und sie hatte keine Ahnung, wie lange sie hier noch festsitzen würde. Und das auch noch ohne ihr Handy!

»Da ist eine Mieze!«, rief Finn plötzlich.

»Wo?«, fragte Toni.

»Na da!« Finn deutete zum Fenster. Dort saß tatsächlich die Katze, der Jana vorhin oben auf der Straße ausgewichen war. Zumindest sah sie ihr sehr ähnlich.

»Gehört die euch?«, fragte sie.

»Nein«, antwortete Toni. »Aber wir haben sie in den letzten Tagen öfter hier ums Haus herumschleichen sehen. Keine Ahnung, wo die hingehört.«

»Die sucht bestimmt ein trockenes Plätzchen als Unterschlupf«, sagte Jana.

»Darf sie reinkommen, Onkel Toni?«

»Ich weiß nicht, ob das so eine gute Idee ist«, meinte Toni skeptisch.

»Aber bei dem Wetter kann sie doch nicht draußen bleiben. Vielleicht hat sie ja kein Zuhause«, warf Jana ein.

»Bitte, Onkel Toni. Die Katze soll reinkommen«, bat Finn leise.

Er sah kurz zu seinem Neffen.

»Na gut. Aber nur solange es draußen so stürmt. Danach muss sie wieder raus. Nicht, dass sie sich daran gewöhnt, hierherzukommen.«

Toni ging zum Fenster und öffnete es. Mit einem Satz sprang die Katze herein, sah sich kurz um und setzte sich dann auf einen kleinen Teppichläufer vor der Küchenzeile. Dort begann sie sofort, sich zu putzen. Finn bewegte sich langsam auf sie zu und kniete sich vor das Tier. Die weiße Katze mit dem lustigen schwarzen Fleck auf der rechten Vorderpfote, hielt kurz inne und sah den Jungen an, bevor sie ihr nasses Fell weiter leckte.

»Sie sieht schon etwas abgemagert aus«, meinte Jana. Sie liebte Katzen, hatte als Kind immer welche gehabt und hätte auch nur zu gern in München eine gehabt, aber ihre WG-Wohnung ohne Balkon direkt an der stark befahrenen Fraunhoferstraße war kein geeigneter Platz für eine Katze.

»Hast du vielleicht irgendwas zum Fressen für sie?«, fragte Jana.

Toni zuckte mit den Schultern.

»Viele Lebensmittel sind nicht mehr da, weil wir morgen nach Hamburg aufbrechen und ich deswegen nicht mehr viel eingekauft habe.«

Bei diesen Worten ließ Finn wieder traurig den Kopf hängen.

»Dann lebst du also in Hamburg?«, fragte Jana, der das nicht entgangen war.

»Ja. Ich habe dort zusammen mit einem Kumpel ein Büro für unsere Online-Reiseagentur. Finn wird zu mir ziehen. Nicht wahr, Krümel?«, er wandte sich an seinen Neffen. »Dort richten wir ein ganz tolles Zimmer für dich ein, und wir haben auch schon einen Kindergartenplatz.«

Finn machte keinen sonderlich glücklichen Eindruck, nickte aber.

Die Katze hörte auf, sich zu putzen, und drückte sich an den Jungen, der nicht so recht wusste, wie er damit umgehen sollte.

»Ich glaub, sie mag dich, Finn«, sagte Jana und lächelte ihm aufmunternd zu. »Bestimmt will sie gestreichelt werden.«

Vorsichtig begann Finn, über das noch immer nasse Fell der Katze zu streicheln, die ihren Kopf nur umso fester an ihm rieb und maunzte.

»Im Gefrierfach ist noch eine große Packung Fischstäbchen. Die wollte ich für Finn und mich zu Mittag mit Bratkartoffeln machen. Frisst eine Katze sowas?«, fragte Toni.

»Das würde gehen. Meine Katzen mochten alle ab und zu mal Fischstäbchen, aber ohne die Panade.«

»Kartoffeln auch?«

»Ja. Die können sie auch fressen.«

»Dann probieren wir das mal aus.«

Toni heizte den Ofen vor, holte die Packung mit 15 Fischstäbchen heraus, gab sie auf ein Backblech und schob es ins Backrohr. Dann schälte er bereits gekochte Kartoffeln, schnitt sie in Scheiben und briet sie in einer großen Pfanne in Butter an. Eine halbe Kartoffel legte er für die Katze zur Seite.

Beim Duft des Essens lief Jana das Wasser im Mund zusammen. Sie beschäftigte sich weiter mit Finn und der Katze, die – im Gegensatz zu Finn – alles andere als scheu war und es sehr genoss, dass Jana und der Junge sie ausgiebig streichelten.

»Essen ist fertig!«

Toni stellte eine Platte mit Fischstäbchen und die Pfanne mit den Bratkartoffeln auf einen Untersetzer auf den Tisch. Dazu hatte er eine halbe Salatgurke in etwas dickere Scheiben geschnitten.

»Wie viele Fischstäbchen sollen wir der Katze geben?«, fragte er Jana.

»Vielleicht zwei oder drei. Esst ihr beide mal in Ruhe, ich kümmere mich darum«, bot sie an.

»Unsinn! Das reicht locker für uns alle. So wie es aussieht, wirst du ja noch ein wenig länger hier bei uns festsitzen. Also bitte, greif zu …«, sagte er, während er drei Fischstäbchen auf einen kleinen Teller für die Katze legte.

»Wenn du meinst, dann gern.«

Jana konnte sich nicht daran erinnern, dass ihr Fischstäbchen und Kartoffeln jemals so gut geschmeckt hatten. Nebenbei zerteilte sie die halbe Kartoffel und den Fisch für die Katze, nachdem sie die Panade entfernt hatte. Als alles abgekühlt war, stellte sie den Teller auf den Boden. Sofort begann das Tier gierig zu fressen.

»Schau mal, Krümel, die Katze mag das auch sehr. Genau wie du.«

Doch Finn stocherte nur lustlos in seinem Essen herum.

»Das ist normalerweise eines der wenigen Gerichte, die Finn, ohne zu murren, isst«, sagte Toni und wirkte ein wenig ratlos. »Ich weiß oft gar nicht mehr, was ich ihm machen soll.«

»Sag mal, was isst du denn sonst gern, Finn?«, fragte Jana den Kleinen.

Finn zuckte nur mit den Schultern.

Toni seufzte, streichelte dann kurz über den Kopf des Jungen.

»Wir werden das schon noch rausfinden, nicht wahr, Krümel?«

»Mhm.«

»Du hast vorhin gesagt, dass du auf dem Weg nach München warst, Jana. Du lebst also auch nicht mehr hier in der Gegend?«, fragte Toni.

»Nein. Ich arbeite seit sechs Jahren in München in einem Kindergarten.«

Während sie ein wenig von ihrer Arbeit erzählte, hatte die Katze bereits alles aufgefressen und den Teller blitzblank ausgeleckt. Dann sprang sie mit einem Satz auf das Fensterbrett und begann laut zu miauen.

»Sie will wieder raus«, sagte Finn.

In diesem Moment klingelte es mehrmals hintereinander an der Tür, und alle drei zuckten zusammen.

»Wer kommt denn jetzt?«, fragte Toni verblüfft. Er stand auf und ging hinaus in den Flur. Die Katze folgte ihm. Gleich darauf erklangen aufgeregte Stimmen, und Finn wirkte ängstlich. Seine Gabel rutschte ihm aus der Hand und landete scheppernd im Teller. Er erschrak und zog den Kopf ein.

»Nichts passiert, Finn«, sagte Jana in lockerem Ton. »Sollen wir vielleicht mal nachschauen, wer da geklingelt hat?«

»Okay.«

»Na dann komm mit.«

Sie stand auf und streckte ihm die Hand hin, die er jedoch nicht ergriff. Doch er folgte ihr nach draußen in den Flur.

Dort standen vier Leute, ähnlich eingeschneit wie sie selbst vorhin. Bevor Toni die Haustür schloss, bemerkte Jana gerade noch, wie die Katze zwischen seinen Beinen hindurch nach draußen verschwand.

Jana war ein wenig besorgt und hoffte, dass das Tier irgendwo einen trockenen Unterschlupf hatte. Immerhin hatte die Katze gerade genügend gefressen und musste zumindest nicht hungern.

»Wir waren auf dem Rückweg von unserer Chorprobe. Aber die Straße war gesperrt, deswegen hat Stephan Schleichwege genommen. Dann kam eine Kurve, das Auto fing an zu schlingern, und plötzlich sind wir in den Graben gerutscht«, erzählte eine Frau ganz aufgelöst.

»Aber zum Glück hat der tiefe Schnee uns schnell ausgebremst, und uns ist nichts passiert«, sagte eine andere

Frau, die sich gerade eine vom Schnee durchnässte Wollmütze vom Kopf zog.

»Es war aber schon knapp. Sehr knapp sogar«, meinte ein etwas klein gewachsener, aber ziemlich breitschultriger Mann mit südländischem Akzent, den Jana nicht zuordnen konnte.

»Wir haben bei der Polizei angerufen, aber die haben uns nur vertröstet. Momentan herrscht offenbar überall in der Gegend das absolute Chaos, und es kann noch eine Weile dauern, bis jemand kommt, den Wagen aus dem Graben zieht und uns abholt«, hörte Jana eine weitere Stimme sagen.

Eine Stimme, von der sie gehofft hatte, sie niemals mehr wieder hören zu müssen. Sie erstarrte, und ihr Herz begann mit einem Mal schneller zu klopfen. Instinktiv wollte Jana sich umdrehen und zurück in die Wohnküche flüchten – oder besser noch ganz aus dem Haus –, aber ihre Beine zitterten zu sehr. Und wo hätte sie bei dem Schneesturm auch hinsollen?

Kapitel 6

Alte Erinnerungen

Jana?!«

Er hatte sie inzwischen entdeckt und sah sie völlig konsterniert an.

»Hallo Stephan!«, murmelte Jana und wunderte sich, dass sie überhaupt einen Ton herausbrachte.

»Wohnst du hier?«

»Äh, nein. Mir ging es so ähnlich wie euch. Ich bin vorhin auch einen Umweg gefahren und in den Graben gerutscht. Und dann bin ich hier gestrandet«, erklärte sie und versuchte, so normal wie möglich zu klingen, was leichter gesagt als getan war. Das Auftauchen ihres drei Jahre älteren Exfreundes warf sie gerade völlig aus der Bahn. Sie hatten sich damals nicht im Guten getrennt, und Jana hatte ihm noch immer nicht verziehen, dass er sie nach drei Jahren Beziehung von heute auf morgen wegen einer anderen Frau verlassen hatte. Und das nur wenige Tage bevor sie in ihre erste gemeinsame Wohnung gezogen wären.

»Das blaue Auto oben im Schnee mit dem Münchner Kennzeichen gehört dir?«, fragte Stephan.

»Ja«, antwortete sie.

Niemanden schien es sonderlich zu überraschen, dass Jana und Stephan sich kannten.

»Wir wollten nicht einfach so hier hereinschneien, aber wo hätten wir sonst hinsollen?«, meinte eine der beiden Frauen, die schätzungsweise um die sechzig waren und sich so ähnlich sahen, dass Jana sie für Schwestern hielt. Zudem kamen die beiden ihr bekannt vor. Aber das war kein Wunder in einem so überschaubaren Ort wie Bodenmais, in dem sie einen Großteil ihres Lebens verbracht hatte, da war man jedem schon mindestens einmal begegnet, auch wenn man die Person nicht sofort zuordnen konnte.

»Das war das einzige Haus in der Nähe«, fügte die andere Frau hinzu, deren Wangen von der Kälte rosig glänzten. Sie rieb die Hände fest aneinander, um sie aufzuwärmen.

»Schon gut«, sagte Toni, obwohl er über die weiteren Hilfesuchenden, die nun aus ihren Jacken, Mänteln und Schuhen schlüpften, nicht glücklich wirkte.

»Aber das ist ja … der kleine Finn!«, rief die etwas Kleinere der Frauen plötzlich, als sie den Jungen entdeckte, und ihre Stimme war voller Mitgefühl.

Finn sah sie schüchtern an, so, als ob er überlegte, wer sie war.

»Du kennst mich doch, Finn? Ich bin die Paula. Du weißt schon, vom Friseurladen.« Sie zog als Letzte ihre Mütze herunter. »Die dir die Haare oft geschnitten hat. Und das ist meine Schwester Gitti. Die kennst du auch. Sie hat deiner Mama immer die Haare gemacht.«

Und nun wusste auch Jana, wieso die Frauen, jetzt beide

ohne Kopfbedeckung und nicht mehr dick vermummt in ihren Mänteln, ihr bekannt vorkamen. Die *Meier-Schwestern* waren eine Art Institution im Ort. So gut wie jeder kannte sie, egal ob man im alteingesessenen Friseurgeschäft Meier Kunde war oder nicht. Die Schwestern waren nicht nur Geschäftspartnerinnen, sie lebten auch zusammen in der Wohnung über dem Laden.

»Musste das jetzt sein?«, zischte Toni Paula leise zu und sah dann besorgt zu seinem Neffen, in dessen Augen nach ihren Worten Tränen schimmerten.

Doch Paula ließ sich davon nicht beeindrucken. Sie ging in die Hocke und streckte die Arme aus.

»Komm mal her und lass dich drücken, kleiner Schatz!«, sagte sie herzlich.

Und zu Tonis offensichtlicher Überraschung ging der Kleine zu ihr und ließ sich fest umarmen.

»Das ist so traurig mit deiner Mama!«, hörte Jana sie mitfühlend sagen und musste schlucken. »Wirklich ganz schrecklich traurig. Aber irgendwann wird es dir wieder besser gehen. Glaub mir, mein Kleiner, das weiß ich ganz bestimmt.«

Nach einer Weile löste Paula die Umarmung und stand schwungvoll wieder auf. Ihre Schwester Gitti streichelte dem Kleinen liebevoll über den Kopf und wandte sich dann an Toni.

»Dann bist du bestimmt der Onkel aus Hamburg, oder?«, fragte sie.

»Ja. Ich bin Toni.«

»Ich weiß schon.« Paula wandte sich wieder an Finn.

»Stell dir vor, Finn, als dein Onkel noch klein war, habe ich ihm auch ein paarmal die Haare geschnitten.«

Der Kleine warf einen fragenden Blick zu seinem Onkel. Der nickte.

»Ja, das stimmt. Jetzt erinnere ich mich wieder dran«, bestätigte Toni. »Und ich versuche heute noch, die Fotos mit den damals frisch geschnittenen Haaren zu verstecken«, versuchte er einen Scherz.

»So schlimm war es ganz bestimmt nicht«, meinte Paula mit einem milden Lächeln.

»Ist es okay, wenn wir so lange hier warten, bis ein Auto durchkommt und uns oben an der Straße abholen kann?«, wechselte Stephan abrupt das Thema.

»Ich kann euch ja schlecht alle wieder in die Kälte rausschicken«, meinte Toni trocken. »Klar ist das okay für mich.«

»Ich verspreche, dass wir keine Minute länger bleiben werden, als es unbedingt nötig ist«, fügte Stephan noch hinzu und vermied es dabei geflissentlich, Jana anzuschauen.

»Schon gut«, sagte Toni. »Ich gehe nicht davon aus, dass wir hier wochenlang eingeschneit festsitzen werden.«

Egal ob nur ein paar Stunden oder Wochen – Jana fühlte Panik in sich aufsteigen. Seit der unseligen Trennung damals hatte sie alles getan, um Stephan Kornmüller aus dem Weg zu gehen und keinen Kontakt mehr zu ihm haben zu müssen. Von allen Menschen hier in der Gegend, die, genau wie sie, oben an der Straße die Kontrolle über den Wagen verlieren konnten, musste es ausgerechnet er sein?

Eine halbe Stunde später saßen sie in der Küche um den Tisch und tranken Tee und Kaffee, um sich aufzuwärmen. Finn hockte neben Paula und war mit einem Malbuch beschäftigt. Stephan ging auf und ab und telefonierte ununterbrochen, versuchte, doch noch jemanden aufzutreiben, der sie so bald wie möglich hier abholen und nach Hause bringen würde. Doch bisher war ihm das nicht geglückt. Die Einsatzkräfte in der Gegend waren mit wirklichen Notfällen beschäftigt, und bei dem heftigen Schneesturm und den nicht geräumten Straßen war es niemandem ernsthaft zuzumuten, sich auf den Weg hierher zu machen. Solange sie gesund und unverletzt im Warmen saßen, standen sie auf der Prioritätenliste der Rettungsleute ganz unten.

»Eigentlich müsste ich längst in der Küche stehen. Mein Chef wird mir sicher was erzählen, wenn ich wieder zurück bin!«, sagte der zweite Mann, von dem Jana inzwischen wusste, dass es sich um den dreiundvierzigjährigen Georgios Petropoulos handelte. Der Single stammte aus Rhodos und arbeitete seit einem Jahr als Koch in einem griechischen Restaurant im Ort.

»Ich kann mir nicht vorstellen, dass heute Mittag viele Gäste ins Lokal kommen werden, Georgios«, meinte Paula.

»Wir hätten heute am Nachmittag ausnahmsweise auch einige Termine im Friseurladen gehabt, obwohl wir montags normalerweise geschlossen haben. Vor den Feiertagen gab es so viele dringende Anfragen, dass wir eine Ausnahme gemacht haben«, fügte Gitti hinzu. »Die meisten haben jedoch inzwischen wegen des Wetters bei unserer

Angestellten wieder abgesagt. Wer nicht unbedingt aus dem Haus muss, bleibt heute ganz sicher daheim.«

»Da könntet ihr recht haben!«, meinte der Koch und wirkte ein wenig entspannter.

Er und die beiden Schwestern waren Mitglieder im örtlichen Gesangsverein, den Stephan in seiner Freizeit leitete. Für all diejenigen, die sich in den stressigen Tagen vor Weihnachten Zeit nehmen konnten, war an diesem Morgen die Generalprobe für die Weihnachtskonzerte angesetzt gewesen, die für Heiligabend in Bodenmais und für den zweiten Weihnachtsfeiertag in der Nachbargemeinde Drachselsried geplant waren. Die Probe hatte diesmal in der Kirche in Drachselsried gemeinsam mit dem dortigen Chor stattgefunden. Wegen des unerwartet heftigen Schneefalls hatten sie jedoch schon eher abgebrochen, damit alle noch rechtzeitig und sicher nach Hause kamen. Nur Stephan war noch etwas aufgehalten worden, und so waren er und seine drei Fahrgäste erst eine halbe Stunde nach den anderen losgefahren und in den heftigen Sturm geraten.

Paula deutete auf das Bild, das Finn ganz konzentriert ausmalte. »Der rote Elefant sieht aber toll aus, Finn«, lobte sie ihn.

»Bitte mach dir keine Gedanken, mein Liebling. Ich bin spätestens in ein paar Stunden wieder bei dir«, hörte Jana Stephan im Hintergrund sagen.

Mein Liebling! Es war eindeutig, dass er mit seiner Frau sprach. *Mit Veronika, der blöden Kuh!,* dachte Jana bitter. Die Bürokraft in Stephans damals nur wenige Monate zuvor eröffnetem Architekturbüro hatte ihn Jana eiskalt ausgespannt. Und dann waren die beiden auch noch in die Wohnung gezogen, für die ursprünglich Jana und Stephan einen Mietvertrag unterzeichnet hatten. Danach wollte Jana einfach nur so schnell wie möglich weg aus der Gegend, um den beiden nicht ständig irgendwo im beliebten Kurort über den Weg zu laufen. Sie hatte deswegen sogar ihre tolle Stelle im Kindergarten in Drachselsried aufgegeben.

»Ob das klappt, dass er in ein paar Stunden zu seiner Frau nach Hause kommt, wage ich zu bezweifeln«, murmelte Georgios und schüttelte nachdenklich den Kopf.

Leider hatte Jana diesbezüglich ebenfalls ihre Bedenken, auch wenn es ihr am liebsten gewesen wäre, wenn Stephan sofort nach Hause fahren würde und sie ihn danach nie mehr wiedersehen müsste.

Tonis Handy meldete eine Nachricht, die ihm ganz offensichtlich überhaupt nicht gefiel.

»Verdammt noch mal. Auf den Wetterbericht kann man sich wirklich nicht mehr verlassen«, schimpfte er genervt. »Noch vorgestern hieß es, in der Umgebung von München gäbe es in diesem Jahr grüne Weihnachten, und jetzt schneit es auch dort schon. Morgen soll es laut Vorhersage sogar noch schlimmer werden, mit Stürmen, so wie hier. Unser Flug nach Hamburg wurde deswegen gestrichen.«

Jana musste kurz daran denken, dass ihre Familie es vermutlich gerade noch rechtzeitig geschafft hatte, die Reise anzutreten. Zumindest hoffte sie das für sie. Da sie kein Handy hatte, wusste sie nicht, wie der aktuelle Stand war.

»Bleiben wir jetzt hier, Onkel Toni?«, fragte Finn plötzlich, und Jana meinte, eine hoffnungsvolle Erleichterung in seiner Stimme zu hören. Sicher war es für den Jungen nicht einfach, nach dem kürzlichen Tod der Mutter seine Heimat und die vertrauten Menschen zu verlassen und in eine völlig fremde Großstadt zu ziehen.

»Jedenfalls so lange, bis ich den nächstmöglichen Flug für uns bekomme, Krümel. Aber so wie es aussieht, ist das frühestens in zwei oder drei Tagen der Fall.«

Finn schien darüber nicht unglücklich zu sein.

»Wir haben hier ja oft viel Schnee, aber so einen extremen Winter wie in diesem Jahr gab es schon lange nicht mehr«, meinte Gitti. »Und das geht schon so seit Anfang November.«

»Das Blöde ist, dass ich nur noch wenige Vorräte für uns hier habe«, bemerkte Toni. »Ich muss vor den Feiertagen unbedingt noch was zu Essen und ein paar Sachen organisieren, wenn wir jetzt doch noch hierbleiben müssen.«

»Morgen haben die Läden ja noch bis Mittag offen«, sagte Gitti.

»Apropos Essen. Inzwischen hab ich schon etwas Hunger«, meinte Paula.

»Ich auch«, sagten Georgios und Gitti gleichzeitig, und der Grieche schlug vor: »Ich kann gerne was für uns kochen.«

»Tja, wie gesagt, viel ist nicht mehr da.« Toni stand auf und öffnete den Kühlschrank. »Das ist der Rest. Wir haben noch eine halbe Packung Milch, sechs Eier, Butter, zwei Joghurts und ein wenig Frischkäse.«

Im Gemüsefach schrumpelten neben Zwiebeln, Knoblauch und einem Stück Ingwer ein paar Karotten vor sich hin.

Danach machte Toni eine rasche Bestandsaufnahme im Vorratsschrank.

»Außerdem gibt es noch Öl, Essig, eine Packung Mehl, rote Linsen, Spaghetti, ein Glas Himbeermarmelade, Puderzucker, eine Tüte Buchstabensuppe, je eine Dose Thunfisch und rote Kidneybohnen. Und da ist noch ein Rest Kaffeepulver und Tee.«

Auf einem Küchenregal stand eine Obstschale mit zwei Äpfeln, einer Mandarine und zwei Bananen.

»Na ja. Daraus kann man schon was machen«, meinte Georgios und fuhr sich nachdenklich durch die Haare.

»Hauptsache der Kaffee wird nicht alle!«, hoffte Gitti.

»Und wenn das Wetter sich nicht so schnell bessert und wir hier alle länger festsitzen?«, fragte Paula plötzlich und sprach damit genau das aus, was Jana insgeheim schon befürchtete. »Für sieben Leute reichen diese Vorräte sicher keine zwei Tage!«

»Ich müsste noch ein paar Schokoriegel und Bonbons in meiner Handtasche haben«, sagte Gitti, der man ansah, dass sie offenbar gerne naschte. Sie war ein wenig rundlicher als ihre Schwester.

»Macht euch keine Gedanken, spätestens heute Abend sind wir alle wieder daheim!«, mischte Stephan sich nun energisch ein und lachte trocken auf. »Ich feiere Weihnachten ganz bestimmt nicht hier, sondern zusammen mit meiner Frau.«

Seine Worte schmerzten Jana. Wenn diese blöde Veronika damals nicht gewesen wäre, dann würde sie heute mit Stephan … – *Stopp!* So durfte sie nicht denken. Jetzt gab es ganz andere Probleme zu lösen.

»Außerdem müssen wir doch auf jeden Fall zu unseren beiden Weihnachtskonzerten«, fügte Stephan noch hinzu.

Gitti nickte.

»Natürlich müssen wir das.«

»Wenn wir ganz sparsam mit den Sachen umgehen, dann könnte es im Notfall schon für drei Tage reichen«, überlegte Georgios trotzdem.

»Hauptsache Finn bekommt genügend ab«, sagte Toni.

»Selbstverständlich! Der Junge ist am wichtigsten«, beteuerte Paula.

»Ich sag euch doch, dass das ganz sicher nicht notwendig sein wird«, erklärte Stephan und wirkte inzwischen fast ein wenig gereizt.

In diesem Moment fielen Jana die Lebensmittel ein, die ihre Mutter für sie eingepackt hatte.

»Wir müssen gar nicht sparsam sein!«, rief sie. »Ich hab im Auto jede Menge Sachen zum Essen, die ich mit nach München nehmen wollte. Die reichen ganz bestimmt für uns alle ein paar Tage, falls wir doch länger festsitzen sollten. Es muss nur jemand mit nach oben kommen und mir helfen, die Sachen zu holen.«

Kapitel 7

Noch einmal durch den Schnee

Die Schwestern passten auf Finn auf, während Jana und die drei Männer sich auf den mühsamen Weg zu den Autos machten. Obwohl er absolut überzeugt davon war, schon bald wieder bei seiner Frau zu sein, wollte auch Stephan seinen Beitrag für alle leisten. Noch vor der Chorprobe hatte er beim Bäcker einen großen Laib Bauernbrot und im Getränkemarkt je einen Kasten Bier und Johannisbeerschorle besorgt, die sie jetzt ins Haus holen wollten. Zudem war zu befürchten, dass die Getränke bei der Kälte im Auto gefrieren und die Glasflaschen platzen könnten.

Zum Glück schien der Sturm ein klein wenig nachgelassen zu haben, aber es schneite immer noch, und sie kamen nur langsam voran. Allerdings schienen die Temperaturen noch weiter nach unten gegangen zu sein. Es war bitterkalt. Einmal stolperte Jana und wäre fast gestürzt, doch Georgios hielt sie gerade noch rechtzeitig am Arm fest, bis sie wieder sicher stand.

Obwohl es nur wenige hundert Meter waren, kam es

Jana wie eine Ewigkeit vor, bis sie endlich in die Nähe der Autos kamen, die nicht weit entfernt voneinander im Graben steckten und bald völlig eingeschneit sein würden.

»Dort drüben müsste ungefähr mein Handy sein!«, rief sie durch den pfeifenden Wind, der ihr schmerzhaft eisige Schneeflocken ins Gesicht trieb, und deutete auf die Stelle ein Stück unterhalb ihres Autos.

»Was meinst du? Sollen wir versuchen, es zu finden?«, schlug Toni vor, während Stephan schon weiter hinauf zu seinem Wagen stapfte.

»Das wäre super!«

Ohne ihr Handy fühlte sie sich momentan doppelt von der Außenwelt abgeschlossen. Zudem würden ihre Eltern durchdrehen, wenn sie sich nach ihrer Landung in Ägypten bei ihr meldeten und sie nicht erreichen konnten.

»Okay. Gib mir deine Nummer, damit wir es klingeln hören.«

Jana musste kurz überlegen. Ihre eigene Nummer rief sie so selten an. Aber schließlich erinnerte sie sich und sagte die Zahlenfolge auf. Toni tippte sie gleich in sein Handy.

»Hm … Da geht irgendwie nichts!«

Hoffentlich hatte das Gerät sich nicht ausgeschaltet, als es hinuntergefallen war, überlegte Jana. Vielleicht war aber auch einfach nur die Verbindung schlecht.

»Ich versuche es noch mal … Moment … Es tut sich gar nichts … Oder doch! Jetzt! Es klingelt! Hört ihr was?«

Georgios und Jana schüttelten den Kopf und bewegten sich vorsichtig in der Nähe der Stelle, wo sie ihr Mobiltelefon vermutete. Viermal musste Toni die Nummer erneut wählen, bis Jana schließlich ganz leise den Klingelton hörte.

»Es kommt von da unten!«, rief sie aufgeregt und deutete auf eine Stelle, die noch abschüssiger und schwieriger zu erreichen war.

»Ich hole es!« Georgios tastete sich vorsichtig vor, verlor dann aber das Gleichgewicht und stürzte in eine Mulde im Schnee.

»Hast du dir weh getan?«, fragte Jana besorgt.

»Nein. Nichts passiert.«

Er versuchte, sich hochzurappeln.

»Warte, ich helfe dir!« Toni packte seinen Arm und zog ihn hoch. Er ließ ihn auch dann nicht los, als Georgios sich nach vorn beugte und mit der Hand den Schnee zur Seite schob, um zu suchen. »Ich hab was ... hier ... hier ist es!«, rief er keuchend.

Er grinste unter der Kapuze seines Anoraks hervor und reichte Jana das Handy.

»Das ist großartig! Vielen Dank euch beiden!«

»Gern geschehen!«

»Kein Ding!«, meinte Toni.

Jana steckte es gleich in die Jackentasche und war sehr erleichtert, ihr Handy wiederzuhaben und damit endlich auch wieder eine Verbindung zu ihrer Familie. Zu ihrer Schande musste sie gestehen, dass sie, bis auf die Nummer des Festnetzes ihrer Eltern, die sich seit ihrer Kindheit nicht verändert hatte, keine einzige Nummer auswendig kannte. Und ihren Laptop, in dem sie hätte nachsehen können, hatte sie in München gelassen. In diesem Moment nahm sie sich fest vor, die Handynummern von Franz und Almut und die ihrer Schwester auswendig zu lernen, so dass sie diese im Notfall auch im Halbschlaf aufsagen konnte. Man wusste ja nie, wann man mal in eine Lage geriet, in der man sein Handy aus welchem Grund auch immer nicht parat hatte.

»Und jetzt lasst uns nach oben gehen!«, rief Toni, und Jana nickte.

Das letzte Stück bis zu ihrem fast ganz zugeschneiten Auto war das schwierigste. Stephan hatte die Getränkekisten und das Brot inzwischen aus seinem Auto geholt. Damit letzteres beim Rückweg nicht vom Schnee durchnässt wurde, hatte er es in einen Plastikbeutel gepackt, den er extra dafür aus der Küche mitgenommen hatte. Georgios würde ihm helfen, die schweren Sachen zurück zum Haus zu tragen.

»Braucht ihr zwei auch Hilfe beim Tragen?«, fragte Georgios.

Jana schüttelte den Kopf.

»Ich denke, das schaffen wir schon zu zweit, oder Toni?«

»Bestimmt.«

»Okay. Wir gehen dann schon mal nach unten!«, rief Stephan ihnen zu, und Jana hatte das Gefühl, dass er so wenig wie möglich in ihrer Nähe sein wollte, was ihr einerseits gelegen kam, sie aber auf eine ganz unerklärliche Weise trotzdem verletzte. Ob er Angst davor hatte, dass sie ihn mit der Geschichte von damals konfrontieren und es zu einem Streit kommen würde?

»Komm, Jana, beeilen wir uns!«, trieb Toni sie an.

Leider hatten sie nicht daran gedacht, eine Schaufel mitzubringen, also mussten Jana und Toni die hintere Beifahrertür auf der linken Seite mit den Händen vom Schnee befreien, um sie überhaupt öffnen zu können. Der Wind war wieder stärker geworden und wirbelte auch den bereits gefallenen frischen Schnee auf, der ihnen wie feiner eisiger Puder ins Gesicht stob und fast den Atem raubte. Jana hielt mit aller Kraft die Tür auf, während Toni sich in den seitlich gekippten Wagen beugte und die Sachen, die auf den Boden gefallen waren, mühsam in die Klappbox räumte. Es dauerte eine Weile, bis er die volle Box aus dem Wagen hieven und daneben abstellen konnte.

»Die Kühltasche brauchen wir auch noch!«, erinnerte ihn Jana.

»Okay.«

Toni beugte sich wieder ins Auto und streckte sich, um nach der Tasche zu greifen, die durch die Schräglage bis zur hinteren Beifahrertür auf der anderen Seite gerutscht war.

Eine heftige Windbö hätte Jana die Autotür fast aus den Händen gerissen.

»Mach bitte schneller, Toni!«, schrie sie gegen den Sturm an. Sie hatte Angst, dass sie die Autotür mit den vor Kälte starren Fingern in den nassen Handschuhen nicht mehr lange halten konnte und diese gegen die Beine von Toni knallen könnte.

»Tu ich doch!«, rief er zurück. »Aber es ist nicht einfach, da ranzukommen.«

Endlich hatte Toni es geschafft, und kaum stand er mit der Kühltasche neben dem Wagen, ließ Jana los. Mit einem dumpfen Knall schlug die Tür zu.

»Brauchst du noch was aus dem Kofferraum, Jana?«, fragte er.

Sie erwog kurz, die Reisetasche im Wagen zu lassen. Doch falls sie wirklich ein paar Tage im Haus am See festsitzen sollten, hätte sie gern frische Kleidung zum Wechseln und wollte sich dafür nicht noch einmal den anstrengenden Weg durch den Schnee zum Auto hochkämpfen müssen.

»Ja!«, antwortete sie deswegen.

Es dauerte wieder ein paar Minuten, bis sie den Kofferraum freigeräumt hatten und die Reisetasche herausholen konnten. Dann endlich machten sie sich schwer bepackt auf den schwierigen Rückweg. Sie benutzten die Spur, die sie vorhin in den tiefen Schnee getreten hatten. Inzwischen fror Jana trotz der Anstrengung bis ins Mark. Ihre Lunge brannte in der eisigen Luft bei jedem Atemzug, und Jana schickte ein Stoßgebet zum Himmel, dass sie sich bei dieser Aktion nicht ernsthaft erkältete. Zumindest war sie nicht allein und wusste, dass die Wärme des Hauses und trockene Sachen auf sie warteten.

Jana hatte sich den Gurt der schweren Reisetasche quer über die Schulter gehängt, die Kühltasche trug sie in der Hand. Ein paar Schritte vor ihr ging Toni mit der bis oben hin gefüllten Box. Er drehte sich zu ihr um.

»Geht's noch bei dir, Jana?«

Am liebsten hätte sie *Nein* gerufen und sich einfach in den Schnee fallen lassen, um eine Pause zu machen. Doch das würde die Rückkehr noch länger hinausziehen und kam deshalb nicht in Frage. Sie musste einfach die Zähne zusammenbeißen und weitergehen.

»Ja!«, antwortete sie deswegen. »Alles gut!«

»Bald haben wir es geschafft!«

»Ja«, wiederholte sie leise. »Bald haben wir es geschafft.«

Es lag noch etwa ein Viertel der Strecke vor ihnen, da stapfte Georgios ihnen entgegen und nahm Jana die schwere Reisetasche ab. Vor Erleichterung hätte sie ihn am liebsten umarmt und geküsst.

»Danke dir, Georgios!«, keuchte sie völlig außer Atem.

»Gern. Das ist ja ganz schön schwer!«

Als sie ein paar Minuten später total durchgefroren endlich wieder alle im Haus waren, fühlte es sich für Jana wie ein Déjà-vu vom Vormittag an.

»Ist es okay, wenn ich mich zum Aufwärmen unter die Dusche stelle?«, bat sie Toni mit vor Kälte klappernden Zähnen.

»Klar«, antwortete er, während er sich aus seiner nassen Jacke schälte.

Kapitel 8

Georgios

Das heiße Wasser hatte die Kälte und Erschöpfung vertrieben. Frisch geduscht, geföhnt und umgezogen kam Jana in die Wohnküche. Dort waren nur Georgios und zu Janas Überraschung die weiße Katze, die zusammengerollt auf einer kleinen Ottomane neben der Kommode lag und tief und fest schlief. Offensichtlich hatten die anderen sie in der Zwischenzeit wieder ins Haus gelassen. Jana fühlte sich sehr erleichtert, dass das arme Tier nicht mehr draußen in der Kälte sein musste.

Georgios, dessen Haare immer noch feucht waren, räumte gerade die Lebensmittel in den Kühlschrank und in den Vorratsschrank.

»So viele schöne Sachen«, sagte er und strahlte. »Da kann ich uns was Tolles kochen, und wir können es uns gut gehen lassen.«

»Dann denkst du auch, dass wir so bald nicht von hier wegkommen?«, fragte sie.

»Ehrlich gesagt kann ich mir nicht vorstellen, wie uns bei dem Wetter jemand abholen sollte … Oh, in der Dose ist ja

Weihnachtsgebäck!«, rief er plötzlich erfreut, nachdem er den Deckel geöffnet hatte.

»Ja ... Die Plätzchen hat meine Mutter selbst gebacken«, sagte sie.

In ihrem Rucksack war auch noch die kleinere Dose, die Großtante Wally ihr mitgegeben hatte, damit sie nicht zu viel naschen konnte. War das wirklich erst heute früh gewesen? Jana kam es vor, als hätte der Besuch im Seniorenheim schon vor mehreren Tagen stattgefunden. Dieser Tag heute fühlte sich definitiv schon jetzt viel länger an, als er eigentlich sein konnte.

»Die Dose räumen wir besser gleich weg«, beschloss der Koch. »Das Gebäck ist für Heiligabend, falls wir da noch hier sein müssen.«

Die Vorstellung, Heiligabend nicht in ihrem Münchner WG-Zimmer oder allein im Haus ihrer Eltern, sondern hier zu verbringen, fand Jana eigentlich gar nicht so schlimm. Wenn es nicht gleichzeitig bedeuten würde, dass sie dafür auch die Anwesenheit von Stephan in Kauf nehmen müsste, dann könnte sie sich sogar über die unerwartete Gesellschaft an Weihnachten freuen, sollten sie da immer noch hier festsitzen.

»Sag mal, wo sind denn eigentlich die anderen alle?«

»Gitti und Paula spielen mit dem Jungen im Kinderzimmer. Stephan ist im Wohnzimmer, um mit seiner Frau zu telefonieren und äh ... wie heißt er noch mal ...«

»Toni?«

»Stimmt ... Toni. Er ist oben. Da ist noch ein Badezimmer. Er wollte sich auch duschen und umziehen.«

»Dafür, dass du erst ein Jahr hier bist, sprichst du aber sehr gut Deutsch, Georgios«, bemerkte Jana und ließ Wasser in den Kessel laufen, um eine frische Kanne Tee aufzubrühen.

Georgios räumte gerade die Tupperdose mit dem restlichen Gänsebraten von gestern Abend in den Kühlschrank und lächelte.

»Danke. Ich hab als junger Mann schon mal sieben Jahre in München gelebt und in einem Sternerestaurant gearbeitet«, erklärte er bereitwillig. »Dann bin ich wieder nach Hause zurück und hab meinem Bruder und seiner Frau geholfen.«

»In Griechenland?«

»Ja. Auf Rhodos. Dort haben – hatten – sie ein kleines Hotel mit Restaurant, das meine Schwägerin von ihren Eltern übernommen hatte. Ich habe gekocht und mitgearbeitet, wo sie mich gebraucht haben. Aber im letzten Jahr …«, Georgios stockte kurz. »Im letzten Jahr bei den großen Bränden, da hat es auch das Hotel erwischt, in dem wir in einem Anbau unsere Wohnungen hatten. Innerhalb weniger Stunden war alles weg. Wir hatten nichts mehr.«

»Oh Gott! Wie schrecklich, Georgios!«, sagte Jana, die sich noch lebhaft an die Berichte über die außer Kontrolle geratenen Feuer erinnerte. »Diese Waldbrände haben ja furchtbar gewütet.«

Er nickte.

»Es war wirklich schlimm. Aber zum Glück wurde niemand verletzt. Mein Bruder und seine Frau haben mit den Kindern bald eine neue Wohnung gefunden. Ein ehemaliger

Nachbar hat sie ihnen vermittelt. Aber sie mussten wieder ganz von vorne anfangen. Im Sommer hat mein Bruder bei einem Weinbauern und in einer Taverne gearbeitet. Aber jetzt im Winter ist da nicht so viel zu tun. Meine Schwägerin hat eine Anstellung als Küchenhilfe in einem Krankenhaus gefunden. Sie kommen gerade so über die Runden.«

»Und du bist wieder nach Deutschland gekommen«, folgerte Jana.

»Ich habe in meiner Heimat leider keine passende Arbeit gefunden, von der ich leben und meine Familie unterstützen konnte. Und in der kleinen Wohnung war zu wenig Platz, um auch noch mich unterzubringen. Also bin ich wieder nach Deutschland gekommen.«

»Würdest du denn lieber wieder nach Rhodos zurückgehen?«, fragte Toni. Sie hatten gar nicht bemerkt, dass er in die Wohnküche gekommen war und offenbar einen Teil ihres Gespräches mitbekommen hatte. Er war umgezogen, und Jana schnupperte den Duft eines angenehmen würzigherben Duschbads.

»Die Frage stelle ich mir selbst besser nicht. Ich bin jetzt hier, und es ist so, wie es nun mal ist«, antwortete Georgios ausweichend und holte den Rest aus der Tasche: eine angebrochene Packung Emmentaler, Kochschinken, die Salami und einen Becher Schmand.

»Du hast ja wirklich ganz schön viele Lebensmittel dabeigehabt«, bemerkte Toni, bevor Georgios den nun fast vollen Kühlschrank schloss.

»Meine Eltern sind heute in den Urlaub nach Ägypten geflogen. Das war eine etwas spontane Aktion, weil meine

Schwester sie mit der Reise überraschen wollte und – ach, längere Geschichte. Jedenfalls hat Mutter mir die Sachen mitgegeben, damit sie nicht schlecht werden, bis sie wieder zurück sind«, erklärte Jana.

»Das ist jetzt ein großes Glück für uns. Damit können wir es uns richtig gut gehen lassen«, meinte Georgios zufrieden.

Toni ging zum Schwedenofen und legte ein Scheit Holz nach.

Der Wasserkessel pfiff, und Jana goss den Tee auf.

»Ich hoffe, es ist okay, wenn wir uns hier einfach so bedienen?«, fragte sie Toni.

Er zuckte mit den Schultern.

»Besser ihr bedient euch selbst, bevor ich alles machen muss«, meinte er verschmitzt. »Außerdem haben wir dank dir jetzt für alle genug zu essen hier.«

»Soll ich mich schon mal an den Herd stellen?«, fragte Georgios. »Stephan, die Schwestern und ich haben seit dem Frühstück nichts mehr gegessen, und wir …«

»Klar. Fühlt euch einfach wie zu Hause«, unterbrach Toni ihn. Inzwischen schien er auch gar nicht mehr so genervt wie anfangs.

»Kann ich was helfen?«, bot Jana an. »Ich bin allerdings keine gute Köchin.«

Georgios winkte ab.

»Für die wenigen Leute hier schaffe ich das locker allein.«

»Okay. Mögt ihr auch eine Tasse Tee?«, fragte Jana die beiden Männer.

Georgios winkte ab.

»Gern«, sagte Toni, und sie schenkte auch für ihn ein. »Ich gehe mal nach oben. Hab da noch was zu erledigen.« Er nahm den Becher und verschwand damit aus der Küche.

Jana trank langsam ihren Tee und sah Georgios zu, wie er aus Mehl, einem Joghurt, etwas Wasser und Öl, Knoblauch und Salz einen Teig knetete, ihn zu einer Kugel formte und ihn abgedeckt in den Kühlschrank stellte.

»Was wird das denn?«, fragte sie neugierig und streichelte die Katze, die neben ihr saß.

»Ich mache verschieden gefüllte Fladen.«

Das hörte sich schon mal gut an, wobei Jana nach dem Mittagessen mit Fischstäbchen und Bratkartoffeln noch nicht hungrig war.

Sie warf einen Blick auf ihr Handy, das den Sturz in den Schnee zum Glück ohne Schaden überstanden hatte. Kurz vor dem Abflug hatte ihr Vater noch eine Nachricht geschickt, dass es gleich losgehen würde. Sie schrieb ihm zurück, ohne zu verraten, dass sie inzwischen feststeckte.

Georgios hantierte unterdessen routiniert mit den Lebensmitteln, schälte die frische Ananas, rieb Käse und setzte nebenbei für den Abend eine Brühe aus den schrumpeligen Karotten, einer Zwiebel, Ingwer, Knoblauch und Frühlingszwiebeln an, die Jana mitgebracht hatte.

»Darf ich ein Foto von dir machen?«, fragte sie plötzlich. Irgendwie wollte sie diese ungewöhnliche Situation mit Menschen, mit denen sie hier nur aufgrund des Schneesturms zusammengekommen war, auf Bildern festhalten.

»Wenn du möchtest!«, antwortete der Koch und lächelte ihr zu, während er seinen Arbeitsplatz säuberte.

»Was hast du denn an Heiligabend vor – ich meine, wenn wir bis dahin hier rauskommen?«, fragte sie, nachdem sie ein paar Bilder gemacht hatte.

»Peter, unser Chef im Gasthaus, hat alle Angestellten am Nachmittag zu sich nach Hause eingeladen. Es ist nur eine kleine Weihnachtsfeier mit Glühwein und Lebkuchen. Den Abend möchte ich mit einem Buch in meinem kleinen Apartment verbringen.«

»Nur mit einem Buch?«, fragte Jana.

»Ich liebe Bücher. Mit einem schönen Roman ist man nie allein … Und später ist ja dann die Christmette in der Kirche mit unserem Weihnachtskonzert. Da freue ich mich schon sehr darauf. Ich hoffe, dass die Straßen bis dahin geräumt und wir alle zu Hause sind.«

»Vielleicht komme ich morgen auch zu diesem Konzert«, überlegte Jana laut. Dass Stephan den Chor leitete, würde sie eben einfach ausblenden. Zumindest wäre sie dann nicht den ganzen Heiligabend allein im Haus der Eltern. Nach München würde sie nicht fahren können, solange ihr Wagen nicht aus dem Graben geholt werden konnte. Und ihr Gefühl sagte ihr, dass das wohl nicht so schnell der Fall sein würde. Außerdem musste erst noch überprüft werden, ob der Wagen Schaden genommen hatte.

»Das wird dir bestimmt gefallen, Jana! Wir singen so schöne Lieder: Zum Beispiel *Adeste Fideles, Es ist ein Ros entsprungen, Stille Nacht.* Oder mein Lieblingslied *Panis Angelicus.* Und am Ende *Oh, du fröhliche.*«

Während er voller Begeisterung über die Musik sprach, öffnete er einige Schränkchen und Schubladen.

»Suchst du was Bestimmtes?«, fragte Jana.

»Gewürze … Ach hier.«

Er zog eine Schublade weiter heraus, in der Dosen und Päckchen mit Gewürzen und getrockneten Kräutern und eine angebrochene Packung mit Suppenwürfeln eingeräumt waren. In einer flachen quadratischen Plastikbox lagen Backzutaten wie Vanillezucker, Backpulver und verschiedene Fläschchen mit Aromen.

»Wunderbar!«, rief er begeistert und fischte aus einem Päckchen ein Lorbeerblatt heraus, das er zusammen mit einem Brühwürfel in die köchelnde Suppe gab. Als er die Schublade wieder schließen wollte, klemmte etwas. Er ruckelte ein wenig hin und her, was aber nichts half. Schließlich griff er weiter nach hinten und nahm eine schon älter aussehende Kladde heraus, auf der vorne handschriftlich das Wort *Rezepte* stand.

»Das ist nach hinten gerutscht … Ein Kochbuch«, sagte er und schlug es interessiert auf. »Ich glaube, es ist schon sehr alt. Die Rezepte sind mit der Hand geschrieben.«

Jana, die sich bei den meisten Gerichten, die sie kochte, immer sehr genau an Rezepte hielt, da sie in dieser Hinsicht nicht sonderlich experimentierfreudig oder gar kreativ war, kam neugierig näher.

»*Fleischpflanzerl … Kartoffelschmarrn … Hasenöhrl … Rindfleisch in Zwetschgenmus-Soße*«, las er vor, während er durch die Seiten blätterte. »Und *Dimpferl* … das hab ich ja noch nie gehört.«

Jana fiel auf, dass es fast bei jedem Rezept einen Kommentar in einer anderen Handschrift gab, die wohl neueren Datums war. Bei *Kartoffelschmarrn* stand *Süße Variante mit Zimt passt gut mit Vanille-Eis.* Bei *Hasenöhrl* war mit einem lächelnden Smiley notiert: *Mag Finn ganz besonders.* Bei *Fenchel-Auflauf* las Jana: *Bei Finn und mir leider durchgefallen.* Daneben ein trauriges Gesicht. *Gesundheitskuchen*: *Einfach, gut und schnell gemacht.* Und so ging es weiter. Bei fast jedem Gericht stand eine kurze Notiz, ob es gelungen war und schmeckte oder nicht, mit einem dementsprechenden Smiley.

»Ich glaube, die Notizen dazu sind von Finns Mutter«, sagte Jana.

»Ist sie wirklich erst vor Kurzem gestorben?«, fragte Georgios, und sein Lächeln war plötzlich verschwunden.

»Ja, leider.«

»Wie schrecklich.«

Sie nickte. Plötzlich kam ihr ein Gedanken.

»Ich zeig das mal Toni«, erklärte sie, schnappte sich das Buch und ging nach oben.

Kapitel 9

Dimpferl

Jana ging die Treppe hinauf in den oberen Flur. Hinter einer Tür hörte sie fröhliche Kinderlieder von einem Tonträger und die Stimme von Paula, die mitsang. Das musste das Kinderzimmer sein. Sie klopfte an die Tür daneben, doch es kam keine Reaktion. Die nächste Tür stand einen Spalt offen. Es war das zweite Badezimmer.

Nun versuchte sie es gegenüber.

»Toni?!«, rief sie und klopfte erneut.

»Ja?«

»Kann ich kurz reinkommen?«

Einige Sekunden Stille. Dann: »Okay.«

Sie öffnete die Tür und befand sich in einem Büro mit einem Schreibtisch vor dem Fenster, mit Blick auf den zugeschneiten kleinen See, in dessen Mitte sich eine kleine Insel befand. Eine Seite des Raumes wurde komplett von einer großen Regalwand eingenommen, die fast zur Hälfte geleert war. Auf dem Boden standen mehrere Kartons, gefüllt mit Büchern und Ordnern und irgendwelchem Krimskrams. Ein großer blauer Müllsack war fast bis oben hin gefüllt. Auf der gegenüberliegenden Seite stand ein mit dunkelgrünem Stoff bezogenes großes Sofa, auf dem Toni saß, den Teebecher in der Hand.

»Das wollte ich eigentlich alles heute Abend fertig machen, wenn Finn schläft«, sagte er mit Blick auf die Kartons und wirkte erschöpft und vor allem traurig. »Paula und Gitti macht es nichts aus, noch ein wenig mit Finn zu spielen, deswegen nutze ich die Zeit jetzt.«

»Ist alles gut bei dir, Toni?«, fragte Jana.

Er zuckte mit den Schultern, schüttelte dann den Kopf.

»Nein. Ehrlich gesagt, nicht.«

»Kann ich irgendwie helfen?«

Er lächelte, doch nur für einen kurzen Moment, und stellte dann die fast leere Teetasse auf einem kleinen Tisch neben dem Sofa ab.

»Ich muss den Hausstand meiner Schwester auflösen und entscheiden, was davon ich für Finn aufbewahre, was verschenkt und was weggeworfen wird.«

Jana mochte sich gar nicht ausmalen, wie belastend das sein musste, so kurz nach ihrem Tod.

»Wird das Haus verkauft?«

»Ja. Sobald ich ihre persönlichen Sachen aussortiert habe, kommt eine Entrümpelungsfirma. Wenn alles ausgeräumt ist, will ich mich mit einem Makler in Verbindung setzen. Die Hälfte des Erlöses vom Verkauf kommt dann auf Finns Sparkonto für später.«

»Was hat deine Schwester denn eigentlich beruflich gemacht?«, fragte Jana, die das Gefühl hatte, ein wenig mehr über Finns Mutter erfahren zu wollen.

»Margit war Dolmetscherin für Spanisch und Französisch und früher häufig für einen internationalen Finanzdienstleister unterwegs. Bis sie sich in Lyon in einen Kollegen verliebte und nur wenige Monate später mit Finn schwanger wurde.«

»Und was ist mit Finns Vater passiert?«

»Er starb bei einem Skiunfall kurz nach Finns Geburt. Margit zog mit dem Kleinen hierher in das Haus unserer Eltern, das wir als Ferienhaus an Urlauber vermietet hatten. Wir haben es gemeinsam geerbt, aber ich habe es ihr und Finn zum Wohnen überlassen. Margit hat von hier aus freiberuflich gearbeitet und sich als Übersetzerin auf Texte im Finanzwesen spezialisiert.«

»Sicherlich nicht einfach, wenn man ein Kind ganz alleine großziehen muss«, sagte Jana.

»Für Margit war das irgendwie okay. Sie kam ziemlich gut klar und liebte es, Mutter zu sein.«

Toni schluckte und stand auf. Er ging zum Regal, nahm einige Bücher heraus und packte sie in einen Karton.

Jana wusste nicht, was sie sagen sollte.

Toni drehte sich wieder zu ihr um.

»Als sie mich damals fragte, ob ich Finns Pate sein möchte und mich um ihn kümmern würde, falls ihr was passieren sollte, sagte ich natürlich *Ja*. Das war für mich einfach nur Theorie und nie im Leben hätte ich gedacht, dass sie wirklich …« Er stockte, blies kurz Luft durch die Lippen und fuhr sich durch die Haare. »Ich habe Finn ab und zu gesehen, wenn ich sie besucht habe oder sie zu mir nach Hamburg kamen – und ich liebe meinen Neffen. Wirklich.

Aber ich habe ansonsten doch überhaupt keine Erfahrung mit Kindern und …«

Wieder stockte er, und Jana hatte das unbestimmte Gefühl, dass er zum ersten Mal offen darüber sprach, deswegen unterbrach sie ihn nicht.

»Keine Ahnung, wie das alles in Hamburg mit ihm laufen soll«, fuhr er fort. »Ich muss auf jeden Fall noch eine zusätzliche Kinderbetreuung organisieren, weil ich alle paar Wochen unterwegs bin, um weltweit passende Reiseziele und Hotels zu besuchen, die wir in das Angebot unseres Online-Reisebüros aufnehmen wollen. Wir haben uns auf Single- und Abenteuerreisen spezialisiert. Mein Leben hat sich seit ihrem Tod völlig auf den Kopf gestellt, und ich musste schon ein paar Reisen absagen und einiges an Arbeit an meinen Geschäftspartner abgeben oder im Homeoffice online arbeiten, damit ich mich in der letzten Zeit um Finn kümmern konnte. Vorher war er ein richtiges Plappermäulchen, aber seit dem Tod seiner Mutter redet er kaum etwas. Nur das Notwendigste. Ich versuche, alles so gut wie möglich zu organisieren, damit er sich trotz der schlimmen Umstände wohlfühlt, aber ich krieg es ja noch nicht einmal hin, dass er regelmäßig was Vernünftiges isst.«

In diesem Moment fiel Jana das Notizbuch mit den Rezepten ein, das sie immer noch in der Hand hielt.

Sie hielt es ihm hin.

»Wo kommt das denn her?«, fragte er überrascht.

»Georgios hat es zufällig ganz hinten in einer Schublade entdeckt, als er nach Gewürzen gesucht hat. Vielleicht hilft dir das ein wenig«, sagte sie und hielt ihm die Kladde entgegen. »Da sind Rezepte drin und Anmerkungen deiner Schwester.«

Toni nahm das Buch und sah es überrascht an.

»Das Rezeptbuch unserer Mutter! Das ist mir gar nicht aufgefallen.«

Er schlug es auf und blätterte durch die Seiten.

»Schau mal …«, Jana deutete auf Margits Notizen. »Hier steht zum Beispiel beim Rezept für die Fleischpflanzerl, dass Finn sie nur isst, wenn die Zwiebeln ganz besonders fein gehackt sind … Und dass er Hasenöhrl wohl richtig gern mag.«

»Hasenöhrl, die hab ich ewig nicht mehr gegessen«, sagte er. »Margit und ich haben die geliebt!«

»Und hier steht was von Dimpferl. Das Wort hab ich noch nie gehört.«

Toni lächelte plötzlich.

»Dimpferl – das ist eine besondere Variante von Dampfnudeln, allerdings herzhaft mit gebratenem Spitzkohl und Hackfleisch gefüllt. Unsere Mutter hat immer gerne neue Sachen ausprobiert, die wir dann testen mussten. Aber wie sie auf den Namen Dimpferl dafür kam, weiß ich leider nicht mehr.«

»Hier hat deine Schwester dazugeschrieben, dass Finn sie lieber isst, wenn sie die Dimpferl mit gebratenem Hackfleisch und Käse oder mit Schinken, Käse und Tomaten und Kräutern wie bei einer Pizza füllt, anstatt mit Weißkraut und Hackfleisch. Dazu hat sie eine leichte Tomatensoße gemacht, steht hier.«

»Gut zu wissen«, meinte Toni interessiert. »Vielleicht

mach ich das ja bald mal für Finn … Und hier steht, dass er Pfannkuchensuppe liebt. Das krieg ich auch hin. Die Notizen im Buch helfen mir sicher weiter. Gut, dass Georgios es gefunden hat.«

»Ja, das macht es vielleicht ein kleines bisschen einfacher. Hey, Toni, du schaffst das bestimmt!«, versuchte Jana ihn aufzumuntern, obwohl ihr klar war, dass das leichter gesagt als getan war.

»Das hoffe ich! Allerdings geht ja schon wieder alles Mögliche schief mit den gecancelten Flügen. Ich habe nämlich extra für Heiligabend ein paar Freunde in Hamburg zu uns eingeladen, damit Finn sich wohlfühlt und gleich ein paar Menschen kennenlernt. Dort ist schon alles bereit, und da wartet auch schon ein Geschenk auf ihn. Aber jetzt sind wir beide hier eingeschneit und verbringen Weihnachten wohl allein in diesem Haus, in dem ihn alles an seine Mutter erinnert. Und natürlich habe ich hier keine Geschenke für Finn! Aber warum erzähl ich dir das überhaupt alles? Tut mir echt leid, Jana, ich möchte dir mit meinem Gejammer ganz bestimmt nicht auf die Nerven gehen.«

»Keine Sorge, das halte ich schon aus«, sagte sie mit einem Zwinkern. »Schließlich hast du mir heute mehr oder weniger das Leben gerettet, als du mich in dein Haus gelassen hast. Wer weiß, ob ich es geschafft hätte, ohne Handy rechtzeitig sonst irgendwo Hilfe zu finden. Dafür darfst du mir gern ein wenig auf die Nerven gehen.«

Ein leises Lächeln erschien um seine Mundwinkel.

»Das stimmt allerdings. Aber du hast dich ja schon mit den Essenssachen aus deinem Wagen revanchiert. Schade nur, dass du nicht auch noch ein passendes Geschenk für Finn dabeihast«, scherzte er.

»Das habe ich leider nicht … Obwohl, warte mal …« Plötzlich kam ihr ein Gedanke. »Was hat Finn denn für eine Schuhgröße?«

»Schuhgröße?« Er sah sie verwundert an. »Äh, keine Ahnung!«

Jana überlegte kurz. Finn war etwa ein halbes Jahr jünger als ihre Nichte und auch ein wenig kleiner. Mit ein bisschen Glück galt das auch für seine Füße.

»Das kriegen wir schon raus.«

»Aber warum willst du seine Schuhgröße wissen?«

»Also, das ist so. Ich habe für meine fünfjährige Nichte Schlittschuhe als Weihnachtsgeschenk gekauft, die sie sich gewünscht hat. Rote. Aber es hat sich herausgestellt, dass sie in den letzten Wochen noch mal richtig gewachsen ist, und obwohl man die Schuhe normalerweise für mehrere Größen einstellen kann, passen sie ihr nicht, und ich muss sie umtauschen. Ich kann mir aber vorstellen, dass sie Finn passen könnten. Wenn du sie möchtest, kann ich sie dir sehr gern überlassen, dann hättest du hier ein Geschenk für ihn«, bot sie an.

»Äh … Schlittschuhe? Keine Ahnung, ob ihm das gefallen würde«, überlegte er. »Wobei – mir hat das früher immer viel Spaß gemacht. Vielleicht gar keine so schlechte Idee!«

»Du bist auch Schlittschuh gelaufen?«, fragte Jana überrascht.

»Ja. Ich habe sogar mal eine Weile lang Eishockey gespielt. Aber nachdem ich einen Puck ins Gesicht bekommen und wochenlang ein in allen Farben schillerndes Veilchen hatte, verlangte meine Mutter, dass ich damit aufhöre. Danach bin ich leider gar nicht mehr gelaufen.«

»Das ist ja schade. Ich fahre immer noch, wenn sich eine Gelegenheit bietet«, verriet Jana. »Eigentlich hatte ich vor, in den Ferien öfter aufs Eis zu gehen und es meiner Nichte beizubringen, aber meine liebe Schwester hat unsere Pläne ziemlich über den Haufen geworfen.«

»Wieso? Was war denn los?«

Sie erzählte ihm kurz von dem unerwarteten Weihnachtsgeschenk für ihre Eltern.

»Ach so. Deswegen wolltest du heute also wieder nach München.«

»Ja ... Also, wenn du die Schlittschuhe für Finn möchtest, dann müssen wir aber noch mal nach oben zu meinem Auto. Sie liegen im Kofferraum«, sagte sie, auch wenn ihr die Vorstellung, den anstrengenden Weg erneut nach oben zu gehen, überhaupt nicht gefiel.

»Wenn du mir die Autoschlüssel gibst, kann ich auch alleine gehen!«, schlug er vor, so als hätte er ihre Gedanken gelesen. »Und ich kaufe sie dir natürlich ab.«

»Damit ist doch schon mal dieses Problem gelöst!«, meinte Jana zufrieden.

»Danke, Jana. Ich ...«

In diesem Moment hörten sie vom Flur her jemanden rufen. *Georgios.*

»Hallo!? Kommt ihr bitte alle mal runter? Das Essen ist gleich fertig.«

Jana merkte, dass sie inzwischen doch wieder etwas Appetit bekommen hatte. Die Portion am Mittag war nicht allzu groß und der zweite Fußmarsch zu den Autos anstrengend gewesen. Zumindest eine Kleinigkeit könnte sie durchaus wieder vertragen.

»Schauen wir doch mal, was Georgios gekocht hat«, schlug er vor.

Kapitel 10

Hawaii im Winter

Als sie nach unten kamen, saßen Paula, Gitti und Finn am gedeckten Tisch, auf dem auch schon einige Flaschen Bier und Johannisbeerschorle bereitstanden. Von der Katze war nichts zu sehen. Bestimmt hatte sie irgendwo im Haus ein Plätzchen gefunden, um zu schlafen.

»Ich habe uns jetzt nur mal was Schnelles für zwischendurch gezaubert. Heute Abend wird das Menü dann etwas üppiger ausfallen«, erklärte Georgios und öffnete die Tür des Ofens, aus dem es nach irgendwas Gebackenem oder Frittiertem und nach geschmolzenem Käse duftete.

Jana und Toni setzten sich zu den anderen.

»Wo ist denn euer Chorleiter?«, fragte Toni.

»Er redet immer noch mit seiner Frau. Offenbar macht sie sich große Sorgen, und er muss sie beruhigen. Aber er wollte auch gleich zum Essen kommen!«, antwortete Paula und schenkte für sich und Finn Schorle ein.

Jana konnte es nicht fassen. Wie lange telefonierte er denn noch mit ihr? Stephan benahm sich ja fast schon wie ein Teenager, nur weil sie mal für ein paar Stunden getrennt waren.

»Na Finn. Bei dir alles gut?«, fragte Toni mit einem Lächeln.

Der Junge nickte.

»Wir haben Spaß gehabt beim Spielen. Nicht wahr, Finn?«, fragte Paula und zwinkerte ihm zu.

Wieder nickte er. Sehr gesprächig war er tatsächlich nicht. Das Leben des Kindes war völlig umgekrempelt worden, das musste der Kleine erst einmal verkraften.

In diesem Moment kam Stephan herein und setzte sich auf den freien Platz neben Gitti. Obwohl er lächelte, wirkte er ziemlich angespannt. Bei seinem Anblick trieb es Jana schon wieder den Puls in die Höhe. Sie wollte es eigentlich gar nicht, aber die Nähe zu diesem Mann wühlte sie auch nach sechs Jahren noch auf.

»Ah Stephan, gerade rechtzeitig!«, sagte Georgios und stellte eine große Platte auf den Tisch.

»Das sind gebackene Fladen. Die hier sind gefüllt mit Tomaten, Knoblauch und Camembert«, er deutete auf die etwas dünneren Fladen. »Und die anderen mit Schinken, Emmentaler und frischer Ananas.«

»Ich glaube, ich mag so einen Hawaii-Fladen probieren«, erklärte Gitti.

»Und ich den mit Tomaten«, beschloss Paula.

Stephan nahm ebenfalls mit Tomate, Toni und Jana mit Ananas.

»Und du Finn?«, fragte Georgios. »Was magst du denn lieber?«

»Weiß nicht!«, antwortete der Kleine leise und zuckte mit den Schultern.

Kurzerhand griff der Koch nach einem Messer, teilte je einen Fladen, und legte die unterschiedlichen Hälften auf Finns Teller.

»Probier einfach, was dir besser schmeckt«, meinte er mit einem aufmunternden Lächeln und nahm sich selbst die anderen beiden Hälften.

»Schätzchen, warte aber besser noch ein klein wenig, die sind innen ziemlich heiß. Nicht dass du dir die Zunge verbrennst«, riet Paula.

»Ich glaube, ich könnte jetzt ein Bier vertragen«, sagte Stephan und griff nach einer Flasche.

»Gute Idee«, sagte Toni und öffnete sich ebenfalls ein Helles, das beide aus der Flasche tranken.

Jana entschied sich für eine Schorle.

»Hm. Der mit Ananas schmeckt total lecker und ist super saftig«, sagte sie mit vollem Mund, nachdem sie vorsichtig in den heißen Hawaii-Fladen gebissen hatte.

»Mich erinnert das an die Hawaii-Toasts, die wir früher oft gemacht haben. Weißt du noch, Paula?«

»Stimmt, die gab es eine Weile ziemlich oft bei uns.«

»Meistens samstags, nachdem wir den Laden mittags geschlossen haben. Weil das immer so schnell ging. Das muss in den 80er und 90er Jahren gewesen sein.«

Gitti lachte.

»Ja, lang lang ist es her. Damals waren wir noch jung und knackig.«

»Das sind wir doch immer noch«, scherzte Paula.

»Auf jeden Fall«, bekräftigte Jana, und die Schwestern lächelten ihr zu.

»Die andere Variante mit Camembert und Tomate finde ich persönlich aber auch sehr lecker, Georgios!«, meinte Paula. »Und nachdem ich heute keiner Kundschaft mehr nahekommen werde, stört auch der Knoblauch nicht.«

»Freut mich sehr, dass ihr die Fladen mögt«, meinte Georgios.

»Sag mal, Paula, wolltest du eigentlich nicht heute noch was Wichtiges mit mir besprechen?«, fragte Gitti plötzlich.

»Ach, das eilt gar nicht. Darüber reden wir später«, winkte Paula ab.

»Das wird ja mal wieder ein riesiges Geheimnis sein«, scherzte Gitti und biss wieder herzhaft in ihren Fladen, während Paula nach ihrem Glas griff und einen großen Schluck Schorle trank.

Jana bemerkte, dass ihre Wangen sich von jetzt auf gleich etwas rosig gefärbt hatten. Die ältere der Meier-Schwestern machte fast den Eindruck, als wäre es ihr unangenehm, dass Gitti mit dem Thema angefangen hatte.

»Dieser blöde Schneesturm hört einfach nicht auf!«, murmelte Stephan, der immer wieder finstere Blicke aus dem Fenster warf.

»In den Regionalnachrichten hieß es, dass in der ganzen Gegend das reine Chaos herrscht«, sagte Gitti. »Und ich habe mit unserer Angestellten im Laden telefoniert. Zahlreiche Straßen sind gesperrt, weil Äste von Bäumen geknickt sind und auch weil immer wieder Leute mit ihren Autos irgendwo im Schnee stecken bleiben oder auf den rutschigen Fahrbahnen Auffahrunfälle gebaut haben, die alles blockieren. Deswegen kommen die Räumfahrzeuge nicht durch und können die kleineren und abgelegenen Straßen gar nicht erst erreichen.«

»Wir sind sicher nicht die Einzigen, die irgendwo festsitzen und im Moment nicht nach Hause kommen«, vermutete Paula.

»Laut Wettervorhersage soll es die ganze Nacht weiterstürmen«, sagte Georgios.

»Ich fürchte, wir müssen uns wirklich darauf einstellen, heute hier zu übernachten«, meinte Paula und sah Toni dabei ganz bedauernd an.

»Zum Glück haben wir genügend Schlafgelegenheiten«, sagte er. »Zwei Leute können auf der großen Couch im Wohnzimmer schlafen, vielleicht ihr, Georgios und Stephan. Im ehemaligen Zimmer meiner Schwester gibt es ein größeres Bett, das würde für euch reichen.« Er sah zu Paula und Gitti. »Und das Schlafsofa im Büro könntest du nehmen, Jana.«

Die Aussicht, noch eine ganze Nacht im selben Haus wie ihr Ex festzustecken, behagte Jana überhaupt nicht. Noch immer schien er ihr aus dem Weg zu gehen. Trotzdem nickte sie.

Auch Stephan war anzusehen, dass er darüber absolut nicht glücklich war.

»Aber morgen früh müssen wir unbedingt von hier wegkommen! Ich muss zu meiner Frau. Und wenn ich die Strecke zu Fuß gehe.«

»Viel zu gefährlich bei dem Wetter. Das sind doch mindestens sechs oder sieben Kilometer von hier bis zu deinem Haus, Stephan«, erinnerte Paula.

»Aber wir können doch nicht ewig hierbleiben!«, entgegnete der Chorleiter aufgebracht.

Alle trugen ihr Schicksal mit Fassung, bis auf Stephan. Jana musste sich zusammenreißen, um nicht die Augen zu verdrehen, und biss stattdessen wieder in ihren Fladen.

»Ich fürchte, das haben wir leider im Moment nicht in der Hand«, meinte Gitti.

»In dem Rezeptbuch, das wir vorhin gefunden haben, stehen interessante Gerichte drin. Ist es in Ordnung, wenn ich einige davon mit dem Handy abfotografiere?«, wechselte Georgios das Thema.

»Klar!«, antwortete Toni. »Es liegt oben im Büro. Ich hole es später runter.«

»Danke. Das ist super, ich probiere so gern neue Rezepte aus, und da waren ein paar drin, die mich richtig neugierig gemacht haben.«

»Ich glaube, jetzt sind deine Fladen genügend abgekühlt«, sagte Jana zu Finn, der noch immer nichts gegessen hatte und einfach nur brav auf seinem Platz saß und ihnen zuhörte. Viel zu ruhig und zu brav für einen Viereinhalbjährigen für Janas Empfinden. »Probier doch mal.«

»Na gut.«

Finn griff als Erstes nach dem Hawaii-Fladen und biss hinein.

»Und? Was meinst du?«, fragte Georgios. »Schmeckt es dir, Finn?«

Finn nickte. »Ich mag Ananas.«

»Ich auch, Finn«, sagte Jana.

»Krieg ich dieses Rezept von dir, damit ich die Fladen für uns mal nachkochen kann?«, bat nun Toni den Koch. Offenbar war er froh, dass er ein weiteres Gericht gefunden hatte, das seinem Neffen schmeckte. Ihm war anzumerken, wie wichtig es ihm war, dass Finn sich wohlfühlte.

»Natürlich. Geht auch ganz einfach. Ich schreibe es für dich auf.«

»Danke.«

»Also ich finde es ja sehr schade, dass hier im Haus überhaupt nichts weihnachtlich dekoriert ist«, sagte Paula unvermittelt.

Jana hatte auch in keinem der anderen Räume weihnachtlichen Schmuck entdeckt.

»Eigentlich wären wir morgen Mittag nach Hamburg geflogen«, erklärte Toni. »Da hätte sich der Aufwand einfach nicht rentiert.«

Wie Jana vermutete, war dies aber sicherlich nicht der einzige Grund, warum es noch nicht einmal einen Adventskranz, irgendwelche Figürchen oder gar eine Lichterkette gab. Vielleicht war es Toni durch den Tod der Schwester und der großen Verantwortung, die von heute auf Morgen auf ihm lastete, einfach nicht danach zumute gewesen, für die angeblich schönste Zeit im Jahr zu dekorieren.

»Aber jetzt wo ihr zwei mindestens den Heiligabend hier verbringen müsst, wäre es doch vor allem für Finn schon schön, hier ein wenig weihnachtlich zu schmücken«, mischte sich nun auch Gitti ein.

Toni atmete einmal tief durch.

»Na gut. Ihr habt ja recht. Ich schau gleich mal auf dem

Speicher nach. Dort müssten noch die Kisten mit den alten Weihnachtssachen sein«, versprach er.

»Soll ich mitkommen und dir helfen?«, bot Jana an, die der für sie unangenehmen Gesellschaft von Stephan gern entfliehen wollte. Außerdem stöberte sie gern auf alten Dachböden herum.

»Klar. Komm ruhig mit.«

Kapitel 11

Alte Dinge

Nachdem sie gegessen hatten, bot Stephan an, die Küche aufzuräumen. *Immerhin bringt auch er sich ein kleines bisschen ein,* dachte Jana. Sie hatte schon damit gerechnet, dass er gleich wieder am Telefon hing.

»Ich helfe dir!«, erklärte Gitti und begann schon mal, den Tisch abzuräumen.

Paula und Georgios gingen ins Wohnzimmer, um mit Finn *Mensch ärgere dich nicht* zu spielen.

»Zieh dir aber deine Jacke und Mütze an, Jana. Auf dem Speicher ist es eiskalt«, riet Toni.

»Ich glaube nicht, dass die Sachen schon wieder trocken sind«, meinte sie.

»Dann bringe ich dir eine Kapuzenjacke von mir«, bot er an.

Wenige Minuten später hatte sie seine Jacke angezogen. Toni zog die hölzerne Dachbodentreppe herunter, dann stiegen sie hintereinander in den zugigen, dunklen Speicher hinauf. Das schräge Dachfenster war völlig zugeschneit. Toni drückte auf den Lichtschalter an der Wand. Eine einzelne Lampe in der Mitte erhellte den riesigen Raum nur notdürftig.

»Wahnsinn. Das ist ja alles super ordentlich aufgeräumt«, bemerkte Jana beeindruckt.

Auf einer Seite stand nur ein alter riesiger Eichenschrank, daneben sauber aufeinandergestapelt verschiedene Kartons. Einige Möbelstücke waren mit weißen Leintüchern abgedeckt. Bei ihren Eltern sah es auf dem proppenvollen Dachboden ganz anders aus.

»Meine Schwester und ich haben schon ziemlich ausgemistet und den Rest in Schachteln verstaut, bevor wir das Haus an Feriengäste vermietet haben«, erklärte Toni. »Trotzdem ist immer noch zu viel altes Zeug da, das erst noch entrümpelt werden muss, bevor ich das Haus einem Makler übergeben kann.«

Er ging zu den Kartons. Sie waren alle ordentlich beschriftet.

»Hier sind die Schachteln mit dem Weihnachtsschmuck«, sagte er und deutete auf einen Stapel.

»Was ist denn in dem Schrank?«, rutschte es Jana heraus. »Entschuldige, ich hoffe, das war nicht zu neugierig. Aber ich krame für mein Leben gern auf Dachböden herum oder gehe auf Flohmärkte.«

»Schon okay. Du kannst ruhig nachsehen, Jana. Und wenn du irgendwas findest, das dir gefällt, dann nimm es dir bitte. Ich bin froh, wenn ich die Sachen loswerde.«

»Das ist ja nett. Danke.«

Jana lächelte und öffnete die knarzenden Türen des Kleiderschranks. In den Fächern links waren Plastikboxen ordentlich eingeräumt und ebenfalls beschriftet. Bücher, alte Schulsachen, Stoffreste, Babykleidung, Bettwäsche und Decken. Auf der rechten Seite hingen geschützt in durchsichtigen Hüllen besonders schöne Kleider, teilweise auch lange Ballkleider. Aber es gab auch Trachten und Anzüge, sowie einige Mäntel und Hüte aus verschiedenen Jahrzehnten und Handtaschen.

»Wow. Die Sachen sind ja noch total gut in Schuss«, schwärmte Jana. »Das willst du wirklich alles an eine Entrümpelungsfirma übergeben?«

»Was soll ich denn sonst damit machen?«, fragte er seufzend. »In Hamburg habe ich keine besonders große Wohnung und auch nur ein kleines Kellerabteil. Klar, ich könnte einen Teil davon irgendwo einlagern. Aber für wen? Denkst du, dass Finn damit mal was anfangen kann?«

Jana zuckte mit den Schultern.

»Keine Ahnung … Aber wenn du Zeit hast, solltest du vorher zur Sicherheit noch mal sorgfältig alle Taschen durchsehen, auch die Handtaschen. Oft stecken in den kleinen Seitenfächern noch Schmuckstücke, Armbanduhren oder Geld. Eine Nachbarin in München hat beim Ausräumen der Wohnung ihrer Oma ganz oben auf dem Küchenregal in einer Blechdose versteckt zwei Krügerrand-Münzen aus dem Jahr 1967 gefunden. Was glaubst du, wie die sich gefreut hat?«

»Kann ich mir gut vorstellen. Danke für den Hinweis. Aber wie gesagt, wenn du was von den Sachen brauchen kannst, greif bitte einfach zu.«

Jana wünschte sich, dass es hier oben nicht so eisig kalt und zugig wäre. Dann könnte sie in Ruhe alles anschauen.

»Du hast noch ein wenig Zeit, um dir zu überlegen, ob du was möchtest«, meinte er dann noch, als hätte er ihre Gedanken erraten. »Ich fahre gleich im neuen Jahr mit dem VW-Bus eines Freundes her und hole die restlichen Sachen ab, die mit nach Hamburg sollen.«

Eigentlich hatte Jana nicht vorgehabt, nach Bodenmais zurückzukommen, bevor ihre Eltern wieder aus dem Urlaub zurück waren, aber vielleicht überlegte sie es sich doch noch mal anders. Irgendwie hatte sie das Gefühl, einige Dinge hier im Haus »retten« zu müssen. Außerdem fände sie es schön, Toni noch mal zu sehen, bevor er mit Finn ganz in Hamburg sein und keinen Grund mehr haben würde, in seine ehemalige Heimat im Bayerischen Wald zu fahren.

»Wenn du magst, kann ich dir dabei helfen!«, schlug sie deswegen vor.

»Ehrlich?« Er sah sie überrascht an. »Das wäre echt super von dir.«

»So bin ich eben.« Sie grinste. »Ruf mich einfach an, wenn es so weit ist. Dann komme ich.«

»Danke, Jana.«

Sie sahen sich an und lächelten sich zu. Und in diesem Moment fiel ihr auf, dass seine hellbraunen Augen denen seines Neffen sehr ähnlich waren.

Schließlich drehte er sich weg und rieb fröstelnd die Hände aneinander.

»Es ist echt eisig kalt hier oben. Beeilen wir uns lieber.«

Er nahm eine der Schachteln mit dem Weihnachtsschmuck aus dem Stapel.

»Ich denke, ein Karton reicht zum Dekorieren für das

Wohnzimmer und das Esszimmer. Ich will schließlich nichts übertreiben.«

»Hauptsache, es wird unten ein wenig weihnachtlicher. Vor allem für Finn. Kinder mögen das sehr.«

»Ich weiß. Es tut mir auch leid, dass ich nicht … es ist nur …«

Er sprach nicht weiter. Doch das musste er auch nicht.

»Ich kann dich gut verstehen«, sagte Jana leise.

»Danke«, murmelte er.

Bevor er sich umdrehte, entdeckte er einen Karton mit der Aufschrift: *Spielsachen Toni.*

»Da sind noch Sachen von mir«, meinte er überrascht. »Ich dachte, die hätten wir damals verschenkt.«

Er stellte den anderen Karton ab und machte den Deckel auf. Dann nahm er eine Schachtel heraus.

»Hey. Mein Lego-Feuerwehrhaus!«, rief er. »Und da ist das Memory! Damit haben Margit und ich oft stundenlang gespielt.« Es war ein Spiel mit echten Fotos von einzelnen Früchten, Gemüse, Blättern und Muscheln.

»Das gleiche Memory hatten wir auch!«, sagte Jana überrascht und musste daran denken, dass sie meistens gegen ihre Schwester verloren hatte.

»Wir mussten als Kinder immer sehr auf unsere Spielsachen aufpassen, also denke ich mal, dass das Lego und das Memory-Spiel sicherlich noch komplett sind.«

»Die würde ich auf keinen Fall weggeben. Sicher freut Finn sich darüber«, meinte Jana.

Toni nickte.

»Ich bin froh, dass wir doch nicht alles verschenkt haben.

Davon werde ich einiges mit nach Hamburg nehmen. Und weißt du was? Ich glaube, ich brauche die Schlittschuhe doch nicht als Geschenk für Finn, Jana. Er kriegt zu Weihnachten einfach das Lego und das Memory.«

»Gute Idee.«

»Trotzdem – nochmals danke für das Angebot.«

»Kein Ding.«

»Ich lasse aber erst mal alles bis morgen noch hier oben, damit Finn nicht zufällig darüber stolpert«, meinte er.

»Okay. Sollen wir dann wieder runtergehen?«, schlug sie vor. Inzwischen war ihr wirklich schon mächtig kalt.

»Sofort … Ich habe im Schrank Decken gesehen. Wir nehmen welche mit runter. Ich stecke sie gleich in die Waschmaschine und dann in den Trockner, damit alle heute Abend eine Zudecke haben.«

»Puh – das ist ganz schön viel zusätzlicher Aufwand für dich, uns alle hier zu haben«, meinte Jana. »Ich hoffe, wir müssen dich und das Haus nicht noch viel länger in Beschlag nehmen.«

»Ach was, das ist schon okay. Und vielleicht ist es für Finn und mich sogar besser, dass wir nicht die ganze Zeit allein hier festsitzen, sondern Gesellschaft haben. Die Leute sind ja alle ganz nett und helfen mit.«

Jana nickte.

»Sag mal, Jana. Darf ich dich mal was fragen?«

»Äh, klar.«

»Kennt ihr euch eigentlich schon länger, du und Stephan?«

Jana sah ihn überrumpelt an.

»Einige Jahre«, antwortete sie ausweichend. »Wieso fragst du?«

»Irgendwie verhaltet ihr euch so seltsam distanziert und … hölzern. Vor allem Stephan. Er spricht dich kaum an«, meinte er vorsichtig.

Ist das wirklich so auffällig?, fragte sie sich erschrocken. Eigentlich wäre es ihr lieber gewesen, wenn niemand wüsste, dass sie und Stephan mal ein Paar waren. Aber sie wollte Toni auch nichts vormachen.

»Na ja.« Sie räusperte sich.

»Du musst es mir nicht sagen, wenn du nicht möchtest«, sagte er schnell.

»Doch. Kein Problem. Weißt du, Stephan und ich, also … wir waren mal zusammen«, gab sie zu. »Ist aber schon ewig lange her.«

»So was hatte ich schon fast vermutet«, meinte Toni mit einem Lächeln. »Die Trennung ist wohl nicht ganz so gut gelaufen?«

Sie schüttelte den Kopf, sagte aber nicht, dass Stephan sie wegen einer anderen Frau verlassen hatte.

»Wir haben uns seit damals nicht mehr gesehen. Und das ist jetzt schon über sechs Jahre her.«

Sie verschwieg auch, dass sie nur seinetwegen nach München gegangen war, um ihm und seiner Veronika möglichst nicht mehr ständig über den Weg laufen zu müssen.

»Und dann trefft ihr ausgerechnet hier aufeinander«, bemerkte Toni kopfschüttelnd, und sie glaubte zu sehen, dass er sich ein Schmunzeln verkniff.

»Ja. Es gibt unglaubliche Zufälle und Begegnungen, auf

die könnte man echt verzichten … Hast du eigentlich eine Freundin?« Diese Frage überrumpelte sie selbst.

»Seit zwei Jahren Single«, antwortete er bereitwillig. »Ich arbeite zu viel und bin so oft unterwegs. Das ist nicht gerade förderlich für eine stabile Beziehung. Und zukünftig mit Finn bleibt mir noch weniger Zeit für eine Partnerschaft.«

»Verstehe.«

»Und du? Hast du einen Freund?«, er schien genauso neugierig zu sein wie Jana.

»Nö.« Sie hoffte, dass er nicht wissen wollte, wie lange sie schon Single war. Ihm zu sagen, dass ihr letzter fester Freund ausgerechnet Stephan war und es seither nur einige harmlose Flirts gegeben hatte, wäre ihr doch ein wenig peinlich gewesen. »Wie viele Decken willst du denn mitnehmen?«, fragte sie rasch, um das Thema zu wechseln.

»Ich glaube zwei reichen. Unten ist ja auch noch Bettzeug in den Schränken.«

Kapitel 12

Freunde

Toni ging ins Badezimmer, um die Decken in die Waschmaschine zu stecken.

Währenddessen trug Jana den Karton mit der Weihnachtsdekoration in die Wohnküche. Dort saßen, bis auf Stephan, alle am Tisch und unterhielten sich. Sofort zog ihr ein verlockender Kaffeeduft in die Nase. Der Kaffee war gerade frisch aufgesetzt und lief zischend durch die Maschine.

»Oh, kann ich da vielleicht auch eine Tasse haben?«, bat sie.

»Sicher!«, antwortete Gitti. »Nur mit der Milch müssen wir sparsam sein. Da haben wir nicht mehr viel.«

»Das macht nichts, ich trinke ihn gerne auch schwarz. Hauptsache Koffein.« Zum Glück mussten sie mit dem Kaffee nicht knausern, denn Jana hatte eine angebrochene Packung von ihrer Mutter mitgebracht.

Gitti wartete noch kurz, bis die letzten Tropfen durch den Filter in die Kanne gelaufen waren, dann schenkte sie drei Tassen voll und reichte sie ihrer Schwester und Jana.

Der dritte Becher, in den sie zwei Löffel Zucker gab, war für sie selbst.

»Und du möchtest wirklich keinen Kaffee?«, fragte Gitti Georgios, der gerade sein Handy ans Ladekabel hängte.

»Nein, danke. Wirklich nicht. Ich trinke ihn nur zum Frühstück. Und immer nur eine Tasse. Das ist besser für meinen Blutdruck.«

Vorsichtig nahm Jana einen Schluck und genoss das belebende Aroma.

»Möchtest du auch was trinken, Finn?«, fragte sie den Jungen, der ein wenig lustlos in seinem Malbuch herumkritzelte.

»Hab keinen Durst.«

»Ihr habt also was zum Schmücken gefunden!«, meinte Paula mit Blick auf die Schachtel.

»Ja. Wir können dann gleich loslegen.«

Im Karton waren Christbaumkugeln in allen Farben, kleine bunte Holzanhänger, stimmungsvolle Kerzenleuchter, reizende kleine Engelsfiguren, silber- und goldfarbene Schmuckketten, Weihnachtsmänner in verschiedenen Variationen, eine Spieluhr mit dem Motiv eines verschneiten Weihnachtswaldes, zwei Schneekugeln, eine kleine hölzerne Krippe mit Figuren und eine größere und eine kleinere Lichterkette.

»Hilfst du uns das Zimmer zu schmücken, Finn?«, fragte Jana. »Damit es hier richtig schön weihnachtlich wird.«

»Hm, hm«, stimmte er nickend zu.

»Sollen meine Schwester und ich auch gleich ein wenig im Wohnzimmer dekorieren?«, fragte Paula.

»Klar. Sucht euch von den Sachen raus, was ihr brauchen könnt.«

»Ich komme mit rüber und helfe euch!«, meinte Georgios, und Jana öffnete den Deckel.

Nachdem sie einen Teil der Sachen genommen und ins Wohnzimmer verschwunden waren, kam Toni herein, die Katze auf dem Arm.

»Sie hat es sich im Badezimmer im Regal auf den Handtüchern bequem gemacht«, sagte er und setzte sie auf dem Boden ab.

»Onkel Toni?«

»Ja?«

»Wie heißt die Katze denn?«, fragte Finn.

»Das wissen wir leider nicht, Krümel«, antwortete Toni.

»Vielleicht Fleck?«, fragte der Junge und deutete auf die kleine schwarze Stelle auf der Pfote.

»Stimmt. Das würde passen. Übrigens sieht es so aus, als ob Fleck ein Kater wäre«, meinte Jana.

»Ich weiß nicht, ob es so eine gute Idee ist, dem Tier einen Namen zu geben«, mahnte Toni. »Sicher hat der Kater schon einen und ist irgendwo zu Hause, wo man ihn vielleicht schon vermisst. Weißt du Finn, er gehört uns nicht und darf nur jetzt zu uns ins Haus rein, weil es draußen so stark stürmt, damit ihm nicht kalt ist.«

Finn nickte ein wenig betrübt. Doch Jana wusste, dass Toni recht hatte. Man durfte Katzen nicht einfach so behalten.

»Ich gehe mal auf die Social-Media-Seite vom Tierheim, vielleicht hat ja jemand in der Gegend einen Kater als vermisst gemeldet«, sagte sie und griff nach dem Handy. »In diesem Fall könnten wir den Besitzern zumindest schon mal Bescheid geben, dass es dem Tier gut geht.«

Aber keine der Beschreibungen der verschwundenen Katzen im näheren Umkreis traf auf Fleck – wie Jana das Tier in Gedanken bereits nannte – zu.

Draußen war es inzwischen dunkel geworden, während sie damit loslegten, gemeinsam das Zimmer zu schmücken.

»Wie wär's denn mit ein wenig Weihnachtsmusik?«, schlug Jana vor.

Toni warf ihr einen gequälten Blick zu, stimmte aber zu.

Jana rief auf ihrem Handy die Playlist mit ihren Lieblings-Christmas-Songs auf, die sie im Advent gern bei längeren Autofahrten hörte.

Rockin' Around the Christmas Tree von Brenda Lee war das erste Lied, und schon nach den ersten Klängen schien die Stimmung fröhlicher zu werden.

»Such mal bitte ein paar Engel und Weihnachtsmänner raus«, forderte Jana Finn auf. »Die verteilen wir auf den Regalen.«

Finn griff in den Karton und gab Jana einige Figürchen.

»Die sind hübsch, oder?«

»Ja. Der blaue kleine Engel gefällt mir.«

»Mir auch, Finn.«

Toni stieg währenddessen auf die Eckbank und hängte unterschiedlich große goldene und silberne Tannenzapfen an eine Querstange am Lampenschirm.

»Was meint ihr, soll ich die Girlande um die Vorhangstange wickeln?«, fragte er.

»Gute Idee!« Als Jana sie aus der Schachtel holte und ihm geben wollte, sprang plötzlich der Kater auf den Tisch, um das Ende der Girlande zu fangen.

»Hey Fleck! Nicht!«, rief Jana und wollte sie schnell von ihm wegziehen. »Du Frechdachs, lass los!« Doch der Kater gab nicht auf.

»Schau Onkel Toni, was die Katze macht! Die will es fangen«, rief Finn vergnügt und fing an zu kichern.

Toni sah den Jungen völlig überrascht an und stieg von der Bank.

»Dieser Kater ist ja wirklich ein Schlawiner! Warte, ich helfe dir, Jana.«

Er nahm einen kleinen Anhänger, der an einer Schnur baumelte, um Fleck damit abzulenken. Und es funktionierte. Der Kater ließ von der Girlande ab und versuchte stattdessen den Anhänger zu schnappen, den Toni immer wieder vor seiner Nase nach oben zog. Finn lachte ausgelassen. Jana bemerkte, wie erleichtert Toni wirkte.

»Wartet mal, mir fällt was ein«, sagte sie. In einer der Küchenschubladen hatte sie vorhin eine Paketschnur gefunden. Sie schnitt ein längeres Stück davon ab und machte an einem Ende einen mehrfachen Knoten.

»Schau mal Finn. Damit kannst du mit der Katze spielen.« Sie gab ihm die Schnur, die Fleck sofort ablenkte. Finn zog sie durch die Küche hinter sich her, und die Katze versuchte sie zu fangen.

Toni kam zu Jana und sagte leise: »So vergnügt habe ich ihn das letzte Mal vor Margits Tod gesehen.«

»Er muss das erst mal verarbeiten. Das braucht einfach

seine Zeit und auch ein wenig Ablenkung«, flüsterte sie zurück.

»Ich muss gestehen, ich bin tatsächlich sehr froh, dass ihr alle hier reingeschneit seid.«

Jana grinste.

»Reingeschneit im wahrsten Sinne des Wortes.«

Er lächelte ebenfalls.

»Die Abwechslung tut uns beiden richtig gut.«

Während Finn mit Fleck beschäftigt war, hängte Toni die nun etwas ramponierte Girlande auf.

Jana holte eine gläserne Schale aus dem Schrank und füllte sie mit verschiedenfarbigen Weihnachtskugeln, die sie wirkungsvoll in der Mitte des Tisches platzierte. Den Rest aus der Schachtel hatten die Schwestern und Georgios mit ins Wohnzimmer genommen. Es war nicht sonderlich viel, dennoch wirkte der Raum gleich ein klein wenig weihnachtlicher.

Inzwischen hatte der Kater aufgegeben, die Schnur zu fangen, und strich maunzend um Finns Beine.

»Was hat er denn jetzt?«, fragte der Junge ein wenig irritiert.

»Ich glaube, Fleck möchte gern was essen.«

»Ach so.«

Jana holte die Box mit dem restlichen Gänsebraten aus dem Kühlschrank und zupfte ein paar Stückchen Fleisch ab, die sie abwusch, bevor sie sie klein schnitt und in einem Unterteller auf den Boden stellte. Gierig fiel Fleck darüber her und hatte innerhalb kürzester Zeit alles verputzt.

»Der hatte ja ganz schön Kohldampf!«, sagte Toni, während Fleck auf die Eckbank sprang, sich auf ein Kissen legte und sich zufrieden die Pfoten putze.

»Ich mach mal ein Foto von ihm und stelle es online. Vielleicht sehen es die möglichen Besitzer und melden sich bei uns.«

»Wie weiß man eigentlich, dass es die tatsächlichen Besitzer sind und sich nicht einfach irgendwelche Leute melden, und die Katze als ihre ausgeben, um sie zu bekommen?«, fragte Toni.

»Manche Katzen haben einen Chip und sind registriert. Der Tierarzt kann das auslesen, dann weiß man gleich, wer die Besitzer sind. Wenn ansonsten jemand sagt, dass es seine Katze ist, dann würde ich natürlich ein oder besser noch mehrere Beweisfotos sehen wollen, auf denen man das Tier ganz klar erkennen kann. Wenn jemand sagt, er hätte kein Foto von seinem geliebten Haustier, dann würde ich ihm oder ihr das nicht abnehmen.«

»Verstehe.«

Jana holte ihr Handy aus der Hosentasche und knipste ein paar Bilder, auf denen man Fleck gut erkennen konnte. Dann lud sie eines davon auf der Seite für vermisste und zugelaufene Haustiere hoch und schrieb einen kurzen Text dazu. Finn stand neben ihr und sah ihr dabei zu.

»Ich bin gespannt, ob jemand die Katze kennt«, meinte Toni.

»Hoffentlich.«

Jana wollte das Handy gerade wegstecken, da kamen Nachrichten von ihrer Schwester und ihrem Vater.

»Meine Familie hat sich gemeldet«, rief sie erfreut. »Sie sind inzwischen in Hurghada gelandet.«

Christa hatte ein Selfie aus dem Flugzeug geschickt, auf dem sie alle vier die Köpfe zusammengesteckt hatten und in die Kamera lächelten.

»Elina!«, rief Finn verdutzt. »Das ist Elina!«

»Elina?«, fragte Toni.

»Meine Freundin. Aus dem Kindergarten«, erklärte der Kleine freudig aufgeregt.

Und plötzlich erinnerte sich Jana an eines der Fotos in dem selbst gebastelten Album, das Elina ihr geschenkt hatte. Das Bild, das ihre Nichte bei einem Ausflug im herbstlichen Wald Hand in Hand mit einem kleinen Jungen zeigte, dessen Schirmmütze so weit ins Gesicht gezogen war, dass man ihn kaum erkennen konnte. Sie hatte sogar seinen Namen genannt: Finn. Aber da es besonders in den letzten Jahren so viele Jungen mit dem Namen Finn gab – allein in ihrer Kindergartengruppe in München waren es zwei – war sie nicht auf die Idee gekommen, dass ausgerechnet Tonis Neffe dieser Kindergartenfreund sein könnte. Deswegen hatte Elina also gesagt, dass er nach den Ferien nicht mehr in den Kindergarten kommen würde.

»Hey, das ist ja toll, Finn. Stell dir vor, ich bin Elinas Tante.«

»Das ist echt ein riesiger Zufall!«, meinte Toni kopfschüttelnd.

Jana nickte. Wobei – so groß war der Zufall eigentlich nicht. Sie hätte tatsächlich auch von selbst draufkommen können, dass Elina und Finn denselben Kindergarten in

Bodenmais besuchen und sich kennen könnten. Doch daran hatte sie bisher überhaupt nicht gedacht. In den letzten Stunden war einfach zu viel passiert.

»Was habt ihr denn immer so zusammen gespielt, du und Elina?«, fragte sie Finn, weil sie es ausnutzen wollte, dass der Kleine ein wenig aus seinem Schneckenhaus herauszukommen schien.

»Mit den Autos. Und im Garten im Kletterhaus«, erzählte er bereitwillig. »Und ich habe Elina oft meinen Apfel gegeben.«

»Das ist aber lieb von dir gewesen, Finn.«

Er nickte. Dann wurde sein Blick traurig. Offenbar fiel ihm wieder ein, dass er nicht mehr in diesen Kindergarten gehen und damit auch seine Freundin Elina nicht mehr sehen würde.

»Weißt du was? Wir beide machen jetzt ein Foto von uns und schicken es Elina. Die wird ganz schön staunen, wenn sie erfährt, dass wir zwei uns kennengelernt haben. Was meinst du, Finn?«

»Oh ja!«

»Das ist doch okay, oder Toni?«, fragte sie zur Sicherheit seinen Onkel.

»Macht nur. Solange du es nicht irgendwo öffentlich postest.«

»Das würde ich sowieso niemals machen!«, stellte sie sofort klar.

»Hätte ich eh nicht von dir gedacht«, meinte er jedoch mit einem Schmunzeln.

Jana rückte nah an Finn heran.

»Und jetzt bitte lächeln, Finn! ... Oh, das geht bestimmt noch viel besser. Sag mal *Scheibenkleister.*«

»Scheibenkleister«, wiederholte Finn und musste dabei grinsen.

»Und noch mal zusammen.«

»Scheibenkleister!«

Jana drückte ab.

»Das ist super, ich schicke es gleich ab. Elina wird bestimmt große Augen machen, wenn sie das sieht.«

Ihr war klar, dass sie ihrer Familie dann auch erklären musste, warum sie noch in Bodenmais und im Haus von Finns Onkel war. Am besten, sie schickte mit dem Foto eine ausführliche Sprachnachricht, in der sie die Ereignisse der letzten Stunden jedoch nur am Rande erwähnen wollte. Ihre Eltern sollten sich auf keinen Fall Sorgen um sie machen. Und ganz bestimmt würde sie nicht erwähnen, dass auch Stephan hier im Haus festsaß.

Kaum hatte sie an ihn gedacht, kam er zusammen mit Georgios in die Wohnküche.

»Das Wohnzimmer ist jetzt dekoriert«, meinte Georgios gut gelaunt. »Es ist zwar nicht sehr viel, sieht aber schon ganz nett aus.«

»Danke euch.« Toni nickte ihnen zu.

»Noch schöner für den kleinen Finn wäre es natürlich, wenn ein richtiger Weihnachtsbaum da wäre«, fand Georgios, und Jana gab ihm insgeheim recht.

»Tja, aber so einen haben wir leider nicht«, meinte Toni.

»Ich habe ums Haus herum einige Tannen gesehen«,

sagte Stephan plötzlich. »Vielleicht könnte man eine von denen nehmen?«

Toni sah ihn verdutzt an.

»Du meinst, wir sollen einen Baum fällen?«

»Warum denn nicht? Die sind ja nicht so groß.«

»Das ist eine gute Idee!«, fand Georgios, und auch Jana nickte. »Wir helfen dir dabei.«

»Na gut. Wir machen das morgen«, sagte Toni. Dann nahm er das vorletzte Holzstück aus dem Korb und steckte es in den Schwedenofen. »Wir brauchen für den Abend Nachschub. Ich gehe mal raus und ...«

»Warte. Darum kümmere ich mich«, unterbrach Stephan ihn rasch.

»Danke. Aber ich fürchte, du musst dir erst einmal einen Weg zur Scheune freischaufeln, sonst kommst du da gar nicht durch.«

»Das wird ja nicht so schwierig sein. Krieg ich schon hin«, beteuerte Stephan ein wenig barsch und griff nach dem Korb.

»Die Schneeschaufel steht gleich neben der Haustür«, sagte Toni.

»Die hab ich vorhin schon gesehen«, kam es knapp von Stephan.

Jana war nicht die Einzige, die ihm nachdenklich hinterhersah, als er hinausrauschte.

Auch wenn ihr unvermutetes Zusammentreffen für sie beide unangenehm war, so verhielt er sich trotz seiner Hilfsbereitschaft etwas seltsam.

Kapitel 13

Schwestern

Jana wartete, bis sie die Haustür hörte und Stephan draußen war, dann ging sie in den Flur, um die Sprachnachricht für ihre Familie ungestört aufzunehmen. Sie räusperte sich kurz, bevor sie loslegte.

»Hey Christa! Danke für euer Selfie. Und schön, dass ihr gut in Ägypten angekommen seid. Das Foto von mir und Finn, das ich euch vorhin geschickt habe, ist für Elina. Finn lässt sie ganz lieb grüßen. Und bitte nicht darüber wundern. Tatsächlich bin ich noch immer hier in Bodenmais, besser gesagt, ein wenig außerhalb. Nach dem Besuch heute früh bei Tante Wally im Seniorenheim, da hat es so stark geschneit und gestürmt, dass ich …« Sie zögerte kurz, bevor sie weitersprach. »… dass die Straßen kaum mehr befahrbar waren. Ich bin unterwegs mit dem Auto in einem Schneehaufen steckengeblieben …«, verharmloste sie die Angelegenheit, »… und hab in einem Haus Hilfe holen wollen. Und stell dir vor, ganz zufällig wohnen dort Elinas Kindergartenfreund Finn und sein Onkel Toni. Leider hat das Wetter sich noch weiter verschlechtert. Jetzt sitze ich mehr oder weniger bei ihnen im Haus fest.« Die anderen Gestrandeten ließ sie fürs Erste einfach mal außen vor. »Aber uns geht es gut. Wirklich. Wir müssen nur abwarten, bis das Wetter sich beruhigt hat und die Straßen wieder geräumt werden können. Also macht euch bitte keine Sorgen um mich«, beteuerte sie. »Ich bin hier gut aufgehoben.«

Während sie die Sprachnachricht aufnahm, hörte sie aus dem Wohnzimmer plötzlich eine hitzige Diskussion der Schwestern.

»Sag Mama und Papa und Elina ganz liebe Grüße von mir und habt eine tolle Zeit in Ägypten! Wir hören uns die Tage wieder. Servus!«, brachte sie die Aufnahme schnell zu Ende und schickte sie ab.

Der Streit der Schwestern war inzwischen deutlich lauter geworden.

Was ist denn da los?

Jana ging näher zur Wohnzimmertür, die einen Spalt breit offenstand.

»Das kann nicht dein Ernst sein, Paula!«, schrie Gitti aufgebracht.

»Du hast das in den falschen Hals bekommen. Hör mir doch bitte erst mal zu, damit ich es dir in Ruhe erklären kann«, bat Paula eindringlich.

»Das kannst du dir sparen! Du musst mir nichts mehr erklären. Ich hab schon verstanden, dass ich dir nicht mehr so wichtig bin … Ach, mach doch einfach, was du willst! Aber glaub nicht, dass ich morgen dabei sein werde, Paula«, fuhr sie ihre Schwester giftig an. »Das kannst du vergessen!«

Gleich darauf rauschte sie aus dem Zimmer an Jana vorbei, die sie offenbar gar nicht richtig wahrgenommen hatte, und verschwand wütend die Treppe nach oben.

Jana sah ihr kurz hinterher, dann betrat sie das Wohnzimmer und entdeckte Paula, die blass und mit betroffener Miene auf dem Sofa saß.

»Paula? Was … was ist denn passiert?«, fragte Jana erschrocken.

Doch anstatt zu antworten, brach Paula in Tränen aus. Jana setzte sich neben sie und legte ihr tröstend einen Arm um die Schultern. Sie machte sich ernsthaft Sorgen um die Friseurin. Ebenso um Gitti, die völlig aufgelöst hinausgestürzt war. Was war denn nur plötzlich los mit den Schwestern? Jana suchte nach den richtigen Worten, um sie zu trösten. Doch was sollte sie sagen, wenn sie keinen blassen Schimmer hatte, worum es überhaupt ging? Also blieb sie einfach nur im zwischenzeitlich weihnachtlich dekorierten Wohnzimmer neben ihr sitzen und wartete, bis Paula sich langsam beruhigte.

»Geht's wieder?«, fragte sie schließlich.

Laut schniefend nickte Paula.

In einem Fach unter dem Tisch stand eine Box mit Papiertaschentüchern. Jana reichte sie Paula, die sich die Tränen vom Gesicht wischte und laut schnäuzend die Nase putzte.

»Entschuldige bitte, Jana … ich wollte nicht …«, begann sie und hatte offensichtlich selbst Schwierigkeiten, eine passende Erklärung zu finden. Dann fragte sie jedoch: »Weißt du, wo Gitti hin ist?«

»Nach oben. Vielleicht ist sie in Finns Zimmer«, vermutete Jana. Oder sie hatte sich im zweiten Badezimmer eingeschlossen. Jedenfalls konnte sie, dem Schneesturm sei Dank, nur irgendwo hier im Haus sein.

Paula seufzte.

»So einen schlimmen Streit hatten wir noch nie«, murmelte sie unglücklich.

»Was ist denn passiert?«, fragte Jana erneut.

Paula atmete einmal tief durch.

»Meine Schwester und ich ... wir sind schon von klein auf ein Herz und eine Seele«, begann sie schließlich. »Ich war zwei, als sie geboren wurde, und schon damals war sie für mich der liebste Mensch auf der ganzen Welt.« Sie schniefte und putzte sich erneut die Nase.

»Als Teenager haben wir beschlossen, dass wir den Friseurladen unserer Eltern einmal gemeinsam übernehmen. Und das haben wir auch getan. Ich habe die Ausbildung als Erste gemacht, Gitti zwei Jahre später. Später haben wir beide die Meisterprüfung bestanden und uns immer weiter vergrößert. Schon seit damals haben wir immer mindestens zwei Angestellte, eine Teilzeitkraft und eine Auszubildende gehabt«, erklärte sie stolz. Offenbar war es ihr wichtig, weit auszuholen.

»Gitti hat sehr früh geheiratet. Ihr Mann, Walter, war elf Jahre älter als meine Schwester und ist vor neun Jahren gestorben, einen Tag vor Gittis 50. Geburtstag ... Kinder hatten die beiden keine. Walter konnte keine bekommen, wie sich aber erst spät rausstellen sollte.«

Einmal angefangen, konnte sie jetzt gar nicht mehr aufhören zu reden.

»Bei mir lief es privat immer ein wenig anders. Ich hatte nur einige kurze Beziehungen mit Männern. Oh, ich war kein Kind von Traurigkeit ...«, beteuerte sie rasch, »... also bitte kein Mitleid, aber der Richtige auf Dauer war all die Jahre einfach nicht dabei. Und mir war das auch nicht wichtig. Jedenfalls nicht so wichtig wie unser Friseursalon. Nach dem überraschenden Tod von Walter habe ich mich sehr um meine Schwester gekümmert, die das ziemlich mitgenommen hat. Gitti war es auch nicht gewohnt, alleine zu leben, also habe ich oft bei ihr geschlafen. Und da kamen wir auf die Idee, wir könnten doch zusammenziehen.«

»Eine Schwestern-WG?«, fragte Jana nach, obwohl sie wusste, dass Gitti und Paula zusammenwohnten.

»Genau. Die Wohnung über dem Laden, in der ich zuvor alleine gelebt habe, ist groß genug für uns beide. Es hat von Anfang an toll geklappt. Wir verstanden uns genau so gut wie in unserer Kindheit und Jugend. Streit gab es nur ganz selten. Und wenn, dann wegen dummer Kleinigkeiten, die man gleich wieder vergisst. Es lief immer alles super zwischen uns.«

Gedankenversunken strich sie sich eine Strähne ihres honigblond gefärbten Haares hinters Ohr.

Jana konnte es kaum mehr erwarten zu hören, was denn nun der Auslöser für den heutigen Streit war, wenn das Zusammenleben der beiden ansonsten so harmonisch verlief.

»Und dann ... vor knapp einem dreiviertel Jahr, da habe ich im Wartezimmer beim Orthopäden in Deggendorf einen Mann kennengelernt.«

Ihr vom Weinen fleckiges Gesicht schien sich innerhalb von Sekunden noch mehr zu röten. *Ah! Es ist also ein Mann im Spiel.*

»Markus ist Witwer und genauso alt wie ich. Er ist als Vermessungsingenieur in Deggendorf beschäftigt und wohnt dort. Zunächst habe ich es sehr langsam angehen lassen, obwohl ich von Anfang an gespürt habe, dass das mit Markus was Besonderes ist und wir ganz auf einer Wellenlinie liegen. Ich war einfach vorsichtig, weil ich nicht wusste, ob es nicht vielleicht doch nur ein Strohfeuer war, das genauso schnell auch wieder erlöschen würde.«

»Deine Schwester wusste das aber, oder?«

Sie zögerte kurz, dann schüttelte sie den Kopf.

»Nein. Ich wollte es ihr nicht sagen, solange ich mir nicht völlig sicher war. Und irgendwie habe ich es dann immer weiter hinausgezögert.«

»Und Gitti hat nichts davon mitbekommen?«, wunderte Jana sich.

»Nein. Sie ist in mehreren Vereinen sehr engagiert und abends und auch an den Sonntagen immer viel unterwegs. Deshalb fiel es ihr ja auch gar nicht auf, wenn ich mit Markus währenddessen zum Essen oder ins Kino ging, wir lange Spaziergänge machten … Oder, wenn ich ihn bei sich besucht habe. Und die erste Zeit war das ja auch noch gar nicht so oft, vielleicht einmal in der Woche. Wie gesagt, ich wollte es langsam angehen lassen.«

Die attraktive Frau lächelte ein wenig verlegen, fast wie ein Teenager. Und sie sah tatsächlich auch deutlich jünger aus, als sie mit ihren einundsechzig Jahren war.

»Und nachdem es bei mir bisher nie mit einem festen Partner geklappt hat, wäre Gitti wohl auch gar nicht auf den Gedanken gekommen, dass ich mich mit einem Mann treffe. Aber was soll ich sagen? Wir haben uns ineinander verliebt, Markus und ich. Ich hätte doch nie gedacht, dass ich so was Verrücktes und Schönes jemals erlebe. Markus möchte, dass wir zusammenziehen, und drängt mich schon seit einer Weile, es Gitti endlich zu sagen. Er wäre sogar bereit, dass wir uns hier in Bodenmais gemeinsam eine Wohnung oder ein kleines Haus suchen und er nach Deggendorf zur Arbeit pendelt. Vor allem möchte er aber, dass Gitti endlich von uns erfährt, weil er die Heimlichtuerei satthat. Was ich natürlich verstehen kann. Mir gefällt das ja auch nicht.«

»Aber deine Schwester müsste das doch auch verstehen, oder?«, meinte Jana.

»Tja, wir haben beide eben nicht mehr damit gerechnet, dass wir in unserem Alter noch einen Partner finden, mit dem es ernster werden könnte. Wenn überhaupt, dann hätten wir doch höchstens mit einer lockeren Beziehung gerechnet, in der jeder seine Wohnung behält und man nur ab und zu was gemeinsam unternimmt. Deswegen hat Gitti vor ein paar Jahren mal in einer Weinlaune vorgeschlagen, dass keine von uns die andere je alleine lässt und wir gemeinsam in der Wohnung bleiben, bis man uns mit den Füßen voran hinausträgt.«

»Oh. Und du hast das versprochen?«

Paula nickte.

»Da hab ich das überhaupt nicht so ernst genommen. Ich habe zugestimmt, obwohl ich das Alleinleben ja schon von früher gekannt habe und es für mich nie ein Problem war. Und mir würde es auch jetzt nichts ausmachen, wenn umgekehrt Gitti mit einem neuen Mann zusammenziehen würde. Aber Gitti kommt einfach nicht gut alleine klar. Sie braucht immer jemanden um sich. Und ich weiß nicht, wie ich das alles lösen soll. Deswegen habe ich es ja auch immer wieder rausgezögert, mit ihr darüber zu sprechen.«

»Verstehe, das ist dann schon ein Problem.«

»Markus will jedenfalls nicht mehr länger warten. Er hat vorgeschlagen, dass er an Heiligabend zu uns kommt und ich ihn meiner Schwester dann offiziell vorstelle. Ich habe ihm gesagt, dass das klargeht, und er dachte, ich hätte das schon mit Gitti geklärt und ihr endlich von uns erzählt.«

Sie stand auf und begann, auf und ab zu gehen.

»Und vorhin hast du es ihr dann gesagt?«, fasste Jana zusammen.

Sie schüttelte den Kopf.

»Nein. Also, doch. Aber eher unfreiwillig. Ich war gerade auf der Toilette, als mein Handy im Wohnzimmer klingelte. Gitti dachte sich nichts dabei und ging ran, um zu sagen, dass ich gerade nicht ans Telefon gehen könne. Markus wollte offenbar wissen, ob wegen des extremen Wetters bei uns alles in Ordnung ist. Als Gitti fragte, wer denn überhaupt am Apparat sei, hat er sich als mein Freund vorgestellt und gemeint, dass er sich sehr darauf freue, sie morgen endlich kennenzulernen. Tja … Und dann kam ich ins Zimmer zurück und musste meiner Schwester wohl oder übel alles erklären.«

»Deshalb war sie also so durcheinander.«

»Sie hat mir vorgeworfen, dass ich mein Versprechen nicht halten will und sie fallenlasse. Aber ich ... ich möchte doch einfach nur mit diesem Mann glücklich sein. Und natürlich werde ich weiterhin mit meiner Schwester zusammen das Geschäft führen und sie so oft es geht auch sehen und was mit ihr unternehmen. Nur das mit dem zusammen wohnen ...«

Sie blieb stehen und sah Jana hilflos an.

»Vielleicht muss sie die Neuigkeit jetzt einfach erst mal verdauen. Der Tag heute war für sie und für uns alle schon sehr aufregend. Und dann noch so eine Nachricht«, gab Jana zu bedenken. »Gib ihr ein wenig Zeit.«

Paula nickte.

»Ich hoffe, dass sie mich versteht.«

»Das wünsche ich dir sehr, Paula!«

In diesem Moment klingelte es an der Haustür. Vermutlich war Stephan mit dem Holz aus der Scheune zurückgekommen. Man hörte Schritte, wie jemand von der Wohnküche in den Flur marschierte, und kurz darauf öffnete jemand die Tür. Zwei Männer unterhielten sich, einer davon war Georgios, wie gleich zu hören war.

»Aber was soll ich tun, wenn sie mich nicht versteht?«, fragte Paula unglücklich.

»Ich weiß auch nicht. Aber wenn ihr euch sonst immer so gut verstanden habt, renkt sich das schon wieder ein. Soll ich mal nach oben gehen und nachsehen, wie es Gitti geht?«, schlug Jana vor.

»Das wäre sehr nett von dir, mich will sie gerade wohl eher nicht sehen«, meinte Paula bedrückt.

Während sie nach oben ging, fragte Jana sich, ob es tatsächlich vernünftig war, sich überhaupt in diese Auseinandersetzung einzumischen. Aber sie fand beide Schwestern sympathisch, und vielleicht konnte sie ja doch irgendwie helfen oder vermitteln. Vermutlich war das eine Art Berufskrankheit, denn auch im Kindergarten musste sie oft die Vermittlerin spielen, wenn die Kinder miteinander stritten.

Gitti war nicht in Finns Zimmer, sondern im ehemaligen Schlafzimmer seiner Mutter, in dem Gitti und Paula heute übernachten sollten. Der Raum war mit schon etwas älteren Möbeln aber trotzdem sehr behaglich eingerichtet. Eine Welle des Mitgefühls stieg in Jana auf, als sie auf dem Nachttisch ein Foto entdeckte, auf dem Margit den etwa zweijährigen Finn auf dem Arm hielt und in die Kamera strahlte. Sie standen am Ufer des kleinen Sees hinter dem Haus und wirkten beide glücklich und unbeschwert.

Jana bekam erneut großes Mitleid mit Finn, dem durch den Tod der Mutter etwas unglaublich Kostbares viel zu früh entrissen worden war. Aber auch mit Toni, der seine große Schwester verloren hatte und mit seiner Aufgabe als Onkel und Pate des Kindes nun eine große Verantwortung trug.

Gitti stand am Fenster und schaute hinaus in die Dunkelheit, in der es noch immer stürmte und schneite. Vermutlich stürmte es in ihrem Inneren gerade genauso heftig.

»Geht es dir gut?«, fragte Jana leise.

Gitti drehte sie zu ihr um. Im Gegensatz zu ihrer Schwester schien die jüngere der beiden keine Träne vergossen zu haben.

»Hat sie dich etwa zu mir geschickt?«, fragte sie ein wenig barsch.

»Nein. Ich habe vorhin nur zufällig mitbekommen, dass ihr Streit hattet und … Paula … sie hat mir erzählt, worum es geht.«

Gitti atmete einmal tief ein und aus, drehte sich wieder weg und starrte finster hinaus in die Nacht.

Eine Weile lang sagte keine der beiden ein Wort, und Jana wollte schon fast wieder gehen.

»Sie kennt den Mann schon seit einem dreiviertel Jahr und hat mir kein Sterbenswörtchen von ihm erzählt!«, sagte sie schließlich empört und verschränkte die Arme.

Jana trat langsam zu ihr und stellte sich neben sie ans Fenster.

»Tag für Tag stehen wir gemeinsam im Laden, frühstücken wir zur selben Zeit. Wir schauen uns abends gemeinsam Serien an, singen im Chor, teilen so vieles miteinander. Und sie hält es verdammt noch mal die ganze Zeit nicht für nötig, mir zu sagen, dass sie seit Monaten einen Freund hat? Sie trifft sich heimlich mit ihm und lügt mir was vor?«

Ihre raue Stimme war jetzt leiser, klang aber deshalb nicht weniger empört.

»Ich möchte mich ganz bestimmt nicht wichtigmachen oder gar einmischen, dafür kenne ich euch beide nicht gut genug. Aber ich bin mir sicher, dass Paula …«

»Dass Paula was? Kein Vertrauen zu mir hat? Plötzlich unser gegenseitiges Versprechen ignoriert? Mich fallenlässt? Oder alles zusammen?«

Sie war wieder lauter geworden.

»Es tut mir leid, Gitti. Wirklich«, murmelte Jana, die sich im Moment völlig fehl am Platz fühlte und auch keine wirklichen Antworten hatte. »Es war ein Fehler, dass ich mich ...«

»Schon gut, Jana«, unterbrach Gitti sie. »Du kannst ja nichts dafür. Aber jetzt möchte ich bitte wieder allein sein. Ich muss nachdenken, was das alles für mich bedeutet und wie ich damit umgehen soll.«

Jana nickte. Ein klein wenig konnte sie nachvollziehen, dass Gitti verletzt war, weil ihre Schwester den Freund so lange verheimlicht hatte. Da wäre sie wahrscheinlich auch sauer gewesen. Trotzdem fand Jana, dass sie ein wenig überreagierte. Wenn die Schwestern sich wirklich schon immer so nahestanden, müsste es doch für sie auch wichtig sein, dass Paula, die im Gegensatz zu ihr nie verheiratet gewesen war, mit einem Mann glücklich wurde. Oder nicht? Außerdem würden sie weiterhin täglich im Laden zusammenarbeiten und sich sehen können. Paula wollte ja nicht ans andere Ende der Welt ziehen.

Als Jana schon an der Tür war, rief Gitti ihr hinterher: »Du kannst meiner Schwester ausrichten, dass ich heute nicht mit ihr zusammen in einem Zimmer übernachten werde. Sie kann sich einen anderen Platz suchen, meinetwegen schläft sie in der Badewanne!«

»Aber Gitti ...«

»Auf keinen Fall!«

Jana unterdrückte ein Seufzen und ging wieder nach unten. *Na, das kann ja noch heiter werden.* Sie hoffte inständig, dass die beiden sich bald aussprachen und wieder versöhnen würden.

Paula erwartete sie schon ungeduldig im Wohnzimmer.

»Und? Was hat meine Schwester gesagt? Will sie mit mir sprechen?«

»Eher nicht. Besser du lässt sie noch eine Weile allein«, empfahl Jana. »Die Nachricht hat sie schon sehr aus der Bahn geworfen.«

»Genau das habe ich die ganze Zeit befürchtet. Deswegen habe ich ja auch so lange gewartet, ihr von Markus zu erzählen«, rechtfertigte Paula sich erneut, obwohl sie das vor Jana gar nicht musste.

»Ich fürchte aber, dass genau das der Punkt ist, über den Gitti sich ganz besonders ärgert – dass du es ihr nicht eher gesagt hast«, meinte Jana vorsichtig.

Paula fuhr sich seufzend durch die Haare.

»Und da gibt es noch was, das ich dir ausrichten soll.«

»Ja?«

»Sie will heute nicht mit dir in einem Zimmer übernachten.«

Kapitel 14

Nachricht aus Ägypten

Gitti blieb auch während des Abendessens oben. Paula wollte nicht, dass die anderen von ihrem Streit erfuhren, damit die Stimmung ihretwegen nicht angespannt wurde, deswegen hatte sie sich mit Jana abgesprochen und erklärte, dass ihre Schwester Kopfschmerzen hatte und sich ausruhen wollte.

Georgios hatte sich wieder um das Essen gekümmert. Zur Vorspeise gab es eine pikant aufgezwiebelte Brotsuppe mit der Brühe, die er schon am Nachmittag aufgesetzt hatte. Die übrigen Knödel, die Jana vom vorgezogenen Weihnachtsessen bei ihren Eltern mitgebracht hatte, hatte er in Butter in der Pfanne geröstet, das Blaukraut aufgewärmt und mit Äpfeln verfeinert. Dazu gab es die Soße vom Gänsebraten, die Georgios noch ein wenig gestreckt und abgeschmeckt hatte und die nun fast noch besser schmeckte als am Abend zuvor, wie Jana fand.

Das restliche Gänsefleisch hatte Jana für Kater Fleck reserviert, der zwischendurch immer mal eine Weile nach draußen verschwand, vermutlich um sein Geschäft zu verrichten, dann aber wieder am Fenster auftauchte und ins warme Haus eingelassen werden wollte.

Als Nachtisch gab es die Reste vom weihnachtlichen Schwarzwälder-Kirsch-Tiramisu und der frischen Ananas in einem Obstsalat und den Feigenkäse.

»Da ich nicht weiß, wie lange wir hier festsitzen werden, war ich sparsam mit den Lebensmitteln, damit wir im Notfall noch eine Weile mit den restlichen Sachen klarkommen«, erklärte Georgios.

Stephan sagte diesmal nichts, doch sein Blick sprach Bände.

Jana hatte Gitti ein Tablett mit Essen nach oben gebracht.

»Willst du wirklich nicht mit nach unten kommen?«, versuchte sie Gitti zu überreden.

Doch die schüttelte den Kopf.

»Ich kann meine Schwester heute einfach nicht mehr ansehen!«, sagte sie mürrisch, und Jana drängte sie nicht weiter.

Nachdem sie nach dem Essen noch eine Weile lang zusammengesessen und hauptsächlich darüber spekuliert hatten, wann und wie sie wohl wieder von hier wegkommen würden, meldete sich Jana für den Abwasch.

»Und ich hole jetzt mal das Bettzeug für alle«, sagte Toni und stand auf.

»Dir noch mal vielen Dank, Toni. Dass wir hierbleiben können«, sagte Georgios. »Und ich denke, ich spreche da für uns alle.«

Die anderen nickten zustimmend.

»Schon gut. Das ist ja selbstverständlich.«

Paula begleitete Toni, um ihm beim Beziehen der Betten zu helfen.

Finn durfte sich in der Zwischenzeit für eine halbe Stunde eine Kindersendung anschauen, und Georgios gesellte sich zu ihm ins Wohnzimmer.

Jana räumte die Teller in den Geschirrspüler und wusch den Suppentopf ab. Sie war überrascht, dass Stephan in der Küche geblieben war, obwohl er dann mit ihr allein in einem Raum war. Doch er schien etwas unter der Eckbank zu suchen.

»Hast du vielleicht das Aufladekabel irgendwo gesehen?«, fragte er schließlich.

»Vorhin war es in der Steckdose bei der Kommode neben der Eckbank«, antwortete Jana, und ihr wurde bewusst, dass dies die erste normale Unterhaltung mit ihm war.

Er sah sich weiter um und schüttelte den Kopf.

»Da ist es auch nicht.«

»Vielleicht im Wohnzimmer? Oder Toni hat es mit nach oben genommen.« Alle mussten momentan ihre Handys an Tonis Kabel aufladen.

»So ein Mist. Mein Akku ist fast leer, und ich erwarte noch einen ziemlich wichtigen Anruf heute«, murmelte Stephan und ging zur Tür.

»Du hast doch auch ein iPhone, oder?«, fragte Jana.

»Ja.«

»Ich habe noch ein Ladekabel in meiner Reisetasche. Bisher habe ich es noch nicht gebraucht … Warte, ich gehe es holen.«

Sie wusste selbst nicht, warum sie das für ihn tat, nachdem er sie die ganze Zeit mehr oder weniger ignoriert hatte und er ein Entgegenkommen ihrerseits ohnehin nicht verdient hatte, wie sie fand. Doch so war sie nun mal. Ihre Schwester nannte sie immer *Harmoniesüchtling,* wenn sie sich so verhielt. Und diese Bezeichnung traf es wohl ganz gut.

Sie ging in den Flur hinaus. Dort stand ihre Reisetasche auf dem Schuhschrank neben der Garderobe. Sie öffnete ein Fach in der Seite, in das sie das Kabel gepackt hatte. Als sie sich umdrehte, stand Stephan hinter ihr. Reflexartig trat sie einen Schritt zur Seite, um ihm nicht zu nah zu sein. Es entstand eine etwas peinliche Situation.

»Hier.« Sie reichte ihm das Ladekabel.

»Danke, Jana.«

Er bemühte sich zu lächeln, das sah sie ihm an, doch es misslang.

»Ich lege es später in die Küche«, versprach er und verschwand rasch ins Wohnzimmer.

Jana sah ihm hinterher. Wie seltsam das alles doch war. Sie hatte diesen Mann einmal geliebt. Hatte mit ihm gelacht, sich in seinen Armen geborgen gefühlt, von einer gemeinsamen Zukunft geträumt. Und jetzt empfand sie in seiner Nähe nur Unwohlsein und eine Anspannung, die sie nicht loswurde. Noch immer steckte die alte Verletzung in ihr, die nie ganz verheilt war. So viele ungesagte Worte, die ihr damals einfach nicht über die Lippen kommen wollten, als er sie vor vollendete Tatsachen gestellt hatte. Sie hatte stark sein wollen, damit er nicht merkte, wie sehr es sie getroffen hatte, dass er eine andere Frau ihr vorzog. Doch all das Ungesagte saß immer noch hinter einer verschlossenen Tür in ihr fest, und nach ihrem unerwarteten Zusammentreffen rüttelte es nun an den Schlössern.

Sie ging zurück in die Küche. Als sie fertig aufgeräumt hatte, machte sie sich eine Tasse Tee. Sie setzte sich damit an den Tisch und griff nach ihrem Handy. Christa hatte ihr eine Sprachnachricht geschickt. Allen ginge es gut, auch wenn sie nach der langen Anreise etwas erschöpft seien. Sie hatten für die erste Nacht in einem Hotel in Hurghada eingecheckt. Gleich morgen Früh würde es nach Luxor gehen und später dann aufs Schiff.

Sie hoffe für Jana, dass die Straßen in Bodenmais bald geräumt waren und Jana nach Hause fahren konnte. Im Anschluss meldete sich auch noch Elina und erzählte, wie aufregend der Flug war und dass sie schon das Meer gesehen hatte. Über das Foto von Finn hatte sie sich riesig gefreut. Am Ende der Nachricht meinte sie noch: »Kannst du nicht was machen, dass Finn bei uns im Kindergarten bleiben darf? Bitte, Tante Janinchen? Finn ist doch mein Freund. Er darf nicht weg.«

Jana schluckte bei ihren Worten. Für die Kinder war das im Moment natürlich nicht ganz einfach. Aber wenn erst etwas Zeit verstrichen war, würden sie immer seltener an ihre Freundschaft denken. Trotzdem tat es Jana für die beiden leid, dass sie sich nicht mehr sehen würden.

Toni und Paula kamen zurück. Die Friseurin hatte eine der frisch gewaschenen Decken, die sie vom Speicher geholt hatten, und ein Kissen im Arm.

»Du willst wirklich hier auf der Ottomane schlafen?«, fragte Toni skeptisch.

»Ja. Ich möchte meine Schwester nicht stören, wenn es ihr nicht so gut geht«, erklärte sie, und ihr war nicht anzumerken, dass es zuvor einen großen Streit zwischen den beiden gegeben hatte.

»Wie du meinst, Paula … Und Jana für dich haben wir schon das Sofa oben im Büro vorbereitet.«

»Vielen Dank. Aber ich kann doch auch hier unten schlafen, dann kann Paula …«

»Auf gar keinen Fall!«, winkte Paula sofort ab und legte die Decke und das Kissen auf die Ottomane. »Das passt hier ganz wunderbar für mich. Und du schläfst oben.«

»Na gut.«

»Ach übrigens, wenn ihr frische Kleidung zum Wechseln braucht, dann könnt ihr euch was aus dem Schrank und der Kommode meiner Schwester nehmen«, bot Toni an. »Das gilt natürlich auch für Gitti. Ich habe bisher noch nichts von ihren Kleidern weggeräumt.«

»Danke, Toni. Aber ich hab meine Sachen dabei«, sagte Jana, die sich vorstellen konnte, wie schwer ihm das fallen musste. »Und die hier!«, fügte sie hinzu und deutete auf die Jogginghose, die er ihr vorhin gegeben hatte.

»Also, ich würde das Angebot schon annehmen, wenn es wirklich für dich in Ordnung ist, Toni«, meinte Paula. »Vielleicht einen Schlafanzug oder einen Jogginganzug für die Nacht.«

»Nimm dir einfach, was du brauchst. Und wenn ihr was davon behalten möchtet – bitte nehmt es euch gern.«

»Danke, Toni«, sagte Paula.

Jana ahnte ihr Dilemma. Um an die Kleidung zu kommen, musste sie in das Zimmer, in dem ihre Schwester war, die sie nicht sehen wollte.

»Ich komme mit dir nach oben«, schlug Jana wie nebenbei vor. Als sie auf der Treppe waren, bot sie ihr leise an, die Sachen für sie zu holen, während Paula inzwischen im Büro warten solle.

»Danke, meine Liebe!«

Kurz darauf klopfte Jana an die Tür zum Schlafzimmer.

»Gitti, ich brauche was aus dem Zimmer. Kann ich kurz mal reinkommen?«

»Wenn's sein muss.«

Gitti saß auf dem Bett, und Jana bemerkte, dass sie geweint hatte. Sie versuchte so zu tun, als ob sie es nicht bemerkt hätte, weil Gittis Blick ihr zu verstehen gab, dass sie nicht darüber reden wollte.

»Toni hat gesagt, wir können uns Sachen aus dem Schrank holen. Also, falls du auch was zum Wechseln brauchst, nimm dir ruhig was.«

Gitti nickte.

»Danke.«

Die Kleidung war ordentlich – und sogar nach Farben sortiert – sehr übersichtlich eingeräumt. Für Paula zog Jana einen hellgrauen Jogginganzug, der ihr passen müsste, aus einem Stapel. Als sie die Schranktür wieder schloss, hörte sie hinter sich Paula, die ins Zimmer gekommen war, obwohl sie eigentlich im Büro warten wollte.

»Bitte lass uns reden, Gitti«, bat sie.

»Ich will jetzt aber nicht mit dir reden!«, fuhr Gitti sie an.

»Ich weiß, ich hätte dir das mit Markus schon viel früher sagen sollen.«

»Allerdings! Das hättest du!« Demonstrativ verschränkte sie die Arme.

»Ich hatte einfach keine Ahnung wie.«

»Ernsthaft?« Gitti lachte bitter.

»Ja. Und ich war auch ein wenig feige.«

»Ziemlich feige!«

»Aber was wäre denn gewesen, wenn ich es dir schon eher erzählt hätte? Wie hättest du vor ein paar Monaten oder Wochen darauf reagiert, wenn ich es dir da schon gesagt hätte?«, fragte Paula nun und sah ihre Schwester fast ein wenig herausfordernd an.

Gitti drehte den Kopf weg und blieb ihr eine Antwort schuldig.

»Ich geh schon mal rüber ins Büro!« Jana wartete keine Antwort ab und flüchtete hinaus. Sie hatte keine Lust, zwischen die Fronten der beiden zu geraten.

Es dauerte nicht lange, bis Paula ebenfalls herauskam. Ihr Blick war traurig.

»Und?«

Sie schüttelte den Kopf.

»Vielleicht sollte ich noch mal mit Markus reden und ihm sagen, dass wir doch noch länger warten und uns erst später nach einer gemeinsamen Wohnung oder einem Haus umsehen können. Ich kann ihn ja weiterhin bei ihm zu Hause besuchen«, sagte sie und setzte sich neben Jana auf das Sofa.

»In der Zwischenzeit hat meine Schwester mehr Zeit, sich an den Gedanken gewöhnen, dass ich ausziehen werde.«

»Denkst du, dass es ihr leichter fällt, allein in der Wohnung zu leben, wenn du noch eine Weile abwartest?«, fragte Jana skeptisch.

Paula zuckte mit den Schultern.

»Eigentlich nicht. Aber ich weiß nicht, was ich sonst machen soll. Wenn wir uns doch bloß nicht dieses dämliche Versprechen gegeben hätten, das ich selbst überhaupt nicht so ernst genommen habe! Gitti dafür leider umso mehr. Aber ich hätte damals ehrlich auch nicht gedacht, dass es für mich überhaupt einen Mann geben könnte, der mir so den Kopf verdreht und mit dem ich den Rest meines Lebens verbringen möchte.«

Plötzlich zog sie ihr Handy aus einer Tasche ihrer Jeans.

»Schau mal, Jana – das … das ist Markus«, sagte sie und zeigte Jana ein Selfie, auf dem die beiden in die Kamera lächelten.

Paulas Freund war ein attraktiver Mann, mit einem grau melierten kurz geschnittenen Vollbart und bereits etwas spärlich werdendem Haar. Besonders auffällig waren seine Augen, von einem ungewöhnlich hellen Blau, aus denen ein sympathisches Lächeln strahlte.

»Er ist echt fesch«, sagte Jana. »Es sieht so aus, als ob ihr wirklich gut zusammenpasst.«

»Ja, nicht wahr? Und er hat so etwas – ich weiß auch nicht, wie ich es sagen soll –, aber wenn wir zusammen sind, dann fühlt es sich an, als würden wir uns schon ewig kennen. Verstehst du, was ich meine?«

»Ich denke schon.«

»Alles ist so unkompliziert mit ihm. Ich fühle mich einfach nur wohl und glücklich in seiner Nähe. So ein Gefühl habe ich bisher noch nie gehabt«, schwärmte Paula und seufzte dann.

Fast könnte man bei diesen Worten ein klein wenig neidisch werden, dachte Jana. Insgeheim wünschte auch sie sich eine solche Partnerschaft. Falls möglich aber ohne die Schwierigkeiten, die Paula deswegen gerade mit ihrer Schwester durchmachte.

»Schön, dass ihr euch gefunden habt.«

Paula nickte, doch ihr Lächeln wurde traurig.

»Aber wenn ich dieses Glück mit Markus weiter genießen und mit ihm zusammenziehen will, dann leidet die Beziehung zu meiner Schwester darunter, weil ich dafür ein Versprechen brechen muss. Für mich steht Gitti immer noch an erster Stelle. Es ist mir ganz wichtig, dass es auch ihr gut geht. Ihre Reaktion vorhin – ich hatte mir natürlich etwas anderes erhofft, aber insgeheim befürchtet, dass sie so ausfallen könnte. Und das belastet mich sehr.«

»Was für ein Dilemma! Ich weiß leider auch nicht, welchen Rat ich dir da geben soll, Paula«, bedauerte Jana. »Aber vielleicht braucht Gitti einfach nur ein wenig mehr Zeit, damit sie das alles sacken lassen kann?«

»Vielleicht ... Aber wenn sie morgen noch nicht dafür bereit ist, Markus kennenzulernen, dann muss ich ihn ausladen. Oder an Heiligabend meine Schwester alleine lassen und zu ihm fahren. Beide Vorstellungen sind schrecklich für mich. Ich weiß, es klingt furchtbar egoistisch, aber vorhin habe ich mich dabei ertappt, mir zu wünschen, dass wir hier ein bisschen länger festsitzen, damit ich Zeit habe, eine Lösung zu finden, die für alle passt, ohne jemanden vor den Kopf zu stoßen.«

»Nun ja, wenn man sich die Wettervorhersage so anschaut, dann ist das durchaus im Bereich des Möglichen«, meinte Jana mit dem Anflug eines Lächelns. Die Situation war doch ein wenig verrückt.

Plötzlich hörten sie Schritte im Flur. Toni und Finn, schon im Schlafanzug und mit Erdmännchen Xaverl in den Armen, schauten durch die offene Tür herein.

»Ich bringe Finn jetzt ins Bett und lese ihm noch was vor. Das dauert sicher eine Weile. Aber ihr kommt ja alle gut alleine zurecht.«

»Klar. Gute Nacht, Finn!«, sagte Jana.

»Schlaf gut, Finn!«, wünschte Paula und winkte ihm lächelnd zu.

»Na, was ist mit dir, Krümel? Sagst du nichts zu den beiden?«

»Gute Nacht«, kam es dann, und er winkte ihnen zu.

Kapitel 15

Traumland

Nachdem Toni gut eine halbe Stunde später nach unten kam, saßen sie noch am Tisch in der Küche zusammen und unterhielten sich. Doch bald schon war jedem Einzelnen die Müdigkeit anzumerken. Es war ein in jeglicher Hinsicht aufwühlender und auch anstrengender Tag gewesen. Und vor allem ein verrückter Tag, der Menschen zusammengewürfelt hatte, die in dieser Konstellation normalerweise nicht einen Tag vor Heiligabend zusammengekommen wären.

Georgios gähnte verhalten.

»Ich glaube, ich gehe langsam mal schlafen«, sagte er müde.

»Da schließe ich mich an«, meinte Stephan, der ohnehin ständig nur auf sein Handy geschaut und Nachrichten getippt hatte.

Sie wünschten sich eine gute Nacht, und bis auf Paula verließen alle die Wohnküche.

Jana nahm ihre Reisetasche mit nach oben und staunte nicht schlecht, als sie Fleck im Büro entdeckte, der in einer seltsam verdrehten Position, wie sie nur Katzen zustande brachten, auf ihrer Decke auf dem Sofa lag und tief und fest schlief. Doch das störte sie nicht weiter. Sie war sogar vielmehr froh über seine Gesellschaft. Katzen hatten für sie schon immer etwas Beruhigendes.

»Wenn du magst, kannst du gern bei mir schlafen, kleiner Kater«, murmelte sie und streichelte sanft über das seidig weiche Fell. Die Katze öffnete die Augen einen Spalt, streckte genüsslich alle viere von sich und fing an laut zu schnurren.

»Das magst du, nicht wahr?«, säuselte sie freundlich. »Ja, du bist ein ganz Süßer.«

Jana hoffte, dass die Besitzer des Katers sich bald melden würden. Falls es sie überhaupt gab. Vielleicht hatte er ja auch einen Chip implantiert, den man beim Tierarzt auslesen lassen konnte, um herauszufinden, wo er hingehörte, überlegte sie. Dafür müsste man aber erst mal zu einem Tierarzt kommen. Und was, wenn Fleck ein Streuner war, der gar kein festes Zuhause hatte? Die Vorstellung, ihn in ein Tierheim bringen zu müssen, gefiel Jana gar nicht.

»Am liebsten würde ich dich mitnehmen, aber das geht leider nicht, du kleiner Kerl.«

Gähnend ließ sie schließlich von ihm ab, holte ihren kleinen Kulturbeutel und einen Schlafanzug aus ihrer Reisetasche und verschwand ins Badezimmer, um sich die Zähne zu putzen und sich umzuziehen. Als sie wieder zurückkam, war Fleck durch die offene Tür verschwunden. Sie zuckte bedauernd mit den Schultern, schlüpfte dann unter die Decke und schloss die Augen.

Obwohl Jana hundemüde war, lag sie lange Zeit wach und konnte einfach nicht einschlafen. So vieles ging ihr durch den Kopf. Die gefährliche Fahrt durch den Schneesturm in den Graben, die viel schlimmer für sie hätte ausgehen können. Finn und Toni, die durch den Tod von Margit viel durchmachen mussten. Der Streit von Paula und Gitti. Und immer wieder auch Stephan, der inzwischen wie ein Fremder für sie war und doch so vieles in ihr aufwühlte, das sie eigentlich gar nicht empfinden wollte.

Das Gedankenkarussell in ihr drehte sich ständig wild und wechselte dabei mehrmals die Richtungen. Am liebsten wäre sie nach unten in die Küche gegangen, um sich ein Bier zu holen, das ihr vielleicht geholfen hätte, ruhiger zu werden und einzuschlafen. Doch das ging nicht, ohne Paula zu wecken.

Leider hatte sie auch nicht daran gedacht, eine Flasche Wasser mit nach oben zu nehmen. Dabei hatte sie sonst immer etwas zu trinken neben dem Bett stehen. Plötzlich fiel ihr ein, dass auf dem kleinen Tisch neben dem Sofa noch die leere Teetasse stand, die Toni am Nachmittag mit nach oben genommen hatte. Leise ging sie wieder ins Badezimmer. Dort wusch sie die Tasse aus, füllte sie mit kaltem Wasser und nahm gleich einen tiefen Schluck, bevor sie die Tasse erneut auffüllte. Als sie das Badezimmer verließ, hörte sie ein Geräusch. Weinte da jemand? Es kam aus dem Kinderzimmer. Entschlossen ging sie zur Tür, die einen Spalt offenstand, und trat ein. Nun war das Schluchzen deutlicher zu hören.

»Finn? Nicht erschrecken. Ich bin's, Jana.«

Sie trat auf das Bett zu, knipste das kleine Nachtlicht an und stellte die Tasse auf dem Nachttisch ab.

Finn hatte sich auf der Seite zusammengerollt und die Bettdecke bis zur Nasenspitze hochgezogen. Xaverl lag auf dem Kopfkissen neben ihm.

»Hey. Schätzchen. Bist du traurig?«, fragte sie behutsam und streichelte vorsichtig über seinen dunklen Haarschopf.

Er nickte nur und schniefte.

»Sag mal, darf ich mich ein wenig zu dir ans Bett setzen?«, fragte sie. »Dann können wir noch ein wenig reden, wenn du magst.«

»Ja«, hörte sie ihn ganz leise antworten, und er rutschte ein wenig zurück, damit sie genügend Platz hatte.

»Ich verstehe, dass du traurig bist, Finn. Deine Mama fehlt dir bestimmt ganz schrecklich.«

»Sie kommt nicht mehr!«, murmelte er unglücklich. »Nie mehr wieder.«

Jana schluckte. Was sollte sie dem armen kleinen Kerl nur sagen, um ihn zu trösten? Sie hatte keine Ahnung, wie Toni ihm den Tod der Mutter erklärt hatte und wie sie überhaupt damit umgingen.

»Weißt du, Finn«, begann sie schließlich behutsam, »es stimmt, dass deine Mama nicht mehr zu dir zurückkommen kann. Also, ich meine, sie kann in echt nicht wieder hierherkommen. Aber wenn du die Augen zumachst und ganz fest an sie denkst, dann kannst du sie doch bestimmt sehen, oder?«

»Ja. Das kann ich.«

»Na siehst du. Und sag mal, wenn du so ganz fest an

deine Mama denkst, kannst du da vielleicht auch ihre Stimme hören?«

»Ich glaube schon«, flüsterte er. »Ja.«

»Das dachte ich mir … Und weißt du, wenn du sie in Gedanken sehen und hören kannst, dann ist deine Mama eigentlich gar nicht ganz weg, oder?«

Sie legte vorsichtig eine Hand auf seine Stirn, die sich leicht verschwitzt anfühlte.

»Sie ist wie ein besonderer Schatz hier in dir drin. In deinem Kopf. Und da kann sie dir niemand wegnehmen, Finn. Immer wenn du an sie denkst, egal, wo du auch bist, ist deine Mama ein klein wenig bei dir.«

Jana hörte ein leises Geräusch und sah plötzlich Toni, der im Schatten in der Tür stand. Sie wollte schon aufstehen, doch er schüttelte den Kopf, bedeutete ihr wortlos, noch bei Finn zu bleiben.

»Denkt Mama auch an mich? Und bin ich dann auch bei ihr im Kopf?«, fragte der Junge plötzlich.

Sie brauchte nicht weiter zu überlegen, bevor sie antwortete: »Oh ja. Da bin ich mir ganz sicher, Finn«, sagte sie voller Überzeugung. »Egal wo deine Mama jetzt ist, sie denkt immer an dich, und du bist bei ihr. Denn du bist auf jeden Fall ihr allergrößter Schatz, den ihr niemand jemals wegnehmen kann.«

Sie spürte, wie sein kleiner Körper leicht bebte und er leise weinte, und streichelte ihm weiter tröstend über den Kopf. Auch in ihren Augen brannten Tränen. Als sie zur Tür sah, war Toni nicht mehr da.

»Weißt du, wenn ich bei Elina bin und sie ins Bett bringe

und sie nicht schlafen kann, dann singe ich ihr immer was vor.«

»Was singst du ihr denn vor?«, fragte er schniefend.

»Es ist ein Lied, das sich meine Mama irgendwann mal für meine Schwester und mich ausgedacht hat. Magst du es hören?«

»Ja.«

Sie räusperte sich leise.

»Also gut.« Sie begann den Text mit der einfachen und eingängigen Melodie zu singen:

»Es gibt ein Land zum Träumen … da dürfen alle hin …
alles ist dort möglich … ich darf wählen, wer ich bin.
Mal bin ich eine Katze … mal bin ich eine Kuh …
ich fliege durch die Wolken … und schau den Sternen zu.
Gute Nacht, schlaf schön ein, lieber Finn, gute Nacht.
Ich sause durch die Wiese … und tanze auf dem Dach …
verputze Schokolade … und renn andern Kindern nach.
Doch bevor ich in das Land geh … in dem ich träumen kann ...
muss ich erst die Augen schließen … und bald schon schlaf ich dann.
Gute Nacht, schlaf schön ein, lieber Finn, gute Nacht.«

Als das Lied zu Ende war, hatte er sich ein wenig beruhigt.

»Wenn ich das Lied für Elina singe, dann geht es natürlich so: *Gute Nacht, schlaf schön ein, liebe Elina, gute Nacht*«, verriet sie.

»Singst du es noch mal?«, bat Finn leise.

»Ja klar.«

Jana wiederholte das Schlaflied und merkte, dass Finn sich immer mehr entspannte.

»Was möchtest du denn heute gern im Traum machen?«, fragte sie.

»Hm … ich weiß nicht.« Er überlegte eine Weile. Dann meinte er: »Ich möchte mit Elina mit der großen Kugelbahn im Kindergarten spielen.«

»Mit der Kugelbahn? Die mag Elina besonders gern, hat sie mir erzählt.«

»Und einen großen Schneemann bauen. Mit Onkel Toni … und mit dir.«

»Das wäre auch toll! Vielleicht passiert das ja heute in deinem Traum. Oder irgendwas anderes Schönes. Im Traumland ist alles möglich.«

»Kann meine Mama da auch hinkommen?«

»Ja. Manchmal kann auch deine Mama im Traum zu dir kommen, Finn.«

Plötzlich spürte sie, wie eine kleine Hand die ihre umschloss.

»Soll ich dir noch eine Geschichte erzählen und bei dir bleiben, bis du eingeschlafen bist?«

»Ja.«

»Na gut. Dann hör mal zu.«

Sie wollte gerade anfangen, da huschte ein Schatten über den Boden, und Kater Fleck hüpfte auf das Bett.

»Schau mal, ich glaube, Fleck möchte die Geschichte auch hören. Darf er in deinem Bett bleiben?«

»Oh ja!«

»Möchtest du lieber die Geschichte vom riesigen Zwerg Minimax hören?« – die hatte Jana sich selbst für Elina und die Kindergartenkinder ausgedacht – »oder die vom gestiefelten Kater?«

»Die vom Zwerg.«

»Na gut, dann pass mal auf! Es war einmal in einer Höhle in einem fernen Land …«

Kapitel 16

Die Nacht vor Heiligabend

Zwanzig Minuten später war Finn tief und fest eingeschlafen. Und auch die Katze döste am Fußende des Bettes. Jana überlegte kurz, ob sie das Tier mit aus dem Zimmer nehmen sollte, entschied sich dann aber dazu, Fleck dort zu lassen. Da die Tür zum Kinderzimmer einen Spalt offen stehen blieb, würde er später vermutlich ohnehin wieder zu Finn gehen. Also konnte der Kater gleich hierbleiben.

Vorsichtig löste Jana Finns Hand aus ihrer, schaltete das Licht aus und tappte im Dunklen hinaus.

»Nicht erschrecken!«, hörte sie eine leise Stimme, die direkt neben ihr vom Boden kam.

Dort saß Toni an die Wand gelehnt, die Beine an den Körper gezogen.

Hatte er ihnen die ganze Zeit zugehört?

»Ich hoffe, es war für dich okay, dass ich …«, flüsterte sie unsicher, wusste aber nicht, wie sie am besten fortfahren sollte.

»Ja, das war es. Können wir noch kurz reden, Jana?«,

bat er und rappelte sich dann hoch. Jetzt stand er ganz nah neben ihr.

»Klar.«

Sie gingen in Margits ehemaliges Arbeitszimmer. Jana hockte sich auf das Sofa, während Toni sich an die Fensterbank lehnte. Er wirkte aufgewühlt.

»Ich … ich glaube, ich kann das nicht. Ich schaffe das einfach nicht, Jana«, sagte er und senkte den Kopf.

»Wie meinst du das?«, fragte sie, obwohl Jana ahnte, was er ihr sagen wollte.

»Fast jede Nacht wacht er auf und weint. Und wenn er nach seiner Mutter fragt – dann weiß ich einfach nicht, was ich ihm sagen soll. Ich kann das nicht, so wie du das eben gemacht hast. Deswegen versuche ich, ihn immer abzulenken. Ich erzähle ihm irgendeine Geschichte, damit er nicht an sie denken muss. Aber ich habe das Gefühl, dass es dadurch nur noch schlimmer wird.«

Jana nickte nachdenklich.

»Du redest mit ihm nicht über seine Mutter?«, fragte sie.

»Nein. Ich will ihn nicht aufwühlen.«

»Ich verstehe. Du möchtest ihn unbedingt schonen, nicht wahr?«

»Ja natürlich.« Er fuhr sich in einer hilflosen Geste durch die Haare. Jana hatte plötzlich das Bedürfnis aufzustehen und ihn zu umarmen. Doch sie blieb sitzen, suchte nach den richtigen Worten.

»Toni, jede Situation ist immer ein wenig anders, und jedem Menschen hilft bei einem Verlust etwas anderes. Da gibt es kein Generalrezept für richtig oder falsch. Aber für

Finn wäre es, wie ich glaube, trotzdem wichtig, dass seine tote Mutter von dir nicht mit einer Art *Tabu* …« sie setzte das letzte Wort mit den Fingern in Anführungszeichen »… belegt wird.«

»Tabu? Wie meinst du das?«

»Wenn du es völlig vermeidest, über sie zu sprechen«, antwortete sie.

»Aber ich merke doch, wie sehr es ihm wehtut, außerdem weint er immer, wenn ich nur ihren Namen ausspreche.«

»So wie vorhin, als ich mit Finn über seine Mama geredet habe?«

»Du hast es bestimmt ganz lieb gemeint, Jana, aber ich weiß nicht …«

»Toni«, unterbracht sie ihn. »Natürlich tut es ihm weh, wenn jemand mit ihm über seine Mama spricht. Aber trotzdem findet sie dann noch irgendwie in seinem Leben statt und ist nicht ganz verschwunden. Blendet man sie aber aus, um ihn vermeintlich zu schonen, dann nimmt man ihm etwas Essentielles. Er braucht diese Trauer, damit er sie irgendwie überwinden kann. Und dazu gehört nun mal auch, dass ihr über sie redet.«

Toni schwieg eine Weile und begann dann, im Zimmer auf und ab zu gehen. Schließlich blieb er wieder stehen und sah sie an.

»Ich glaube, ich mache alles falsch, Jana. Vielleicht wäre Finn bei jemand anderem viel besser aufgehoben als bei mir.«

Nun stand sie ebenfalls auf.

»Das ist doch Unsinn, Toni«, sagte sie. »Finn braucht dich. Du bist jetzt sein Halt. Die einzige echte Familie, die er noch hat. Und der einzige Mensch, der seine Mama und ihn immer schon kannte.«

Toni schluckte.

»Wenn ich dir einen Rat geben darf, dann schau dir mit ihm Fotos und Videos an, auf denen Margit zu sehen ist. Rede mit Finn darüber. Erzähle ihm kindgerecht Geschichten von ihr und lass ihn von seiner Mama erzählen, wann immer er möchte, ohne ihn mit etwas anderem abzulenken. Halte sie so gut wie möglich in seiner Erinnerung wach, gerade weil er sie nur so kurze Zeit in seinem Leben haben durfte. Lass sie einfach weiter Teil seines Lebens sein. Probiere auch die Rezepte aus dem Buch aus, die sie für ihn gekocht hat, und beziehe ihn dabei mit ein. Und gleichzeitig baut ihr euch euer eigenes gemeinsames Zusammenleben auf. Mit neuen Gerichten, neuen Spielen, neuen Liedern, neuen Ausflügen und Ritualen, die nur euch gehören, so schafft ihr auch eigene zukünftige Erinnerungen für euch beide.«

»Jana ich …«

Er schluckte, und sie sah, dass seine Augen verdächtig schimmerten.

»Ich weiß, es ist schwer. Aber Finn ist es wert, dass du alles für ihn tust.«

»Man merkt echt, dass du viel mit Kindern zu tun hast«, sagte er mit kratziger Stimme.

»Tja …«

Sie zuckte mit den Schultern.

»Ich versuche vor allem, mich in diese kleinen Menschen hineinzuversetzen.«

Wieder schwiegen sie eine Weile.

»Aber was ist, wenn ich das alles versuche und es trotzdem nicht schaffe?«, fragte er dann.

»In diesem Fall musst du dir Hilfe holen, Toni. Und dann muss man schauen, was für Finn das Beste ist. Aber so weit ist es noch lange nicht, oder?«

Sie lächelte ihm aufmunternd zu.

»Nein. So weit ist es noch nicht.«

»Und bitte vergiss nicht, es ist nicht nur Finn, der um seine Mama trauert. Du hast deine große Schwester verloren und musst das auch erst einmal irgendwie verarbeiten. Auch du musst um sie trauern.«

Er drehte sich um zum Fenster. Vermutlich, damit sie seine Tränen nicht sehen konnte. Sie ließ ihm die Zeit.

»Und wenn du mit jemandem reden möchtest oder einen Rat brauchst, dann kannst du mich anrufen, wenn du magst«, bot sie ihm nach einer Weile an. »Egal zu welcher Tages- oder Nachtzeit, denn ich ahne, dass es in den Nächten am schlimmsten sein kann.«

Er wandte sich wieder zu ihr um.

»Vielleicht nehme ich das Angebot tatsächlich an«, murmelte er heiser.

»Es ist auch wirklich ernst gemeint.«

»Vielen Dank, Jana.«

Wieder schwiegen sie eine Weile.

»Schau mal ...« Er deutete zum Fenster. »Es hat aufgehört zu schneien.«

Sie trat neben ihn und sah hinaus in die nächtliche Winterlandschaft. Es hatte tatsächlich aufgehört. Und auch der Wind hatte sich gelegt.

»Denkst du, es ist damit vorbei?«, fragte sie und meinte den Schneesturm, der sie und alle Menschen in der Gegend seit Stunden in Atem gehalten hatte.

»Ich hoffe es. Aber laut Wetterbericht eher nicht.«

»Allerdings irren die sich ja ständig«, meinte Jana mit einem Lächeln.

»Das stimmt.«

Auch er lächelte. Und Jana spürte, dass ihr Herz plötzlich ganz unvermittelt ein klein wenig schneller schlug.

»So, jetzt lass ich dich aber schlafen«, sagte er schließlich. »Es ist echt schon spät.«

Jana warf einen Blick auf die Uhr, die über dem Schreibtisch hing. Es war tatsächlich schon kurz vor Mitternacht.

»Nochmals danke, Jana.« Zu ihrer Überraschung umarmte er sie und drückte sie an sich. Auch, wenn es sicherlich nur eine freundschaftlich gemeinte und aus Dankbarkeit geborene Umarmung war, fühlte es sich richtig gut an. »Dafür, wie du mit Finn umgehst«, fuhr er fort und löste sich dabei langsam von ihr. »Und es hat auch mir gutgetan, dir mein Herz auszuschütten. Weißt du, in Hamburg bin ich immer nur mit der Arbeit beschäftigt, und mein Geschäftspartner Ben ist in solchen Dingen leider auch nicht so ganz der Richtige, um darüber zu reden.«

Sie nickte.

»Gerne jederzeit wieder.«

»Gute Nacht, Jana. Schlaf gut.«

»Danke. Du auch, Toni.«

Nachdem er gegangen war, löschte sie das Licht und legte sich aufs Sofa. Sie konnte seine Umarmung immer noch spüren. Es war erstaunlich, im Gegensatz zu Stephan, mit dem sie drei Jahre lang zusammen war und der sich jetzt so fremd für sie anfühlte, hatte sie mit Toni früher nicht sonderlich viel Kontakt gehabt, und trotzdem fühlte es sich sehr vertraut an, wenn sie mit ihm sprach oder wie gerade eben bei der Umarmung.

In ihrem Kopf schwirrten noch so viele Gedanken herum, und Jana befürchtete, weiterhin nicht einschlafen zu können, doch sie hatte kaum die Augen geschlossen, da versank sie schon bald in einen tiefen Schlaf.

Kapitel 17

Der Morgen an Heiligabend

Als Jana am nächsten Morgen erwachte, war es draußen noch dunkel. Eine Weile blieb sie unter der warmen Decke und döste vor sich hin. Dabei schlief sie immer wieder kurz ein und träumte wirre Sachen. Sie war zusammen mit ihrem Vater und Georgios in einem der Gänge des historischen Silberbergwerks in Bodenmais. Georgios versuchte, in den dunklen Nischen des Barbarastollens Pilze zu finden, um Suppe für eine Schulklasse zu kochen. Aber er fand nur Muscheln, die er in seinen Korb legte. Plötzlich fiel Jana ein, dass sie eigentlich nach Finn und Elina suchen musste, die sich irgendwo im Bergwerk verlaufen hatten. Wie hatte sie die beiden nur vergessen können? Sie bat ihren Vater um Hilfe, doch der erklärte ihr, dass er keine Zeit habe, weil er nach Ägypten zu ihrer Mutter müsse, um eine Mumie zu beerdigen. Jana wusste allerdings, dass ihr nicht mehr viel Zeit blieb. Sie rannte in die finsteren Höhlen und rief verzweifelt nach den Kindern. Plötzlich hörte sie die beiden hinter sich lachen, aber in dem Moment, als Jana sich zu ihnen umdrehte, wachte sie auf.

»Was war das denn für ein Unsinn?«, murmelte sie und schüttelte leise lächelnd den Kopf über den seltsamen Traum, der sich schon jetzt zu verflüchtigen begann wie Rauchschwaden im Wind. Sie sah auf die Uhr an ihrem Handy. Kurz vor halb acht. Draußen war es immer noch dunkel, doch die kleine Schneepause von letzter Nacht war bereits wieder Geschichte. Winzige Flocken rieselten wie Puderzucker vom Himmel.

Es war der Tag von Heiligabend, der schon als Kind ihr liebster Tag im Jahr war. Ein Tag der erwartungsvollen Spannung, versehen mit einem gewissen Zauber, den Jana nicht erklären konnte. Auch heute hatte sie ein besonderes Gefühl, doch sie wusste nicht, ob es eher an der ungewöhnlichen Situation lag, in die sie geraten war, und an der ungewohnten Umgebung.

Bisher hatte sie Weihnachten immer mit ihrer Familie verbracht. Es fühlte sich eigenartig an, diesen speziellen Tag heute ohne ihre Eltern und Christa und die kleine Elina zu verbringen. Ihre Mutter hatte zusammen mit Franz immer schon Tage vorher alles auf Hochglanz geputzt und dekoriert, damit das Haus an Heiligabend nur so funkelte. Almut wollte an Heiligabend keine Hektik haben, und meistens klappte das auch und sie verbrachten einen weitgehend entspannten Familientag. Janas Vater war für ein üppiges Frühstück zuständig, das sich manchmal über zwei oder drei Stunden hinzog. Am frühen Nachmittag stand dann immer ein Spaziergang auf dem Programm, mit einem Besuch bei Tante Wally und an den Familiengräbern, wo sie Kerzen anzündeten. Anschließend gab es Kaffee und Baumkuchen, den Christa mitgebracht hatte. Der einzige Kuchen, den sie überhaupt je selbst machte. Währenddessen brutzelte der Gänsebraten, den es nach der Bescherung gab, schon auf niedriger Hitze im Rohr. Die Bescherung und das Essen hatten sie und ihre Familie vorgestern zwar gemeinsam vorgezogen, aber für mehr war durch die unverhofften hektischen Reisevorbereitungen keine Zeit gewesen.

Die üblichen Rituale dieses besonderen Tages fehlten Jana. Trotzdem wollte sie das Beste daraus machen, und tatsächlich war sie auch ein klein wenig neugierig, was sie heute erleben würde. Sie setzte sich im Bett hoch. Im Haus war es ganz still. Offenbar schliefen noch alle.

Sie suchte in ihrer Reisetasche nach frischer Kleidung und ging dann ins Badezimmer. Als sie zwanzig Minuten später geduscht und umgezogen in den Flur trat, zog ihr von unten ein verlockender Kaffeeduft in die Nase.

Inzwischen war der Tag angebrochen. In der Küche saß Paula am Tisch, eine dampfende Kaffeetasse vor sich. Im Hintergrund lief leise Musik aus dem Radio. Sie trug den grauen Jogginganzug, den Jana ihr gestern gebracht hatte, und sah schrecklich aus. So, als hätte sie die ganze Nacht kein Auge zugemacht.

»Guten Morgen, Paula.«

Jana sparte es sich zu fragen, ob sie gut geschlafen hatte.

»Guten Morgen, Jana.«

»Darf ich mir Kaffee nehmen?«

»Ja sicher!«

Jana schenke sich einen großen Becher ein und setzte sich damit an den Tisch.

»Die anderen schlafen noch alle?«, fragte Jana.

Zu ihrer Überraschung schüttelte Paula den Kopf.

»Georgios und Stephan sind vor ein paar Minuten rausgegangen, um einen Tannenbaum zu schlagen«, erklärte sie. »Dann braucht Toni sich nicht darum zu kümmern. Und sie wollen …«

Abrupt brach sie ab und sah zur Tür. Jana drehte sich um. Gitti war hereingekommen, mit Fleck auf dem Arm. Sie trug eine Art Yoga-Hose und einen etwas enganliegenden Pullover, die vermutlich aus Margits Kleiderschrank stammten, und sah mindestens genau so schrecklich aus wie ihre große Schwester.

»Guten Morgen, Gitti!«, sagte Paula, um ein Lächeln bemüht.

»Guten Morgen, Gitti«, grüßte auch Jana und war ein wenig besorgt, wie die Begegnung der beiden Frauen sich entwickeln würde.

Gitti nickte nur und wandte sich an Jana.

»Ich glaube, die Katze hat Hunger. Was soll ich ihr denn geben?«

»Darum kann ich mich kümmern«, bot Jana an.

Gitti setzte Fleck ab, ging zur Kaffeemaschine und schenkte sich ein.

Jana holte den letzten Rest Gänsebraten für Fleck aus dem Kühlschrank. Dazu gab sie ein wenig Kochschinken. Natürlich war das keine ganz ideale Kost für eine Katze, aber bis auf die Dose mit Thunfisch, die sie noch für Fleck zur Seite geräumt hatte, war die Auswahl leider nicht mehr allzu groß.

»Komm, setz dich doch, Gitti«, forderte Paula ihre Schwester freundlich auf.

Doch Gitti reagierte gar nicht auf sie und stellte sich mit der Tasse ans Fenster.

Paula seufzte hörbar und nahm ihr Handy in die Hand.

Jana stellte den Teller mit Futter auf den Boden und sah zwischen den Schwestern hin und her. Für sie als *Harmoniesüchtling* war das Zerwürfnis der beiden sehr unangenehm, und sie überlegte, wie sie ihnen helfen konnte. Immerhin war Gitti schon mal nach unten gekommen, was Jana für ein gutes Zeichen hielt.

»In den Regionalnachrichten heißt es, dass einige abgelegene Straßen durch die anhaltenden Schneefälle und umgestürzten Bäume nach wie vor unbefahrbar sind«, sagte Paula. »Vor allem hier bei uns in der Region muss es ganz besonders heftig gewütet haben. Die Behörden bitten alle, die nicht unbedingt aus dem Haus müssen, eindringlich, daheim zu bleiben, damit es nicht zu noch mehr Unfällen kommt.«

»Na toll!«, murmelte Gitti genervt. »Also bleiben wir weiterhin hier eingesperrt. Dabei hätte ich heute Vormittag eigentlich noch Besorgungen machen müssen.«

»Was brauchst du denn noch?«, fragte Paula, bekam jedoch keine Antwort von Gitti. Ein paar Sekunden später knallte Paula die noch halb volle Tasse auf den Tisch, so dass Kaffee auf die Tischdecke schwappte.

Jana und Gitti sahen sie erschrocken an, und auch Fleck floh aufgeschreckt hinaus in den Flur.

Paula griff nach dem Handy und stand auf. Ihre Miene war eisig.

»Mir reicht das jetzt! Ich werde Markus anrufen und ihm sagen, dass wir nicht zusammenziehen können«, rief sie entschlossen. »Am besten mache ich gleich mit ihm Schluss, denn ich weiß jetzt schon, dass er nicht glücklich darüber wäre, wenn wir weiterhin in getrennten Wohnungen leben. Aber ich habe leider nicht die Energie, entweder einen enttäuschten und unglücklichen Freund zu haben oder eine Schwester, die kein Wort mehr mit mir reden will, mit der ich aber tagtäglich in unserem Geschäft zusammenarbeiten muss.«

Als sie zur Tür ging, rief Gitti ihr hinterher: »Paula! Warte!«

Paula blieb stehen und drehte sich langsam zu ihrer Schwester um. Jana hoffte inständig, dass Gitti nun einlenken würde, damit die beiden sich aussprechen und wieder versöhnen konnten.

»Jetzt willst du mich zum Sündenbock machen?«, fuhr Gitti ihre Schwester stattdessen aufgebracht an. »Du machst es dir gerade ganz schön einfach!«

Paula und auch Jana sahen sie verdutzt an.

»Ich ... ich mache es mir einfach?«, fragte Paula ungläubig.

»Allerdings. Denn wenn du mit diesem Kerl Schluss machst, wirst du mir immer die Schuld dafür geben, dass ich es war, die dir deine große Liebe zerstört hat. Das kannst du vergessen!«

Paula lachte trocken auf.

»Ach ja? Und die Alternative wäre was? Dass du für immer beleidigt bist, weil ich mich nicht an dieses blöde

Versprechen gehalten habe, wenn ich doch mit ihm zusammenziehe und nicht bei dir bleibe, bis man uns mit den Beinen voran aus der Wohnung trägt? Das kannst du dir abschminken, meine Liebe!«

Ganz plötzlich verzog Gitti das Gesicht, und Jana dachte schon, sie würde anfangen zu weinen. Doch das Gegenteil war der Fall. Sie lachte!

»Sag mal, was ist denn da so lustig?«, giftete Paula sie an.

»Was so lustig ist?«, hakte Gitti nach und stellte die Tasse auf dem Fensterbrett ab.

»Ja?«

Plötzlich wurde Gitti wieder ernst und sah ihre Schwester mit einem Blick an, den Jana nicht deuten konnte. »Das Lustige ist, dass ich nie und nimmer für immer beleidigt sein könnte. Ich halte es ja kaum eine Nacht aus, mit dir zerstritten zu sein. Keine Sekunde lang habe ich heute Nacht geschlafen, Paula. Keine Sekunde!«

Und jetzt standen ihr doch Tränen in den Augen.

»Und was glaubst du, wie es mir geht?«, rief nun Paula, ebenfalls mit feucht schimmerndem Blick. »Ich habe mir die ganze Nacht die größten Vorwürfe gemacht. Ich schäme mich, dass ich dir nicht früher von Markus erzählt habe, weil ich aus irgendeinem dämlichen Grund zu feige war. Gitti, ich will auf keinen Fall, dass es dir schlecht geht, weil du der wichtigste Mensch in meinem Leben bist! Und das warst du immer schon. Aber ich … ich liebe auch Markus. Und ich weiß einfach nicht, was ich jetzt machen soll, damit ich keinen von euch verletze.«

Nun kullerten nicht nur bei den Schwestern die Tränen.

Auch Jana wischte sich die Augen. Und ganz plötzlich lagen Paula und Gitti sich in den Armen.

»Es tut mir so leid, Gitti.«

»Mir auch, Paula! Ich hätte nicht so kindisch reagieren sollen. Ich freue mich ja für dich, dass du dich endlich mal richtig verliebt hast.«

»Ich will aber nicht, dass du alleine bist!«, murmelte Paula.

»Das weiß ich doch!«

Nach einer Weile hatten die Schwestern sich wieder beruhigt, und sie saßen zu dritt am Tisch. Jana war total erleichtert, dass sie den Streit so schnell beigelegt hatten. Eine jahrzehntelange und so innige Verbindung wie die von Paula und Gitti konnte wohl doch auch mal einen heftigen Sturm überstehen, ohne dass dabei allzu viel kaputtgehen musste.

»Sicher findet ihr eine Lösung, mit der es euch beiden gut geht!«, meinte Jana, und die Schwestern nickten.

»Jedenfalls würde ich mich sehr freuen, wenn du Markus endlich kennenlernst, Gitti«, sagte Paula. »Ich will doch unbedingt wissen, was du von ihm hältst.«

»Natürlich werde ich ihn genau unter die Lupe nehmen. Falls wir bis heute Abend hier rauskommen, kann er gern zu uns kommen«, erklärte Gitti.

»Ich würde mir ja wirklich für euch wünschen, dass das klappt«, sagte Jana. »Aber irgendwie bin ich mir nicht sicher, ob das Wetter dabei mitspielt.«

Paula runzelte die Stirn.

»Das fürchte ich auch. Aber wenn es heute nicht sein

soll, dann eben irgendwann in den nächsten Tagen. Hauptsache ich weiß, dass du nichts mehr dagegen hast, Gitti.«

»Er muss zwar erst noch die Begutachtung überstehen, aber ich kann mir nicht vorstellen, dass er durchfällt, wenn du ihn gut findest.«

Paula lächelte.

»Mehr als gut ... Mag noch jemand Kaffee?«

Jana und Gitti nickten, und Paula setzte eine neue Kanne auf.

»Übrigens, als ich heute Nacht mal kurz im Badezimmer war, ist die Katze zu mir ins Zimmer geschlüpft und in mein Bett gesprungen«, erzählte Gitti, nachdem Paula sich wieder zu ihnen gesetzt hatte.

»Ich glaube, Fleck testet alle Zimmer und Betten im Haus aus«, meinte Jana amüsiert.

»Er hat bis heute Früh bei mir geschlafen, und sein Schnurren und seine Anwesenheit hatten etwas sehr Beruhigendes ... Deswegen habe ich mir vorhin so überlegt, ob ich mir nicht vielleicht auch eine Katze zulegen sollte, was meint ihr? Oder besser gleich zwei, damit sie immer Gesellschaft haben, wenn ich unterwegs oder unten im Laden bin. Trotzdem könnte ich in den Pausen immer wieder mal nach oben gehen und nach ihnen schauen.«

»Du möchtest Katzen, Gitti?«, fragte Paula völlig verdutzt. »Das ist mir ja ganz neu.«

»So eine Entscheidung sollte man sich vorher schon gut überlegen, Gitti. Mit einem Tier ist man für lange Zeit auch angebunden«, gab Jana zu bedenken. Trotzdem fand sie die Idee gar nicht so schlecht.

»Natürlich werde ich mir das in Ruhe durch den Kopf gehen lassen. Aber ich wollte früher immer schon ein Haustier haben. Einen Hund oder eben Katzen. Das ging aber leider nicht, weil mein Mann eine Tierhaarallergie hatte«, sagte Gitti und sah zu ihrer Schwester. »Das habe ich dir bestimmt auch mal erzählt.«

»Jetzt wo du es sagst, erinnere ich mich wieder«, meinte Paula.

In diesem Moment hörten sie draußen im Flur Stimmen. Gleich darauf kamen Finn und Toni in die Wohnküche, gefolgt von Fleck, der eilig auf die Fensterbank sprang.

»Guten Morgen«, begrüßten Toni und Finn die Damen in der Küche.

»Ebenfalls guten Morgen«, grüßten diese.

Die Katze fing an zu maunzen, und Jana öffnete das Fenster. Sofort huschte sie hinaus.

»Na, hast du was Schönes geträumt, Finn?«, fragte Jana, während sie das Fenster rasch wieder schloss.

Der Kleine zuckte mit den Schultern.

»Vielleicht. Ich weiß es aber nicht mehr.«

»Geht es dir heute wieder besser, Gitti?«, fragte Toni, und Jana bemerkte erst jetzt, dass er das Buch mit den Kochrezepten in der Hand hielt.

»Ja. Viel besser. Aber ich glaube, ich muss mich jetzt trotzdem noch mal ein wenig hinlegen«, sagte sie und stand auf.

»Ich komme mit und gönne mir auch noch eine Mütze Schlaf in einem richtigen Bett«, erklärte Paula.

Toni sah den beiden etwas verwundert hinterher, als sie den Raum verließen.

»Die gehen jetzt schon wieder schlafen?«

Jana lächelte.

»Glaub mir, die haben es wirklich nötig«, beteuerte sie, ohne das weiter zu erklären.

Toni zuckte mit den Schultern und legte das Buch auf den Tisch. Er schlug es auf und suchte eine bestimmte Seite.

»Da ist es. Ich habe mir gedacht, heute wäre doch der richtige Tag für Pfannkuchen zum Frühstück!«

»Pfannkuchen mag ich gern!«, sagte Finn.

»Hört sich gut an!«, meinte Jana, die tatsächlich auch schon etwas Hunger hatte.

»Und zwar machen wir die genau so, wie deine Mama sie nach dem Rezept deiner Oma gemacht hat, Finn.«

Jana lächelte. Er hatte sich ihre Worte also zu Herzen genommen.

»Also, wir brauchen vier Eier, dreihundert Gramm Mehl, dreihundert Milliliter Milch, eine Prise Salz und ein halbes Päckchen Vanillezucker«, las er aus dem Rezept vor. »Das müsste noch alles hier sein, oder?«

»Ich denke schon. Nur mit der Milch könnte es knapp werden, da ist nicht mehr viel da …« Plötzlich fiel ihr etwas ein. »Aber weißt du was? Ich hab doch ein paar Becher frische Schlagsahne mitgebracht, die meine Mutter mir mitgegeben hat, weil sie bis ins neue Jahr abgelaufen wären. Vielleicht kannst du ja Sahne nehmen und mit etwas Wasser verdünnen?«, schlug Jana vor.

»Gute Idee. Das probieren wir einfach mal aus. Oder, was meinst du, Finn?«

Der Junge lächelte und nickte.

Kapitel 18

Ziemlich weiße Weihnachten

Zwanzig Minuten später briet Toni gerade den ersten Pfannkuchen, da klingelte es. Jana ging hinaus und öffnete die Haustür. Georgios klopfte sich vor dem Haus den Schnee von seinen Sachen.

»Wir haben eine richtig schöne Tanne gefunden«, verkündete er. »Sie steht jetzt hinten auf der Terrasse.«

»Wo ist denn Stephan?«, fragte Jana.

»Der holt aus der Scheune eine zweite Schneeschaufel.«

»Wozu das denn?«

»Stephan hat gestern Abend noch mit Toni gesprochen. Der Wagen …«, er deutete auf das Auto, das inzwischen völlig eingeschneit war, »… ist ein Leihauto, das er am Flughafen abgeben muss. Toni meinte, sobald die Straßen heute im Laufe des Tages geräumt werden, können wir den Wagen nehmen, um nach Hause zu fahren. Wir wollen ihn schon mal ausbuddeln und ein größeres Stück vor dem Haus frei schippen. Dann können wir aufbrechen, sobald der Räumdienst es schafft, die kleine Zufahrtsstraße hierher zu räumen. Und dich bringen wir natürlich auch zum Haus deiner Eltern.«

»Danke, das wäre super. Aber ich bin mir nicht sicher, ob das mit den Räumfahrzeugen wirklich so bald schon klappt«, meinte Jana, auch wenn der Schneefall wieder nachgelassen hatte.

»Das bin ich auch nicht. Aber falls doch sind wir jedenfalls bereit.«

»Soll ich euch helfen?«

»Nein. Das schaffen wir schon. Wir brauchen sowieso ein wenig Bewegung. Aber erst möchte ich gern noch eine Kleinigkeit frühstücken und vor allem eine Tasse Kaffee.«

»Da kommst du genau richtig«, sagte Jana. »Toni macht gerade Pfannkuchen für uns.«

In diesem Moment kam Stephan mit einer Schneeschaufel aus der Scheune.

»Guten Morgen, Stephan. Frühstück ist fertig!«, rief Jana ihm zu. Sie versuchte so normal wie möglich mit ihm umzugehen.

»Ich brauche nichts, danke!«, winkte er jedoch sofort ab und begann, das Auto vom Schnee zu befreien.

»Dann eben nicht«, murmelte sie.

»Es ist schön, wenn man als Koch mal von anderen bekocht wird«, sagte Georgios, der Marmelade auf seinen zweiten Pfannkuchen strich. »Die sind wirklich lecker.«

»Finde ich auch!«, stimmte Jana ihm zu. »Schmeckt es dir auch, Finn?«

Der Junge nickte und verputzte das letzte Stück.

»Magst du noch einen Finn?«, fragte Toni, dem anzusehen war, wie sehr er sich über den Appetit seines Neffen freute.

»Ja. Noch einen großen.«

»Aber klar doch. Du kriegst den allergrößten. Jana, du auch?«

»Nein danke«, winkte sie ab und schenkte sich stattdessen noch eine zweite Tasse Kaffee ein.

Es war sehr gemütlich in der Wohnküche. Jana hatte vier Teelichter, von denen sie noch eine halbe Packung in einer Schublade gefunden hatte, auf einen kleinen Teller gestellt. Die Kerzen verbreiteten nicht nur warmes Licht, das heiße Wachs sorgte auch für einen weihnachtlichen Duft, der den Raum erfüllte. Im Hintergrund liefen im Radio Weihnachtslieder, und Fleck war längst wieder zurück und lag schlafend auf der Ottomane. Plötzlich klingelte Georgios Handy.

»Das ist mein Bruder!«, rief er erfreut und ging ran. »Kalimera, Leandros …«

Da er sich in seiner Muttersprache unterhielt, verstanden sie nichts. Doch seiner Mimik nach zu urteilen, wechselte sich seine Stimmung von glücklich bis ein wenig wehmütig ab.

Da Georgios keine Anstalten machte, zum Telefonieren hinauszugehen, hatte Toni das Radio leiser gedreht. Schließlich legte Georgios auf und seufzte.

»Meiner Familie geht es gut, da bin ich sehr froh«, erzählte er und nahm den letzten Schluck Kaffee aus seiner Tasse.

»Vermisst du sie sehr? Gerade jetzt in der Weihnachtszeit?«, fragte Jana.

Er nickte, lächelte aber tapfer.

»Ja. Aber an den Feiertagen ist in der Küche im Restaurant immer besonders viel zu tun, so dass ich kaum zum Nachdenken komme. Und Ende Januar macht mein Chef zwei Wochen Betriebsurlaub, und da besuche ich sie. Die Tochter einer Cousine hat ihre Verlobungsfeier extra dahin gelegt, dass ich auch dabei sein kann. Ich freue mich schon sehr, bald für eine kurze Zeit in meiner Heimat zu sein.«

»Rhodos ist total schön. Ich war schon mehrmals beruflich dort. In Lindos und in Kiotari. Dort arbeiten wir mit einigen Hotels zusammen. Wo wohnt denn deine Familie, Georgios?«, wollte Toni wissen.

»In Rhodos Stadt.«

Finn stand auf und ging zur Tür.

»Wo willst du denn hin?«, fragte Toni.

»Muss aufs Klo!«

Jana lächelte.

Kaum hörten sie die Tür im Badezimmer, sagte Toni etwas leiser zu Georgios:

»Toll, dass ihr die Tanne gefällt habt. Ich möchte Finn heute Abend mit dem Weihnachtsbaum überraschen, deswegen soll er nichts davon mitbekommen.«

»Ich kann mit ihm spielen, während ihr den Baum ins Wohnzimmer bringt und schmückt«, sagte Jana.

»Danke. Ich muss erst noch mehr Weihnachtsdeko und den Christbaumständer vom Speicher holen. Und das Spielzeug für Finn.«

»Ich wollte nach dem Frühstück eigentlich zum Schneeräumen rausgehen, aber ich kann gerne noch beim Aufstellen des Baumes helfen«, sagte Georgios.

»Das wäre super. Danke!«

»Hat Finn eigentlich einen Schneeanzug?«, fragte Jana.

»Klar.«

»Dann gehe ich solange mit ihm raus, und wir bauen einen Schneemann. Es hat gerade ein wenig aufgehört zu schneien, das sollten wir ausnutzen. So kriegt er frische Luft und bekommt nichts mit.«

Während Toni im Wohnzimmer den Baum schmückte, den er zusammen mit Georgios aufgestellt hatte, der jetzt Stephan beim Schneeräumen half, rollte Jana mit Finn eine immer größter werdende Schneekugel für das Unterteil des Schneemanns.

»Das wird ein großer Schneemann!«, rief Finn begeistert.

»Ein ziemlich großer sogar. Und wenn wir ihn fertig haben, machen wir wieder ein Foto und schicken es Elina«, schlug Jana vor, und der Junge nickte eifrig. Seine Wangen waren von der Kälte gerötet, und seine Augen funkelten freudig, als sie die zweite, etwas kleinere Schneekugel für den Oberkörper gemeinsam auf den unteren Teil setzten.

»Was brauchen wir jetzt noch?«, fragte Jana.

»Einen Kopf!«

»Ganz genau. Kannst du den vielleicht alleine machen?«, schlug sie vor. »Du hast ja vorhin bei mir gesehen, wie es geht.«

»Kann ich.«

Finn formte sehr geschickt einen Schneeball zwischen seinen behandschuhten Händen und legte ihn in den Schnee. Dann begann er, ihn vorsichtig zu rollen, bis der Ball immer größer wurde.

»Du machst das super, Finn!«, lobte sie ihn. »Jetzt müssen wir ihn noch auf die andere Seite rollen, damit er richtig schön rund wird.«

Sie half ihm dabei, und dann setzten sie den Kopf auf den Körper. Der Kleine lachte vor Freude.

»Der ist ganz schön groß!«, rief er.

»Stimmt. Und was brauchen wir jetzt noch für ihn?«

»Arme.«

»Genau.«

Jana brach zwei dünne Äste von einem Strauch ab und steckte sie in die Seiten. Für Augen und Nase verwendeten sie Walnüsse, für den Mund eine Reihe kleiner Haselnüsse, die Jana vorhin in ihre Jackentasche gepackt hatte.

»Der sieht aber gut aus«, fand Georgios, der mit der Schneeschaufel um die Ecke gekommen war.

»Aber der Schneemann braucht auch noch einen Hut!«, rief Finn.

»Oh, den haben wir vergessen.«

»In der Scheune ist ein alter Eimer. Der könnte passen«, meinte der Koch. »Ich hole ihn.«

Wenige Minuten später setzten sie dem Schneemann den Eimer auf den Kopf.

Finn klatschte begeistert. Und Jana nutzte die Gelegenheit, um ein paar Fotos von ihm zu machen.

»Wir wäre es mit einem Selfie von uns gemeinsam mit dem tollen Schneemann?«, schlug Georgios vor und rief: »Stephan!«

»Ja?«

»Komm doch mal.«

»Was ist denn?«, fragte Stephan, während er näherkam.

»Stell dich zu uns. Wir machen ein Selfie.«

Damit hatte Jana nicht gerechnet. Ihre Eltern und Christa würden Augen machen, wenn sie ihnen ein Foto schickte, auf dem sie zusammen mit ihrem Ex zu sehen war. Fast hätte sie bei dieser Vorstellung gekichert. Doch so weit würde es wohl nicht kommen, denn Stephan winkte ab.

»Ich bin kein Fan von Selfies, aber ich kann von euch dreien ein Foto machen«, bot er an.

Jana gab ihm ihr Handy und stellte sich mit Georgios und Finn neben den Schneemann, der sie um einen Schneemannkopf mit Eimerhut überragte. Stephan machte einige Bilder, dann gab er Jana das Handy zurück.

»Danke.«

»Kein Problem.«

»Ich glaube, wir haben jetzt genug geräumt, Stephan. Wenn der Winterdienst kommt, kann er mit dem Schneepflug gut vor dem Haus wenden, und wir können mit dem Auto losfahren«, meinte Georgios.

»Du hast recht. Und ich hoffe, sie kommen bald. Je früher, desto besser«, sagte Stephan und ging kurz darauf mit Georgios ins Haus.

Jana blieb noch so lange mit Finn draußen, bis sie auch noch eine Schneefrau gebaut hatten.

»Machen wir auch noch einen kleinen Schneemann?«, fragte Finn.

»Vielleicht später. Jetzt ist mir schon ziemlich kalt«, sagte sie fröstelnd. Und tatsächlich war der Wind wieder stärker geworden und wirbelte den frisch gefallenen Schnee wie feinen Puder durch die Luft.

Kapitel 19

Die Einladung

Als sie ins Haus kamen, war Toni noch immer mit dem Schmücken des Weihnachtsbaums beschäftigt. Georgios und Stephan hatten inzwischen geduscht und trugen andere Sachen, vermutlich welche, die Toni ihnen geliehen hatte.

Nachdem sie sich in der Küche mit heißem Tee aufgewärmt hatten, ging Jana mit Finn nach oben ins Kinderzimmer. Dort schickten sie das Foto von Finn und dem Schneemann für Elina an Christas Handy. Kurz darauf schickte Janas Schwester ein Foto von Elina zurück, das sie bei einem Besuch beim Tempel von Luxor gemacht hatten, bevor es am Nachmittag auf das Kreuzfahrtschiff ging. Sie schickte auch eine kurze Sprachnachricht von Elina mit, die gern mit Finn einen Schneemann gebaut hätte.

»Schade, dass Elina nicht hier ist«, sagte Finn.

»Ja. Wirklich schade.« Jana legte das Handy weg und setzte sich mit Finn auf den Boden.

»Was sollen wir denn spielen, Finn?«

»Mit den Dinos. Die fahren gern damit.«

Er deutete auf einen Laster und setzte dann vier verschiedenfarbige kleine Plastikdinosaurier auf die Ladefläche des Fahrzeugs, das er durchs Zimmer schob, bis er wieder bei Jana ankam.

»Jetzt müssen die Dinos wieder aussteigen.«

Als alle draußen waren, ließ er sie erneut einsteigen, und dann musste Jana eine Runde mit ihnen drehen.

Die Tür ging auf, und Toni kam herein.

»Ich wollte mal nachsehen, wie es bei euch hier oben so läuft«, sagte er.

»Alles super bei uns«, erklärte Jana.

Toni setzte sich zu den beiden auf den Boden.

»Schau mal.« Sie zeigte Toni die Fotos auf dem Handy, die sie beim Schneemannbauen gemacht hatten.

»Der Schneemann hat auch eine Schneefrau. Aber die hat keinen Hut«, verriet Finn.

»Vielleicht findet dein Onkel ja später noch etwas, das man der Schneefrau als Hut aufsetzen kann«, meinte sie.

»Bestimmt ... Schickst du mir die Bilder bitte, Jana?«, fragte Toni.

Sie nickte und leitete die Fotos gleich an ihn weiter.

»Danke.«

»Hat bei dir eigentlich alles geklappt?«, wollte sie wissen, ohne zu verraten, worum es ging.

Er nickte.

»Was denn geklappt?«, fragte Finn neugierig. Jana freute sich, dass der Junge in der relativ kurzen Zeit seit ihrer Ankunft inzwischen ein klein wenig aus sich herauskam und auch von sich aus mehr sagte.

»Nicht so neugierig sein, Krümel«, meinte sein Onkel und stupste ihn auf die Nasenspitze. »Das wirst du später schon noch herausfinden. Aber eines kann ich dir jetzt schon verraten.«

»Was denn?« Finn sah ihn gespannt an.

»Tja weißt du. Ich habe erfahren, dass das Christkind heute noch persönlich zu uns hierher ins Haus kommt und Geschenke für dich bringt, Finn.«

»Wirklich? Wann denn?«

»Das weiß keiner so genau. Irgendwann am Abend, wenn es draußen schon dunkel ist«, sagte Toni ganz geheimnisvoll.

»Wie sieht das Christkind denn aus?«

Toni zuckte mit den Schultern.

»Keine Ahnung.«

»Nur ganz wenige Menschen haben es jemals gesehen«, griff Jana die Geschichte auf, die man ihr als Kind erzählt hatte. »Es huscht immer erst dann ins Zimmer, wenn keiner hinsieht, und dann hört man ein Klingeln, bevor es wieder verschwindet.«

»Genau. Und erst dann dürfen Kinder ins Zimmer, um nachzusehen, ob das Christkind schon da war«, fuhr Toni fort.

Gebannt hörte Finn den beiden zu.

»Und dann gibt es Geschenke?«, fragte er.

»Genau. Dann gibt es Geschenke.«

Finn erzählte die gute Nachricht gleich seinem kleinen Kumpel Xaverl, und Toni wandte sich an Jana.

»Sag mal, hab ich das gestern richtig verstanden, dass

du eigentlich unterwegs nach München warst und dort die Feiertage allein verbracht hättest?«

»Nun ja, meine Mitbewohnerinnen in der WG sind bei ihren Familien – und meine Familie treibt sich auf dem Nil herum«, antwortete sie ein wenig flapsig, weil sie nicht wollte, dass sich ihr Alleinsein bemitleidenswert anhörte. »Aber wenn wir hier wieder rauskommen, bleibe ich doch erst mal im Haus meiner Eltern, zumindest so lange, bis mein Auto aus dem Graben geholt wird, das hoffentlich noch fahrtüchtig ist.«

»Dort wärst du auch alleine, oder?«

»Ja. Aber das ist schon okay für mich. Ich werde an den Feiertagen meine Großtante Wally im Seniorenheim besuchen. Und ehemalige Schulfreunde anrufen und fragen, ob jemand was unternehmen will. Einige von denen müsstest du sogar noch kennen.«

»Ich habe leider schon lange so gut wie keinen Kontakt mehr zu den Leuten aus der Grundschule«, sagte er. »Nur zu Leo Kunzinger, der ist auch in Hamburg. Er arbeitet als Beleuchter im Musical-Theater am Hafen. Mit dem treffe ich mich ab und zu mal auf ein Bier. Kannst du dich noch an ihn erinnern?«

»An den Leo? Klar. Er hatte doch mal seinen Hamster in der Schule dabei, oder?«

»Genau. Den Willi.«

Beide lächelten bei der Erinnerung an ihren alten Schulfreund und sein Haustier.

»Wenn du ihn mal wieder triffst, sag ihm einen schönen Gruß von mir«, bat Jana.

»Richte ich ihm gern aus ... Aber jetzt noch mal zu dir.«

»Ach weißt du, so wie das Wetter momentan aussieht«, sie nickte zum Fenster, »kann ich mir eh nicht vorstellen, dass wir heute noch von hier wegkommen. Und damit verbringe ich Heiligabend wohl in eurer Gesellschaft.«

»Vermutlich ... aber ...«

Toni strich sich plötzlich ein wenig fahrig durch die dunklen Haare. »Aber was, wenn doch? Also, ich meine, wenn doch bald geräumt werden kann und alle nach Hause aufbrechen. Könntest du dir vorstellen, trotzdem zu bleiben und den Heiligabend mit Finn und mir zu verbringen?«, fragte er und wirkte plötzlich ein klein wenig verlegen.

Jana sah ihn überrascht an.

»Du meinst, damit ich nicht alleine im Haus meiner Eltern sein muss?«

»Oder andersherum gesagt, damit Finn und ich nicht alleine feiern müssen. Es wäre doch viel schöner, wenn wir uns gegenseitig Gesellschaft leisten könnten. Meinst du nicht?«

Die Vorstellung, Weihnachten gemeinsam mit Finn und Toni zu verbringen, gefiel ihr. Ihr Herz schlug ganz plötzlich ein klein wenig schneller.

»Ja, also, wenn ihr das möchtet, dann bleibe ich gern hier.«

Toni lächelte breit.

»Hast du gehört, Finn? Jana wird hier mit uns Weihnachten feiern. Toll, oder?«

Finn nickte und grinste dann – auch ihm schien diese Vorstellung zu gefallen.

Ein wenig später zog Jana Toni kurz zur Seite, damit Finn, der jetzt mit einem Holzpuzzle beschäftigt war, sie nicht hören konnte.

»Wenn ich in jedem Fall hierbleibe, möchte ich aber unbedingt für Finn ein Geschenk haben. Die Schlittschuhe.«

»Das muss doch nicht sein, Jana.«

»Doch. Ich möchte sie ihm wirklich gerne schenken. Meinst du, wir könnten sie aus meinem Auto holen, wenn der Wind mal nachlässt?«

»Ich habe dir gestern schon angeboten, dass ich die Schlittschuhe auch allein holen kann, Jana.«

Jana sah aus dem Fenster. Die Bäume am Ufer des Sees schwankten heftig hin und her, und aufgewirbelte Schneeschwaden schwebten wie Gespenster über den Boden.

»Danke. Aber damit wartest du besser noch ein wenig ab.«

Als sie wieder nach unten kamen, saßen die anderen um den Tisch im Esszimmer. Gitti und Paula schienen ausgeschlafen und sahen deutlich besser aus als heute Morgen. Stephan telefonierte.

»Ja. Danke schon mal. Wiederhören.«

Er legte auf und sah in die Runde.

»Ich habe eben mit der Polizei telefoniert«, informierte er sie. »Mitarbeiter vom Bauhof versuchen gerade, die Zufahrtsstraßen hierher zu räumen. Es ist nicht so einfach, weil immer wieder abgeknickte Äste das Vorankommen blockieren und sie aufgehalten werden. Aber sie hoffen, dass sie es in ein paar Stunden geschafft haben und wir am

Nachmittag so gegen vier oder fünf von hier wegkommen können.«

Ihm war anzusehen, dass ihm das eigentlich immer noch viel zu lange dauerte, trotzdem wirkte er erleichtert, dass etwas voranzugehen schien. Und schon tippte er rasch eine Nachricht ins Handy, vermutlich um seiner Frau Bescheid zu geben.

»Das klingt doch schon mal gut«, fand Georgios.

»Ich werde gleich mal Markus informieren. Der wird sich freuen«, sagte Paula mit einem Lächeln in Richtung ihrer Schwester und ging mit dem Handy hinaus.

»Was denkt ihr? Ob unser Weihnachtskonzert heute Nacht stattfinden kann?«, überlegte Gitti laut.

Stephan sah von seinem Handy hoch und zuckte mit den Schultern.

»Unser Pfarrer wird die Christmette sicher halten«, vermutete er. »Ich rufe ihn aber mal an und spreche mit ihm, weil bestimmt einige Leute vom Chor fehlen werden. Überhaupt werden wohl nur die Leute in den Gottesdienst kommen, die zu Fuß zur Kirche gehen können. Oder die zumindest keine weiten Anfahrtswege haben.«

»Aber die Straßen im Ort werden bis dahin doch sicher geräumt sein«, ließ Georgios verlauten.

»Falls es nicht wieder anfängt zu schneien«, gab Toni zu bedenken.

»Jedenfalls ist es gut zu wissen, dass es nicht mehr allzu lange dauern wird, bis wir nach Hause können«, meinte Gitti.

»Trotzdem sind wir noch einige Stunden hier, und wir

brauchen bald ein Mittagessen. Soll ich schon mal anfangen eine Kleinigkeit für uns alle zu kochen?«, schlug Georgios vor. »Vielleicht was mit den Nudeln?«

»Das wäre toll!«, sagte Toni. »Danke Georgios.«

»Das mache ich gerne.«

»Wir haben auch noch die Dose mit Weihnachtsplätzchen meiner Mutter«, erinnerte Jana. »Damit könnten wir doch am Nachmittag bei Kaffee oder Tee noch eine Art kleine gemeinsame Weihnachtsfeier machen. Schließlich ist heute Heiligabend.«

»Was für eine schöne Idee«, rief Paula vergnügt, die wieder zurückgekommen war. »Ein gemütlicher Kaffeeklatsch für unsere kleine, aber ziemlich feine Schicksalsgemeinschaft.«

»Wir könnten doch ein paar unserer Lieder singen.« Gitti sah zu Stephan.

»Ja. Klar. Das wäre dann so eine Art kleine Generalprobe für den Abend«, sagte er.

»Und wie wäre es, wenn wir uns dafür besonders herausputzen?«, schlug Jana mit einem Lächeln vor und erzählte von den schönen Kleidern und Anzügen, die auf dem Speicher im Schrank hingen. »Wenn Toni nichts dagegen hat, könnten wir uns da was aussuchen und anziehen.«

»Was sollte ich dagegen haben?«, meinte Toni amüsiert. »Ihr könnt euch von oben holen, was ihr möchtet.«

»Oh, das ist ja schön«, rief Gitti erfreut.

»Muss das sein mit dem Verkleiden?«, fragte Stephan wenig begeistert.

»Du musst natürlich nicht, wenn du nicht möchtest«, sagte Jana rasch.

»In meiner Heimat habe ich oft Theater gespielt, und das Verkleiden macht mir sehr viel Spaß«, meinte Georgios vergnügt.

»Da wir nicht wissen, wann die Straßen wieder frei sein werden, sollten wir mit der kleinen Feier nicht zu spät beginnen«, meinte Toni.

»Das Mittagessen ist etwa in einer halben Stunde fertig«, sagte Georgios. »Danach können wir schon vorbereiten.«

»Da helfen wir alle zusammen. Sollen wir ins Wohnzimmer gehen?«, fragte Paula.

»Eigentlich wollte ich da erst am Abend rein, um ihn zu überraschen.« Toni nickte kurz in Richtung Finn, der gerade mit der Katze beschäftigt war. »Aber für so eine Feier brauchen wir natürlich den passenden Rahmen. Und einen tollen Weihnachtsbaum. Also ja, wir gehen ins Wohnzimmer.«

»Das wird bestimmt richtig schön«, freute sich Gitti begeistert.

»Und ich mache mich vor dem Essen noch schnell auf den Weg zu deinem Wagen, Jana«, sagte Toni. »Der Wind hat nämlich etwas nachgelassen.«

»Soll ich wirklich nicht mitkommen?«

»Nein, das schaffe ich schon alleine.«

Kapitel 20

Vorbereitungen

Fast pünktlich zum Mittagessen, das aus Nudeln mit einer pikanten Soße aus Zwiebeln, Knoblauch und Salami bestand, wie Jana sie bisher noch nie irgendwo gegessen hatte, kam Toni wieder zurück. Er gab Jana, von Finn unbemerkt, die Schachtel mit den Schlittschuhen.

»Das ging aber schnell«, meinte sie überrascht.

»Im Moment ist es echt ruhig draußen, und ich kam gut voran.«

»Danke.«

Jana stellte die Schachtel oben ins Büro und setzte sich dann mit den anderen an den Tisch. Da eine Packung Nudeln für sieben Leute etwas wenig war und Georgios zudem eine kleine Portion für die Katze reserviert hatte, gab es dazu knuspriges, im Ofen gegrilltes Bauernbrot.

»Will jemand mit mir in den Speicher gehen, um ein paar Kleider zu holen?«, fragte Jana mit vollem Mund, nachdem sie mit einem Stück Brot noch den letzten Rest Soße aus dem Teller getunkt hatte.

»Ich komme gern mit«, sagte Paula.

»Dann kümmere ich mich inzwischen um das Geschirr«, erklärte Toni.

»Da helfe ich dir«, bot Gitti an.

»Ich gehe mal Holz holen«, kam es von Stephan.

»Und ich habe mir überlegt, ob ich eines der Rezepte aus dem Buch zusätzlich zu den Plätzchen für unsere kleine Feier machen soll«, meinte Georgios. »Diese Hasenöhrl. Vermutlich muss ich ein wenig mit den Zutaten jonglieren, aber das würde ich sicher hinkriegen.«

Niemand hatte dagegen etwas einzuwenden.

Paula war ganz aus dem Häuschen, als sie die tollen Kleider im Schrank auf dem Speicher begutachteten.

»Ich liebe alte Sachen«, gestand sie, während sie ein eisblaues Abendkleid aus Satin vor ihren schlanken Körper hielt. Es mutete völlig zeitlos an, und keine von ihnen hatte eine Ahnung, aus welchem Jahrzehnt es stammen könnte. »Ich habe auch noch einiges von unseren Großeltern und sogar Urgroßeltern aufgehoben«, fügte sie hinzu. »Kann mich einfach nicht davon trennen.«

»Einige der Sachen bei uns auf dem Speicher dürften auch schon sehr alt sein«, meinte Jana. »Meine Mutter will schon so lange da oben ausmisten, aber sie schiebt es dann doch immer vor sich her. Oder besser gesagt mein Vater bremst sie dann immer aus, weil er sich nur schwer von alten Dingen lösen kann.«

»Das kann ich gut nachvollziehen.«

»Ich auch. Aber wenn es nach meiner Schwester ginge, dann würde einfach alles in einem Container landen.«

»Ah, du hast auch eine Schwester. Verstehst du dich gut mit ihr?«

»Nun ja, meistens«, antwortete Jana offen. »Sie ist sieben Jahre älter als ich, und von den Interessen her waren wir immer schon sehr unterschiedlich.«

»Hast du sonst noch Geschwister?«, fragte Paula.

»Nein. Nur Christa.«

»Ich bin so froh, dass Gitti und ich uns so schnell wieder versöhnt haben«, sagte Paula. »Obwohl ich immer noch ein wenig Sorgen habe, wie sich alles entwickeln wird. Und ob Markus und meine Schwester sich mögen werden.«

»Das Beste ist, es jetzt einfach auf dich zukommen zu lassen, Paula. Meine Oma hat oft zu mir gesagt: Kindchen, die meisten Sorgen, die man sich im Leben macht, sind völlig unbegründet. Und beim Rest muss man eben sehen, wie man am besten damit umgeht, um eine Lösung zu finden.«

Paula nickte.

»Da hat sie sehr recht, deine Oma. Ich darf mich jetzt nicht verrückt machen. Aber das ist leichter gesagt als getan.«

Sie holte ein weites Kleid mit Stehkragen heraus. Es war fuchsiafarben und hatte unten am Saum und auf Brusthöhe Patchwork-Einsätze und kleine Perlmuttknöpfe.

»Schau mal!«, rief Paula. »So ein ähnliches Kleid in dunkelblau aus indischer Baumwolle habe ich in den 80er Jahren auf meiner Abschlussfeier in der Realschule getragen. Ich glaube, das könnte Gitti passen. Was meinst du?«

»Könnte ich mir vorstellen. Jedenfalls ist es ganz außergewöhnlich«, sagte Jana mit einem Grinsen.

»Oh ja! Das nehmen wir auch mal mit nach unten«, beschloss Paula und nahm bereits das nächste Kleid heraus, um es unter die Lupe zu nehmen.

»Ich probiere das mal an«, sagte Jana, die ein Kleid mit smaragdgrünen und weißen Rauten an einem Bügel hielt. Es ging ihr bis etwa zur Mitte ihrer Oberschenkel und hatte lange weite Trompetenärmel.

»Sieht aus wie aus den 70er Jahren«, meinte Paula begeistert. »Das wird heute Nachmittag eine lustige Runde werden und modisch gesehen eine kleine Zeitreise in verschiedene Jahrzehnte.«

»Aber wir hängen die Sachen lieber noch mal kurz zum Lüften nach draußen, bevor wir sie anziehen«, schlug Jana vor. Sie schienen zwar alle sauber zu sein, trotzdem haftete ihnen nach so langer Zeit ein leicht modriger Duft an.

»Oh ja! Unbedingt.«

Für die Männer war die passende Auswahl leider nicht allzu groß. Sie nahmen schließlich eine karierte und eine dunkelbraune Anzugjacke und eine schwarze Lederjacke mit nach unten und hängten alle Sachen an eine hölzerne Sichtschutzwand auf der überdachten Terrasse.

»Der Tisch im Wohnzimmer ist schon mit dem schönen Geschirr gedeckt«, sagte Gitti, als sie zurück in die Wohnküche kamen.

Georgios stand am Herd und buk gerade den Teig für die Hasenöhrl im schwimmenden Fett aus. Finn stand auf einem kleinen Schemel neben ihm und streute Puderzucker über das bereits fertige Gebäck.

»Darf man da schon probieren?«, fragte Paula und wollte sich eines nehmen.

»Nein! Finger weg. Tut mir leid, aber die gibt es erst später«, sagte Georgios in einem gespielt strengen Ton, lächelte aber.

»Na gut. Kann ich sonst was helfen?«, fragte Paula.

»Momentan nicht!«

»Wo ist denn Toni?«, fragte Jana.

»In seinem Zimmer. Der muss noch irgendwas am Computer arbeiten«, sagte Gitti.

Jana ging nach oben und klopfte bei ihm an.

»Ja?«

»Ich bin's, Jana. Kann ich kurz zu dir reinkommen?«, rief sie.

»Klar!«

Sie öffnete die Tür und trat ein. Toni saß an einem kleinen Schreibtisch neben dem Fenster vor einem Laptop. Der Raum war sehr freundlich mit hellgrau lackierten Möbeln, bunten Vorhängen und einem dunkelblauen Boxspringbett eingerichtet.

»Hübsch hier«, sagte sie.

»Früher war das mal mein Zimmer. Als wir das Haus damals als Ferienhaus vermieten wollten, haben wir den Raum als zweites Schlafzimmer mit neuen Möbeln eingerichtet. Nachdem Margit mit Finn zurückgekommen war, wurde es zum Gästezimmer.«

»Sag mal, fällt es dir nicht schwer, das Haus zu verkaufen?«

Er nickte nachdenklich.

»Doch. Tut es. Natürlich.«

»Du könntest es doch behalten und wieder an Gäste vermieten.«

»Es ist für Finn und mich besser, wenn wir mit alldem hier abschließen«, sagte er entschlossen, als wollte er nicht weiter darüber reden.

»Entschuldige, das geht mich auch gar nichts an«, murmelte Jana.

»So habe ich das nicht gemeint«, sagte er rasch.

»Schon gut. Ich wollte dich eigentlich was anderes fragen«, wechselte sie das Thema. »Ich hab mir gedacht, dass es vielleicht ganz nett wäre, den anderen bei unserer kleinen Weihnachtsfeier irgendeine Aufmerksamkeit zu schenken.«

»Das wäre es sicher, aber leider haben wir keine Geschenke.«

»Es muss ja gar nichts Besonderes oder Großes sein. Ich habe zum Beispiel mitbekommen, dass Georgios sehr gerne liest. Im Regal im Büro und in den Kartons sind so viele Romane, da könnte man ihm doch einen oder zwei schenken.«

»Stimmt. Gute Idee. Such einfach aus, was für ihn geeignet sein könnte.«

»Okay.«

»Und für die anderen?«

»Von Stephan weiß ich, dass er einen guten Rotwein zu schätzen weiß. Ich hab von meinen Eltern welchen bekommen, den ich nehmen könnte.«

Außerdem hatte sie noch ihre Geschenke – die Pralinen

und den Champagner – die für die Schwestern passen würden.

»Aber das sind doch alles deine Geschenke«, meinte Toni und runzelte die Stirn.

»Ach, das ist mir nicht so wichtig. Jemandem etwas zu schenken, macht einfach Spaß. Und die anderen freuen sich hoffentlich darüber.«

»Da bin ich mir sicher.«

»Nur für dich habe ich leider kein Geschenk mehr«, sagte sie bedauernd.

Er grinste.

»Ich hab leider auch keines für dich, also gleicht sich das aus. Außerdem hast du uns alle mit deinen Lebensmitteln versorgt.«

»Und du hast uns hier aufgenommen.«

»Ich sag's ja, wir sind jetzt schon quitt und müssen uns gar nichts schenken.«

»Na gut ... Übrigens, wir haben die Sachen zum Anziehen vom Speicher geholt. Sie hängen zum Auslüften auf der Terrasse. Du musst dir nur mit Georgios und Stephan, falls der überhaupt will, aussuchen, wer was möchte.«

»Danke. Ich komme gleich runter. Ich muss nur noch ein wichtiges Telefonat führen.«

»Gut, bis dann.«

»Wann soll denn die kleine Weihnachtsparty eigentlich starten?«, fragte er.

Jana sah auf ihre Uhr. Es war kurz nach eins.

»So um zwei?«

»Okay, dann beeile ich mich ... Und Jana?«

»Ja?«

»Bitte drück mir die Daumen für das Gespräch, das ich gleich führen werde.«

»Klar. Worum geht es denn?«

»Das verrate ich erst später, wenn es geklappt hat.«

»Da bin ich ja mal gespannt.«

Sie verließ sein Zimmer und ging ins Büro, um Bücher für Georgios auszuwählen und die anderen Geschenke aus ihrer Reisetasche zu holen. Da sie nicht wusste, welches Genre der griechische Koch besonders mochte, dauerte es eine Weile, bis sie sich für zwei Romane entschieden hatte: *Die Mitternachtsbibliothek* von Matt Haig und *Was man von hier aus sehen kann*, geschrieben von Mariana Leky. Falls Georgios doch nichts damit anfangen konnte, könnte er sich später einfach selbst dort umsehen und etwas aussuchen.

Langsam wurde es Zeit, sich umzuziehen.

Sie holte ihr Kleid von der Terrasse und schnupperte daran. Noch immer haftete ihm ein leicht modriger Duft an, doch das war auszuhalten. Nun hing nur noch die Lederjacke draußen. Jana war gespannt, wer von den Männern was anziehen würde.

Wieder oben in ihrem Zimmer fiel ihr plötzlich ein, dass sie die Ohrringe, die sie von ihren Eltern bekommen hatte, zu diesem Kleid tragen könnte. Sie suchte in ihrem Rucksack nach dem Samtsäckchen. Doch es hatte sich wohl irgendwo in eine Ecke verschlupft.

»Wo bist du denn?«, murmelte sie.

Ungeduldig räumte sie einige Sachen aus und stellte sie auf den Tisch neben dem Sofa. Die kleine Schachtel mit der Glasfigur von Tante Wally kam ihr in die Finger, und sie hielt kurz inne. Noch gestern, nachdem sie im Graben gelandet war, hatte sie gedacht, dass ihr die Schildkröte eher Pech als Glück gebracht hatte. Inzwischen fragte sie sich, ob es in Wahrheit nicht doch als Glück anzusehen war, dass sie im Schneesturm ausgerechnet hier in diesem Haus am See gelandet war.

Mit einem Lächeln holte sie die kleine Schildkröte aus der Schachtel.

»Vielleicht bist du das beste Geschenk, das ich je bekommen habe«, murmelte sie, als sie draußen schnelle Schritte hörte. Gleich darauf kam Finn hereingeflitzt.

»Du sollst bald kommen, hat Paula gesagt!«

»Ich muss mich noch umziehen, aber ich beeile mich.«

Finn kam näher.

»Ist das eine Schildkröte?«

»Ja. Aber sie ist nicht nur eine Schildkröte, sondern ein ganz besonderer Talisman, den mir meine Tante gestern geschenkt hat«, erklärte sie.

»Was ist denn ein Talisman?«, fragte Finn interessiert.

Jana überlegte, wie sie ihm das verständlich erklären konnte.

»Ein Talisman kann alles Mögliche sein. Meistens sind das kleine Dinge, die man in die Hosentasche stecken kann, wie kleine Figuren, besonders schöne Steine, die man gefunden hat, oder irgendwas anderes, das einem jemand geschenkt hat. Dinge, die einem wichtig sind. Und so ein

Talisman soll einem Glück bringen. Die kleine Schildkröte ist also ein Glücksbringer für mich. Sie hilft dabei, dass man sich gut fühlt. Magst du sie mal in die Hand nehmen, Finn?«

Jana wusste nicht, ob er ihre Erklärung verstanden hatte, aber Finn nickte und streckte ihr die offene Hand entgegen.

Jana setzte das Glastier hinein.

»Die ist hübsch, oder?«

»Ja. Wie heißt die Schildkröte denn?«

»Hm. Bis jetzt hat sie noch keinen Namen. Hast du eine Idee, wie ich sie nennen könnte, Finn?«

»Vielleicht Xaverl.«

Sie lächelte.

»Xaverl? Aber so heißt doch schon dein Erdmännchen.«

Er zuckte mit den Schultern.

»Weiß auch nicht.«

»Ich glaube, da müssen wir noch ein wenig überlegen. Vielleicht fällt uns ja später ein schöner Name ein. Aber jetzt packe ich sie wieder weg.«

Sie nahm ihm die Figur aus der Hand und legte sie in die kleine Schachtel, die sie auf den Tisch stellte. Dann kramte sie weiter durch ihren Rucksack, bis sie schließlich den Beutel mit den Ohrringen fand.

Kapitel 21

Eine kleine Bescherung am Nachmittag

Zwanzig Minuten später war Jana angezogen und befestigte den zweiten Ohrring. Dann war sie so weit. Ihre schulterlangen rotbraunen Locken, die sonst meistens zu einem praktischen Dutt zusammengebunden waren, trug sie heute zur Feier des Tages offen. Das Kleid saß wie angegossen, allerdings hatte sie keine passenden Schuhe dazu, und so schlüpfte sie kurzerhand in die weißen Sneakers, die sie eingepackt hatte.

Die anderen warteten schon in der Küche auf sie. Und tatsächlich hatten sich alle besonders in Schale geworfen. Sogar Stephan hatte die braune Anzugjacke angezogen, unter der er ein Hemd trug, das vermutlich von Toni stammte. Der kam in der schwarzen Lederjacke über einem weißen T-Shirt und einer Jeans und erinnerte ein wenig an James Dean. Georgios trug die karierte Jacke über seinem grauen Rollkragenpullover, was ihm den Touch eines etwas antiquierten Universitätsprofessors gab.

Gitti und Paula sahen toll aus in ihren so unterschiedlichen Kleidern und hatten sich gegenseitig nicht nur die

Haare besonders chic frisiert, sondern waren auch dezent geschminkt.

Doch offenbar konnte Jana mit den anderen gut mithalten, denn auch sie bekam Komplimente. Vor allem Toni sah sie bewundernd an.

»Du siehst toll aus, Jana. Als ob du gerade von einem Filmset aus den 70er Jahren kommen würdest. Dir fehlt nur noch ein Stirnband.«

Sie schüttelte lachend den Kopf.

»Jetzt übertreib mal nicht, Toni.«

»Doch, doch er hat schon recht. Du erinnerst mich auch an irgendeine Schauspielerin oder andere Persönlichkeit. Ich weiß nur noch nicht, an wen«, stimmte Paula ihm zu.

»Mich auch«, sagte Gitti. »Wobei ich mir schon die ganze Zeit gedacht habe, dass du mir irgendwie bekannt vorkommst, Jana.«

»Sicher werden wir uns ab und zu mal in Bodenmais in irgendeinem Geschäft über den Weg gelaufen sein. Also ist das nicht so ungewöhnlich«, vermutete sie.

»Das kann auch sein.«

Jana machte mit dem Handy einige Erinnerungsfotos in den tollen Kleidern. Und diesmal ließ sich sogar Stephan ablichten.

»Sollen wir dann langsam mal ins Wohnzimmer gehen?«, schlug er schließlich vor.

»Moment noch kurz«, sagte Jana und zog Toni zur Seite. »Wie machen wir es denn mit den Geschenken für die anderen? Die Sachen sind noch oben im Büro. Sollen wir sie schon unter den Baum legen? Oder später holen?«, fragte sie leise.

»Ich weiß auch nicht. Eigentlich habe ich Finn gesagt, dass das Christkind erst am Abend kommt und die Geschenke bringt.«

»Aber da sind sie vielleicht gar nicht mehr da.«

»Na gut. Dann gibt es eben die Geschenke für die Erwachsenen schon jetzt zum Kaffee, und am Abend kommt das Christkind dann richtig für Finn.«

»Okay. Es sind ja jetzt eh nur Kleinigkeiten. Ich hole sie schnell.«

»So, jetzt dürft ihr alle hereinkommen«, sagte Toni fünf Minuten später in feierlichem Tonfall, und alle betraten den Raum. Er hatte in der kurzen Zeit wirklich ganze Arbeit geleistet. Die fast raumhohe Tanne war kunterbunt geschmückt mit glitzernden Kugeln, Lichterketten und kleinen Figuren. Ganz oben steckte eine gläserne goldene Spitze. Und überall im Raum brannten Kerzen und sorgten für ein warmes Licht.

Finn kam aus dem Staunen kaum mehr heraus.

»So ein schöner Weihnachtsbaum«, rief er mit vor Aufregung roten Bäckchen. Auch er trug zu diesem besonderen Anlass ein weißes Hemd über seiner Jeans und sah darin ziemlich süß aus.

»Das ist bestimmt einer der schönsten Weihnachtsbäume, den ich je gesehen habe«, schwärmte Georgios.

»Finde ich auch.« Gitti nickte ihm zu.

Toni hob den Jungen hoch und deutete auf ein Bild seiner Schwester, das auf der Kommode neben der kleinen Krippe stand.

»Schau mal, Finn. Deine Mama ist auch mit dabei.«

Finn nickte, schlang die Arme fest um den Hals seines Onkels und schmiegte sich an ihn.

Janas Kehle wurde eng, und auch Paula warf einen mitfühlenden Blick zu Onkel und Neffe, während die anderen sich schon an den hübsch gedeckten Tisch setzten.

»Wartet, ich mache ein Foto von euch beiden. Stellt euch bitte näher an den Weihnachtsbaum«, schlug Jana vor und griff wieder nach ihrem Handy.

»Bitte von uns dreien«, sagte Toni und nahm das Foto seiner Schwester von der Kommode, hielt es zwischen sich und Finn in der Hand. Sie machte mehrere Aufnahmen.

»Schickst du mir die Bilder auch bitte?«, bat er sie.

»Na klar.«

Sie lächelte ihm zu und nickte kaum merkbar.

»Wer möchte Kaffee?«, fragte Gitti, als alle Platz genommen hatten, und schenkte ein. Georgios und Finn bekamen Früchtetee, in den Paula zusätzlich frische Apfelstücke und Zimt gegeben hatte und der herrlich weihnachtlich duftete.

»Wie wär's mit einem Plätzchen, Finn?« Jana hielt ihm die Schale hin. »Du darfst dir zuerst welche aussuchen.«

Finn überlegte kurz, dann nahm er sich ein Vanillekipferl und einen Schokoladenmond.

In diesem Moment hörten sie ein Maunzen vor der Tür. Fleck! Er wollte ebenfalls herein.

»Ich weiß nicht, ob das so eine gute Idee ist«, sagte Toni, doch da war Finn schon aufgesprungen und hatte aufgemacht, und der Kater steuerte schnurstracks in Richtung Christbaum. Nur wenige Sekunden später zersplitterte die erste Weihnachtskugel.

»Oh nein!«, rief Finn erschrocken.

»Du frecher kleiner Kerl, so geht das nicht«, sagte Jana und schnappte Fleck gerade noch, bevor er sich unter dem Christbaum verstecken konnte.

»Ich hole was zum Aufkehren«, sagte sie und nahm den Kater mit in die Küche. Sie gab ihm ein paar Nudeln, unter die sie einen Teil vom Thunfisch mischte, und Fleck machte sich hungrig darüber her.

»Und jetzt bleibst du schön hier.«

Als sie mit einer Schaufel und Besen zurück ins Wohnzimmer kam und rasch die Scherben zusammenkehrte, hatten sich alle bereits an den Plätzchen und den Hasenöhrl bedient und unterhielten sich darüber, welches Gebäck sie selbst am liebsten mochten.

»Meine Oma hat die ganze Familie in der Weihnachtszeit immer mit ihren Melomakaronas versorgt.«

»Sind das Nussmakronen?«, fragte Gitti.

»Nein. Die Plätzchen werden mit Olivenöl gemacht und nach dem Backen in einen Honig-Orangensirup getaucht«, erklärte Georgios. »Und wenn man da mal anfängt, kann man gar nicht mehr aufhören.«

»Die klingen toll, die würde ich gern mal ausprobieren. Ich brauche unbedingt das Rezept, bekomme ich das von dir, Georgios?«

»Ich schreibe es dir später auf, Gitti.«

»Welche Plätzchen magst du denn am liebsten, Finn?«, fragte Paula.

»Die da!«

Er deutete auf den letzten Haselnusskringel und holte ihn aus der Schale.

»Solche schwarz-weißen Plätzchen wie die habe ich auch noch nie gegessen«, sagte Gitti. »Kann ich da vielleicht auch das Rezept haben?«

»Klar. Ich frage meine Mutter, sobald sie aus dem Urlaub zurück ist, und schicke es dir«, versprach Jana.

»Die Hasenöhrl schmecken echt genau wie bei meiner Mutter, Georgios«, sagte Toni und bediente sich noch mal.

»Danke.«

Nur Stephan war wieder besonders zurückhaltend und warf immer wieder einen Blick auf sein Handy. Inzwischen nervte das Jana nicht mehr so wie noch tags zuvor, trotzdem fand sie sein Verhalten nach wie vor etwas irritierend. Der Stephan, den sie früher gekannt hatte, war immer viel lockerer drauf gewesen.

»Was ich euch noch sagen wollte. Wenn die Straßen später geräumt sind, werde ich nicht mit euch fahren«, informierte Jana die anderen. »Toni hat mich eingeladen, dass ich heute Abend hier mit ihm und Finn feiere.«

»Das ist ein schöner Plan!«, fand Gitti, und auch Paula und Georgios nickten.

»Und weil wir uns dann womöglich so schnell nicht mehr sehen werden und weil heute Weihnachten ist, möchte ich euch eine Kleinigkeit schenken.«

Jana stand auf und griff hinter das Sofa, wohin Toni die Sachen vorhin geräumt hatte.

»Aber du musst uns doch wirklich nichts schenken, Jana!«, rief Georgios, und auch die anderen protestierten.

»Ich weiß. Aber es ist trotz der seltsamen Situation echt schön, dass ich diese Stunden mit euch erleben darf. Und ich liebe es einfach, an Weihnachten Geschenke zu verteilen. Außerdem sind es nur Kleinigkeiten.«

»Bei uns in Griechenland gibt es die Weihnachtsgeschenke bei den meisten Familien übrigens immer erst am Neujahrstag«, verriet Georgios.

»Stimmt. Das weiß ich von meiner Nachbarin in Hamburg«, meinte Toni.

Jana reichte Paula den Champagner.

»Wenn du ihn gleich noch kühlstellst, dann könnt ihr später mit eurem besonderen Gast damit anstoßen«, schlug sie mit einem Zwinkern vor. »Und die hier könnt ihr dazu essen«, fügte sie hinzu und gab Gitti die Pralinenschachtel.

»Das sind ja meine Lieblingspralinen. Danke, Jana.«

»Auch von mir danke. Aber das wäre doch wirklich nicht nötig gewesen!« Paula schüttelte lächelnd den Kopf. »Trotzdem freue ich mich darüber. Nicht nur über die Geschenke, sondern vor allem über die zwei Tage hier mit euch. Ich glaube, ich muss Gitti nicht erst um ihr Einverständnis fragen, um jeden von euch einen Haarschnitt in unserem Laden zu schenken. Falls ihr das wollt.«

»Genau das hätte ich gerade auch vorschlagen wollen«, meinte ihre Schwester mit einem Lächeln, und alle freuten sich über das Angebot.

»Es geht weiter. Der hier ist für dich, Stephan.« Jana drückte ihm eine Flasche Rotwein in die Hand.

Ihm war anzusehen, dass ihm das gar nicht passte, auch wenn er sich höflich bei ihr bedankte. Aber Jana konnte ihm ja schließlich nicht als Einzigem nichts schenken. Das hätte auch ein wenig seltsam ausgesehen.

»Und die hier sind eigentlich von Toni …«

»Aber es war deine Idee, Jana!«, unterbrach Toni, bevor er sich noch ein weiteres Plätzchen nahm.

»Egal … Falls sie nichts für dich sind, kannst du dir andere aussuchen, Georgios.«

Sie reichte ihm die beiden Bücher. Er sah gerührt zwischen ihr und Toni hin und her.

»Das ist wirklich total nett von euch. Die Bücher kenne ich noch nicht und freue mich darauf, sie zu lesen! Vielen Dank.«

Jana wandte sich zu Finn.

»Deine Geschenke bringt das Christkind leider erst später, Finn. Du weißt schon, es kommt immer erst, wenn es draußen schon dunkel ist.«

Das schien für Finn völlig okay zu sein. Er holte sich aus einem Fach im Wohnzimmer ein paar Matchbox-Autos, mit denen er auf dem Teppich spielte.

»Ich habe auch noch ein Geschenk«, sagte Toni plötzlich und lächelte verschmitzt. »Und zwar für Georgios.«

Jana sah ihn überrascht an.

»Noch eines?«, fragte Georgios ein wenig verlegen. »Also, das muss doch wirklich nicht sein. Ich habe ja auch keine Geschenke für euch.«

»Aber du hast dich sehr um unser leibliches Wohl gekümmert«, sagte Toni.

»Das hab ich doch gern getan«, winkte Georgios ab.

»Und ich habe auch gern etwas getan. Und zwar habe ich den Hotelmanager in einem der Häuser auf Rhodos angerufen, mit dem wir schon einige Jahre zusammenarbeiten. Er selbst hat momentan zwar genügend Mitarbeiter, aber wie es der Zufall so will, weiß er von einem befreundeten Personalchef in einem Viersternehotel in Faliraki, mit dem wir seit Kurzem ebenfalls Gespräche über eine Zusammenarbeit führen, dass dort demnächst die Stelle des Entremetiers frei wird.«

»Was ist denn ein Entremetier?«, fragte Gitti, die das schwierige Wort kaum aussprechen konnte.

»Der Beilagenkoch«, antwortete Georgios, der immer noch ziemlich verdutzt wirkte.

»Jedenfalls hat das Hotel einen sehr guten Ruf, und sie zahlen auch anständig. Wenn du das möchtest, Georgios, dann freuen sie sich auf deinen Anruf und deine Bewerbung nach den Feiertagen. Die Daten und den Namen des Ansprechpartners leite ich an dich weiter, wenn du Interesse hast.«

Georgios sah Toni an und schüttelte ungläubig den Kopf.

»Interesse? Ganz sicher habe ich das! So eine Stelle zu bekommen, als Entremetier in einem Viersternehotel, das wäre ein Traum für mich«, rief er und Jana sah, dass seine Wangen sich vor Aufregung rosa gefärbt hatten.

»Das ist natürlich jetzt noch keine Zusage, und ich kann dir nicht versprechen, dass es am Ende auch sicher klappt, Georgios, aber zumindest stehen die Chancen nicht schlecht. Ich habe dich jedenfalls wärmstens empfohlen.«

»Das wäre ja echt toll!«, sagte Jana.

»Ich weiß gar nicht, was ich sagen soll«, murmelte der Koch.

»Passt schon«, winkte Toni ab. »Wenn das mit dem Job für dich klappen würde, würde ich mich echt sehr freuen. Dann wärst du auch wieder in deiner Heimat und bei deiner Familie. Denn ich kann mir sehr gut vorstellen, dass sie dir fehlt.«

»Das stimmt.«

Georgios streckte Toni die Hand entgegen und schüttelte sie.

»Danke dir sehr, dass du mir diese Chance ermöglichst, Toni.«

»Das ist ja mal eine besonders schöne Weihnachtsüberraschung«, sagte Gitti gerührt. »Wir drücken alle die Daumen.«

»Wobei ich mich nicht so ganz darüber freuen kann«, warf Stephan nun ein.

Alle sahen ihn irritiert an.

»Na ja. Wenn Georgios wirklich wieder zurück nach Griechenland geht, verliere ich doch meinen besten Bariton im Chor!«, fügte er als Erklärung hinzu.

»Deshalb sollten wir es ausnutzen, solange er noch dabei ist. Wie wäre es mit einem schönen Weihnachtslied?«, schlug Gitti vor.

Kapitel 22

Ein Geheimnis wird gelüftet

Die Schwestern, Georgios und Stephan standen neben dem Weihnachtsbaum. Stephan hatte auf seinem Handy die Melodie von *Süßer die Glocken nie klingen* aufgerufen, und die vier setzten nach einem kurzen Intro mit dem Gesang ein.

Normalerweise mochte Jana etwas modernere Weihnachtslieder lieber, doch auch sie sang leise mit und fühlte sich plötzlich in ihre Kindheit versetzt. Damals hatte sie sich in der Vorweihnachtszeit mit ihrer Oma Luise beim Plätzchenbacken nebenbei oft solche Lieder angehört und mitgesungen. Und auch Finn und Toni schien das Privatkonzert zu gefallen. Toni machte mit der Handykamera einige Fotos und filmte teilweise mit.

Zum ersten Mal seit Jana Stephan wiederbegegnet war, wirkte ihr Exfreund entspannt und sogar fast glücklich. Er war völlig in seinem Element.

Adeste Fideles kam als Nächstes, und diesmal sang Georgios eines seiner Lieblingslieder ganz besonders inbrünstig. Er hatte wirklich eine tolle warme Stimme. Jana bekam eine Gänsehaut. Der Gesang war ein richtiges Erlebnis. Vor allem in dieser ungewöhnlichen Situation, eingeschneit an Heiligabend in dem abgelegenen Haus am See. Dabei hätte sich noch gestern früh keiner von ihnen vorstellen können, dass dieser Tag sich so entwickeln würde.

Danach sangen sie alle gemeinsam drei Strophen von *O du fröhliche*.

»Wie wär's, wenn wir noch ein schwungvolleres Weihnachtslied singen würden? Vielleicht Feliz Navidad?«, schlug Paula vor.

»Oh ja, das wäre schön!«, fand Georgios.

»Na gut.« Stephan nickte und suchte auf seinem Handy nach der Instrumentalversion zum Mitsingen. Gleich darauf erklangen die Töne des mitreißenden Intros, und sie setzten mit dem Gesang ein.

Als auch dieses Lied zu Ende war, klatschten Jana, Toni und Finn.

»Vielen Dank, ihr habt so wunderschön gesungen«, schwärmte Jana, und diesmal suchte sie bewusst Augenkontakt zu Stephan, der jedoch nicht lange anhielt, bevor er ihr wieder mal auswich.

»Wenn ihr zu viert schon so eine Power in der Stimme habt, wie toll muss dann erst der ganze Chor in einer Kirche klingen?«, rief Toni begeistert.

»Ihr seid herzlich eingeladen, auch in diesen Genuss unserer Stimmen zu kommen«, sagte Gitti vergnügt. »Heute Nacht in der Christmette in Bodenmais – sofern man dorthin kommt – oder am zweiten Weihnachtsfeiertag in Drachselsried.«

»Ich finde, dass es an der Zeit wäre, mal mit irgendwas anzustoßen. Was meint ihr?«, schlug Paula vor.

»Bier ist im Kühlschrank, soll ich welches holen?«, fragte Stephan.

»Und ich hab noch eine Flasche von dem Pinot Noir«, meinte Jana. »Den können wir gern auch aufmachen.«

Wenig später prosteten sie sich mit Bier und Rotwein zu. Für Finn gab es eine Saftschorle.

»Frohe Weihnachten! Prost! Auf Weihnachten!«, riefen sie durcheinander.

Jana nahm einen Schluck Wein. Er war wirklich gut. Kein Wunder, dass ihr Vater davon schwärmte. Sie stellte das Glas ab und strich sich eine Haarsträhne hinters Ohr, bevor sie sich eine Kokosmakrone aus der Schale nahm.

»Diese Ohrringe …«, murmelte Gitti plötzlich und beugte sich näher zu Jana. »Also die sehen genauso aus … Das gibt es doch nicht. Schau mal, Paula.«

»Die Ohrringe sind mir vorhin auch schon aufgefallen. Stehen dir super, Jana!«, sagte Toni, während Paula sich über den Tisch beugte und den Schmuck ebenfalls genauer betrachtete.

»So ganz passt der hellgrüne Farbton der Peridot-Steine zwar leider nicht zum Smaragdgrün des Kleides, aber ich wollte sie …«

»Also wirklich! Die sehen echt genauso aus!«, unterbrach Paula sie und sah zu ihrer Schwester.

»Kein Zweifel!«

»Wo hast du diese Ohrringe denn her, Jana?«, fragte Paula und wirkte irgendwie ganz aufgekratzt.

»Das war ein Weihnachtsgeschenk meiner Eltern. Früher gehörten sie meiner Oma väterlicherseits.«

»Es sind aber nicht nur die Ohrringe, Paula. Jetzt weiß ich endlich, warum Jana mir so bekannt vorkommt. Vor allem jetzt mit den offenen Haaren. Dass ich da nicht schon eher draufgekommen bin! Moment ...«, rief Gitti aufgeregt und schnappte sich ihr Handy.

»Was habt ihr denn auf einmal?«, fragte Jana leicht irritiert über das seltsame Verhalten der Schwestern.

Gitti hatte die Foto-App aufgerufen und blätterte rasch durch die Bilder. Schließlich rief sie: »Da ist eines, auf dem man es gut sieht!«, und hielt Jana das Handy vor die Nase.

Auf dem Foto sah man Paula, die gemütlich auf einem Sofa saß mit einem Buch auf dem Schoß und in die Kamera lächelte.

»Ein nettes Bild!«, sagte Jana höflich, weil sie nicht wusste, worauf Gitti hinauswollte.

Toni war näher gerutscht und sah es sich ebenfalls an.

»Fällt euch denn nichts auf?«, fragte Gitti.

»Nein, was denn?«

»Wow, das gibt es ja nicht!« Toni sah verdutzt zwischen dem Foto und Jana hin und her. »Das ist ja schräg.«

»Was denn?«

Nun wurden auch Stephan und Georgios neugierig.

»Das Bild! Schau.«

Gitti zog das Foto größer und jetzt sah man deutlich einen Ausschnitt. Hinter dem Sofa hing ein altes Ölgemälde an der Wand. Es war das Porträt einer Frau mit roten

Locken, die – und nun fiel es endlich auch Jana auf – ihr unheimlich ähnlich sah und dieselben Ohrringe trug.

»Wer ist das denn?«, fragte sie verblüfft.

»Das ist unsere Uroma Isabella«, antwortete Paula. »Die Ohrringe, die sie auf dem Bild trägt, verschwanden irgendwann vor vielen Jahren mal spurlos. Aber das sind sie eindeutig! Wieso trägst du die Ohrringe unserer Uroma, Jana?«

»Und wieso sieht Jana dieser Isabella so ähnlich?«, mischte sich nun auch Georgios ein.

Jana zuckte ratlos mit den Schultern.

»Mit den Ohrringen hat es tatsächlich eine besondere Bewandtnis«, gab sie zu und erzählte die Geschichte, dass ihre Oma Luise sie in einem Päckchen am Abend vor ihrer Hochzeit mit der kurzen Nachricht *Für meine Luise* erhalten hatte. Dass sie nie herausgefunden hatte, von wem sie waren und dass auch niemand sonst gewusst hatte, wer ihr das Geschenk gemacht hatte.

»Hatte sie vielleicht einen heimlichen Verehrer oder Liebhaber?«, rätselte Georgios.

»Das haben wir in der Familie auch schon mal vermutet«, meinte Jana. »Aber Oma und Opa müssen sich laut meinem Papa immer super verstanden haben. Ich kann mich erinnern, dass ich sie nur als ziemlich harmonisches Paar erlebt habe. Irgendwie kann ich es mir deswegen nicht vorstellen, dass Oma meinen Opa betrogen haben könnte«, erklärte Jana.

»Aber deine Ähnlichkeit mit unserer Uroma und die Ohrringe – das kann doch alles kein Zufall sein«, warf Gitti ein.

»Meine Familie findet, dass ich meiner Oma Luise auch ähnlich sehe, als sie etwa in meinem Alter war. Schade, dass ich kein Foto von ihr dabeihabe, das ich euch zeigen könnte.«

»Vielleicht war deine Oma Luise irgendeine entfernte Verwandte?«, rätselte Toni.

»Aber das müssten wir doch wissen«, entgegnete Gitti kopfschüttelnd.

»Jetzt bitte noch mal ganz langsam von vorne«, mischte sich nun auch Stephan ein. »Isabella war also eure Uroma. Und sie war die Mutter von wem?«, fragte er an die Schwestern gewandt.

»Von unserem Opa Peter«, antwortete Paula.

»Er war ein Einzelkind und hat unsere Oma Ilse geheiratet. Die beiden wiederum haben als einziges Kind unseren Vater Max bekommen«, erklärte Gitti.

»Wenn man sich die Ähnlichkeit von Jana zu dieser Isabella anschaut, dann muss da aber eine Verwandtschaft bestehen«, vermutete Stephan.

Jana war überrascht, dass er sich überhaupt an diesem Thema beteiligte, in dem es um sie ging.

»Könnte euer Opa Peter vielleicht eine heimliche Affäre mit Janas Oma Luise gehabt und ihr deshalb die Ohrringe seiner Mutter geschenkt haben?«, fragte Toni.

»Meine Oma Luise hat meinen Opa Georg 1954 geheiratet, damals war sie erst neunzehn Jahre alt. Ein Jahr später kam mein Papa zur Welt«, erklärte Jana, die das Ganze etwas verwirrend fand.

»Hm. Ich weiß auch nicht. Unser Opa Peter ist 1910 geboren, da wäre er ja mehr als doppelt so alt gewesen wie diese Luise«, meinte Gitti nachdenklich.

»Möglich ist alles«, sagte Georgios.

»Moooment!«, rief Paula plötzlich und wirkte noch aufgeregter, als sie es ohnehin schon war. »Ich glaub, ich hab eine Ahnung, wie es gewesen sein könnte.«

Alle sahen sie erwartungsvoll an.

»Und?«, drängte Gitti.

»Diese Luise war nicht Peters Affäre, sondern seine Tochter!«, erklärte sie mit einem Lächeln.

»Seine Tochter?«, fragte Jana, nun völlig verwirrt.

»Ja klar. Wenn du, Jana, deiner Oma Luise ähnlich schaust und deine Oma Luise unserer Uroma Isabella, dann war Luise vermutlich Isabellas Enkeltochter. Peters Affäre oder Liebschaft, wie auch immer man es nennen mag, muss dann Luises Mutter gewesen sein.«

»Die Mutter meiner Oma hieß Anna«, sagte Jana und versuchte, das alles zu verstehen.

Toni war wohl der Einzige außer Paula, der bei dem ganzen Durcheinander noch irgendwie mitkam.

»Das könnte sein«, sagte er. »Damals durfte vermutlich niemand wissen, dass Luise Peters Tochter war. Als Luise dann erwachsen war und heiratete, schenkte Peter seiner Tochter heimlich den Schmuck seiner Mutter Isabella. Wahrscheinlich damit sie zumindest etwas aus der Familie in ihrem Besitz hatte«, fasste er das Ganze zusammen.

In Janas Kopf ratterte es. Je länger sie darüber nachdachte, desto wahrscheinlicher erschien ihr die Sache. »Wenn das alles wirklich so stimmt und ich das richtig überblicke, dann …« Sie warf einen Blick zu Paula und Gitti, »dann müsstet ihr die Cousinen meines Vaters sein.«

Die beiden sahen sie an und schienen ebenfalls noch mal kurz darüber zu grübeln, bis Paula nickte und zu grinsen begann.

»Ganz genau. Und damit wären wir natürlich auch miteinander verwandt, Jana.«

»Vorausgesetzt eure Spekulation ist nicht völlig aus der Luft gegriffen«, warf Stephan ein.

Doch das konnte sich Jana nicht vorstellen, das waren zu viele Zufälle. Das alles schien sehr nachvollziehbar und würde vieles erklären.

»Ob eine Verwandtschaft vorliegt, kann man ganz einfach mit einem DNA-Test feststellen«, sagte Toni.

»Den sollten wir wirklich machen«, meinte Gitti aufgeregt. »Dann haben wir Gewissheit. Ich stelle mich gern zur Verfügung.«

»Ich mich auch«, meinte Jana und freute sich schon jetzt darauf, ihrem Vater zu erzählen, dass er vermutlich zwei Cousinen hatte und das Geheimnis um die Ohrringe seiner Mutter gelüftet war.

Kapitel 23

Das Geheimnis des Weihnachtssees

Nach diesen überraschenden Erkenntnissen stießen sie erneut an.

»Wir dachten immer, dass wir die Letzten aus unserem Zweig sind und die Linie unseres Vaters danach ausgestorben ist. Aber wenn das wirklich stimmt, dann haben wir jetzt quasi jede Menge Familienzuwachs bekommen«, freute sich Paula und nahm noch mal einen großen Schluck Wein.

»Das wären mein Vater Franz, also euer neuer Cousin, meine Mutter Almut, meine Schwester Christa und meine kleine Nichte Elina«, zählte Jana alle auf.

Als Finn den Namen seiner Kindergartenfreundin hörte, hob er kurz den Kopf, bevor er mit seinen Autos weiterspielte.

»Und dann gibt es noch einige etwas entferntere Verwandte, wie meine Großtante Wally, aber die stammen alle aus der Familie meiner Mama.«

Jana suchte auf ihrem Handy nach Fotos, auf denen ihre Familie, und vor allem ihr Vater, gut zu sehen war.

»Lauter bekannte Gesichter«, sagte Paula und fügte ein wenig spitz hinzu: »Auch wenn sie keine Kunden bei uns im Laden sind.«

»Vielleicht ändert sich das ja bald«, meinte Georgios und zwinkerte Jana dabei zu.

»Könnte sein. Ich komme auf jeden Fall für meinen nächsten Haarschnitt zu euch«, versprach Jana.

»Den du gratis bekommst!«, meinte Paula.

»Sag mal, deine Schwester, ist das die Anwältin Christa Böhm?«, fragte Gitti.

»Das ist sie.«

»Gar nicht verkehrt, wenn man eine Juristin in der Familie hat«, meinte Paula.

»Passt mal auf. Meine Eltern wollen sich heute noch bei mir melden. Dann können wir ihnen erzählen, was wir rausgefunden haben.«

»Oh ja, das machen wir.« Gitti nickte.

»Ab jetzt trage ich die Ohrringe meiner Oma noch viel lieber. Ich freue mich echt, dass das Geheimnis darum gelöst ist – zumindest so wie es momentan aussieht«, sagte Jana vergnügt.

»Geheimnisse zu ergründen ist was Spannendes«, meinte Toni. »Ich habe als Kind versucht, das Geheimnis des Weihnachtssees zu ergründen.«

»Das Geheimnis des Weihnachtssees?«, fragten Jana und Paula gleichzeitig. Und auch die anderen sahen Toni neugierig an.

Toni nickte.

»Der kleine See, der gleich hinter unserem Garten beginnt.« Er deutete aus der großen Fensterfront hinaus. »Leider sieht man ihn gerade kaum, weil alles so zugeschneit ist. Er war für mich schon als Kind immer ein besonderer Spielplatz. Ich hatte mein Schwimmbad im Sommer direkt vor der Nase. Und sobald ich sicher schwimmen konnte, bekam ich mein eigenes Boot, mit dem ich auf die kleine Insel in der Mitte des Sees gepaddelt bin.«

»Für ein Kind ist das hier ein kleines Paradies«, meinte Georgios.

»Auf jeden Fall! Und wenn der See im Winter zugefroren war, dann schlitterten wir auf dem Eis herum oder fuhren darauf Schlittschuh, während meine Eltern und Großeltern mit Eisstockschießen beschäftigt waren. Oft kamen auch Freunde unserer Eltern dazu. Dann wurden in einer Feuerschale Würstchen und Stockbrote gegrillt und Punsch und Glühwein getrunken.«

»Das hört sich schön an. Aber wieso nennst du ihn *Weihnachtssee?*«, fragte Jana gespannt.

»Das interessiert mich auch«, sagte Paula.

»Ich war gerade acht geworden, da erzählte mir mein Opa zum ersten Mal vom angeblichen Geheimnis des Weihnachtssees.«

Er machte eine kurze Pause, nahm einen Schluck Bier und fuhr dann fort.

»Toni, hat er gesagt, der kleine See hat eine ganz besondere Kraft, allerdings nur an einem einzigen Tag im Jahr, in der Heiligen Nacht. Und nur dann, wenn der See ganz zugefroren ist und man die Sterne am Himmel sieht. Dann wird der See zum Weihnachtssee. Natürlich interessierte es mich brennend, was für eine besondere Kraft das war. Seine Antwort lautete: Wenn du in dieser besonderen Nacht über das Eis auf die kleine Insel gehst und dort in den Sternenhimmel schaust, dann wird dir ein Herzenswunsch erfüllt.«

Alle hörten Toni gebannt zu, als er weitererzählte.

»Ich habe ihn gefragt, welcher Wunsch sich für ihn erfüllt hatte. Und er erzählte mir, dass er sich drei Jahre nach Ende des Krieges nichts sehnlicher gewünscht hatte, als dass sein Vater aus der Kriegsgefangenschaft in Russland zurückkam. Diesen Wunsch hatte er an Heiligabend auf der kleinen Insel im zugefrorenen Weihnachtssee ausgesprochen. Und tatsächlich – Ende Januar im neuen Jahr kam mein Uropa aus der Gefangenschaft heim.«

»Das ist ja wirklich unglaublich!«, murmelte Georgios.

»Natürlich hätte das auch einfach nur ein Zufall sein können. Aber andererseits – niemand weiß, ob er auch zurückgekommen wäre, wenn mein Opa es sich nicht in dieser Nacht auf der Insel im See gewünscht hätte.«

»Und was hast du dir gewünscht, Toni?«, fragte Gitti gespannt.

»Mein Wunsch war lange nicht so bedeutsam, wie der meines Opas. Aber für mich war es trotzdem ein Herzenswunsch …«, er grinste ein wenig verlegen. »Ich habe damals nichts lieber gemacht, als Fußball zu spielen, und wollte in unserer Mannschaft unbedingt der Libero sein.«

»Libero? So wie Franz Beckenbauer? Das ist ja mal ein Wunsch«, meinte Paula amüsiert.

»In dem Alter kann so was für ein Kind ganz schön wichtig sein«, sagte Georgios.

Toni nickte.

»Das war es. Jedenfalls standen die Chancen nicht so gut, weil einer der Jungs im Verein den Posten als Libero fest besetzt hatte. Und er war richtig gut. Trotzdem wollte ich es versuchen, schließlich hatte ich nichts zu verlieren. Allerdings war der See in diesem Jahr, als Opa mir das erzählte, an Weihnachten nicht ganz zugefroren, und ich konnte nicht gefahrlos aufs Eis, um auf die Insel zu kommen. Deswegen klappte es nicht. Im Jahr darauf war es immer noch mein größter Wunsch. Und diesmal waren die Bedingungen perfekt. Nach der Bescherung an Heiligabend sagte ich nur meinem Opa Bescheid, dass ich auf den See gehen würde. Meine Eltern hätten das mitten in der Nacht niemals erlaubt. Opa hat ihnen nichts verraten, aber er hat mir eine Taschenlampe gegeben und vor dem Haus auf mich gewartet. Das Eis war tragfest und die Insel keine dreißig Meter vom Ufer entfernt. Ich marschierte also in der klirrenden Kälte mit der Taschenlampe zur Insel, sah hoch in den Sternenhimmel und wünschte mir, dass ich in der kommenden Saison als Libero spielen durfte. Es ging alles ganz schnell. Schon zehn Minuten später war ich wieder zurück im Haus.«

»Und? Hat es geklappt?«, wollte Jana wissen.

»Ja. Der Weihnachtssee hat mir meinen Wunsch erfüllt. Und vermutlich war dabei auch eine große Portion Glück mit im Spiel, denn der Junge, der bisher auf dieser Position war, wechselte zu einem anderen Verein im Nachbarort, somit durfte ich als Libero nachrücken.«

»Ein bisschen Glück gehört immer dazu!«, sagte Georgios.

Jana nickte.

»Also gibt es tatsächlich dieses Geheimnis um den Weihnachtssee«, fasste Paula strahlend zusammen. »Vielleicht sollte ich das auch mal ausprobieren?«

»Ich ahne bereits, was du dir wünschen würdest«, sagte Gitti. »Aber glaub mir, deswegen musst du nicht extra auf den See gehen. Wir kriegen das auch so hin.«

Nur Jana und Paula wussten, was Gitti damit meinte, sie machte jedoch keinerlei Anstalten, es den anderen zu erzählen.

»Was würdest du dir denn wünschen?«, wollte Georgios von Stephan wissen, der sich kaum in das Gespräch eingebracht hatte.

»Dass wir so schnell wie möglich von hier wegkommen!«, kam es wie aus der Pistole geschossen und ohne ein Lächeln.

Jana verkniff sich einen Kommentar, dass es doch echt nicht so schlimm war, hier zu sein, wie er tat. Es war besser, wenn sie schwieg. Auch die anderen schienen etwas irritiert über Stephans frostige Aussage zu sein.

»Also meinen Wunsch könnt ihr euch sicher vorstellen«, sagte Georgios nun mit einem Blick zu Toni.

»Können wir. Und wir drücken alle fest die Daumen, dass er sich erfüllt«, sagte Gitti.

»Und was ist mit dir, Jana? Was würdest du dir wünschen?« Toni sah sie neugierig an.

»Du meinst, außer dem Weltfrieden?«

»Außer dem Weltfrieden. Was ist dein Herzenswunsch?«

Jana überlegt. *Was ist mein Herzenswunsch?* Gab es den

überhaupt? Natürlich wollte sie, dass ihre Familie und sie selbst gesund blieben und sie finanziell immer irgendwie über die Runden kam, aber das wünschten sich vermutlich die allermeisten Menschen. Reichte das nicht völlig aus? War nicht alles, was darüber hinausging, ohnehin Luxus in materieller oder sonstiger Hinsicht?

»Ich weiß es nicht!«, sagte sie mit einem Schulterzucken. Doch im selben Augenblick wurde ihr bewusst, dass das nicht stimmte. Sie wünschte sich, dass diese Bitterkeit in ihr verschwand, die sie seit der Trennung von Stephan immer noch mit sich herumtrug, auch wenn sie sie lange verdrängt hatte und gar nicht spüren wollte. Die Begegnung mit ihm hatte vieles von damals wieder aufgerissen. Doch diesen Wunsch konnte sie hier nicht laut aussprechen. Deswegen bekräftigte sie: »Ich weiß es wirklich nicht.«

»Also wunschlos glücklich?«, fragte Gitti, und Jana nickte.

In diesem Moment kam eine Nachricht auf Tonis Handy, über die er offenbar sehr erfreut war.

»Hey. Unsere Flüge wurden endlich bestätigt. Jetzt ging es doch viel schneller als gedacht.«

Er drehte sich zu Finn um.

»Krümel, morgen Nachmittag fliegen wir nach Hamburg.«

Kapitel 24

Frisch gebackene Cousins

Inzwischen war es kurz nach sechzehn Uhr, und draußen wurde es langsam dunkel.

»Lang kann es nicht mehr dauern, bis die Straße hierher geräumt ist«, sagte Stephan. »Vielleicht sollten wir uns schon mal umziehen und uns bereit machen.«

»Also irgendwie mag ich mich noch gar nicht von meinem hübschen Kleid trennen«, sagte Paula und strich über den eisblauen glatten Stoff aus Satin.

»Dann behalte es doch«, bot Toni ihr an. »Ich muss das sowieso alles verschenken oder zur Altkleidersammlung geben!«

»Auch das schöne Kleid? Auf keinen Fall. Wenn du es wirklich weggeben würdest, dann nehme ich es tatsächlich lieber mit.«

»Ich meines auch. Danke dir, Toni. Trotzdem sollten wir uns wirklich schon mal fertig machen«, meinte jetzt auch Gitti.

Toni und Jana kümmerten sich um das Geschirr, während die anderen sich umzogen und ihre wenigen Sachen zusammenpackten. Auch Finn half mit und trug die Plätzchenschale mit dem kläglichen Rest in die Küche. Dort lag Fleck auf dem Sofa und schlief. Der Teller mit dem Futter war ratzeputz leer gefressen.

»Jetzt dauert es gar nicht mehr lange, dann kommt das Christkind! Freust du dich denn schon, Finn?«, wollte Jana wissen, während sie den Geschirrspüler einräumte.

»Hm.« Der Kleine nickte. »Ich gehe rauf zu Xaverl.«

»Ist gut. Ich hole dich dann, wenn es so weit ist«, sagte Toni.

Finn ging aus dem Zimmer. Jana sah ihm nachdenklich hinterher.

»Er ist wieder sehr still geworden«, stellte sie fest.

»Ich glaube, Finn ist einfach ein wenig müde. Meistens macht er vor oder nach dem Mittagessen ein kurzes Schläfchen. Aber heute war keine Gelegenheit dazu.«

Jana hoffte, dass nur das der Grund dafür war.

»Wenn ihr morgen Nachmittag schon am Flughafen sein müsst, habt ihr vor der Abreise sicherlich noch einiges zu tun. Falls es dir lieber ist, dass ich doch mit den anderen mitfahre, dann sei ganz ehrlich und sag es mir bitte. Ich könnte das verstehen.«

Toni winkte sofort ab.

»Nein. Ich freue mich doch, wenn du bleibst. Und Finn auch. Der Flug geht um 15.15 Uhr. Es ist kein Schneefall mehr vorhergesagt, also reicht es, wenn wir kurz vor Mittag losfahren. Das heißt, wir können auf jeden Fall auch noch gemeinsam frühstücken, wenn du magst.«

»Na gut. Dann bleibe ich gern … Übrigens, ich finde

es super, dass du wegen der Stelle im Hotel für Georgios nachgefragt hast.«

»Das war vorhin eine ganz spontane Idee. Ich hatte mit einem Geschäftspartner auf Rhodos noch was zu klären, und da hat es sich einfach angeboten zu fragen. In diesem Fall zahlt sich mein Job in der Reisebranche mal richtig aus. Jetzt hoffe ich nur, dass es auch wirklich klappt.«

»Das hoffe ich auch.«

Fleck stand auf, gähnte und streckte sich durch, bevor er zum Fenster ging und maunzte. Jana ließ ihn hinaus.

»Aber nicht lange wegbleiben! Hörst du?«, rief sie ihm hinterher.

»Hat sich eigentlich schon jemand wegen der Katze gemeldet?«, fragt Toni.

»Nein, niemand. Ich frag mich, was aus Fleck werden soll, wenn ab morgen Mittag niemand mehr hier im Haus ist?«, murmelte sie etwas beklommen.

»Genau deswegen war ich nicht so glücklich darüber, dass wir ihn hereingelassen haben. Aber bei dem Wetter war das natürlich keine Frage.«

Jana überlegte ernsthaft, ihn fürs Erste ins Haus ihrer Eltern mitzunehmen. Aber wenn sie in ein paar Tagen nach München fuhr, konnte sie Fleck dort schließlich auch nicht allein lassen. Sollte sie ihn also doch lieber ins Tierheim bringen? Zumindest könnte man dort nachsehen, ob er einen Chip hatte und eventuelle Besitzer ermitteln, die die Onlineanzeige vielleicht gar nicht gesehen hatten. »Ich werde mich auf jeden Fall darum kümmern, dass für den Kater gesorgt wird«, versprach sie.

»Das ist super von dir, danke, Jana!«

Ihr Handy, das sie ans Ladekabel gehängt hatte, klingelte. Ein Videocall.

»Das ist mein Vater. Könntest du bitte Paula und Gitti holen?«, bat sie Toni rasch, bevor sie sich meldete. Er nickte und ging hinaus.

»Hallo Papa!«, rief sie, während das Bild noch ein wenig wackelte. Schließlich sah sie Franz in einem kleinen Raum vor einem Doppelbett stehen. Offenbar war er gerade in der Kabine auf dem Kreuzfahrtschiff.

»Janinchen, mein Schatz! Die anderen sind schon oben an Deck, und ich dachte mir, jetzt ruf ich mal bei meinem Mädchen an.«

»Hallo Papa! Schön, dich zu sehen.«

»Ich freue mich auch. Und super, dass das mit der Verbindung so toll funktioniert. Christa hat uns da am Handy irgendwas eingerichtet, damit die Verbindungskosten nicht so hoch sind. Und ich glaube fast, das Netz ist hier besser als bei uns im Bayerischen Wald«, scherzte er, wobei er damit vermutlich nicht ganz falsch lag. »Wie geht es dir?«

»Bei mir ist alles gut, Papa. Und bei euch?«

»Na ja, du fehlst mir natürlich. Und es ist einfach nicht das Weihnachten, wie ich es kenne und mir gewünscht hätte, aber es ist schon ganz interessant hier, das muss ich wirklich sagen.«

»Das kann ich mir vorstellen. Genieße es bitte.«

Er nickte.

»Deine Schwester hat uns erzählt, dass du noch in Bodenmais bist und irgendwo eingeschneit in einem abgelegenen Haus festsitzt. Und das ausgerechnet an Weihnachten!« Er klang nun etwas besorgt.

»Stimmt. Aber wie ich Christa schon gesagt habe, es ist wirklich alles völlig okay, Papa. Toni Nestler ist der Onkel von Elinas Kindergartenfreund Finn. Und ihn kenne ich noch aus meiner Schulzeit aus der Parallelklasse.«

»Der Name sagt mir was«, meinte Franz nachdenklich.

»Papa, hör mal, ich muss dir was ganz Verrücktes erzählen.«

»Ach ja? Was denn?«

»Stell dir vor, ich bin der Sache mit Oma Luises Ohrringen auf die Spur gekommen.«

»Wirklich?«, fragte er völlig erstaunt. »Da bin ich aber gespannt. Hast du rausgefunden, wer sie meiner Mutter geschenkt hat?«

»Ja, ich glaube schon. Und du wirst echt Augen machen, wenn ich dir die Geschichte erzähle. Und so wie es ausschaut, bekommen wir Familienzuwachs.«

»Du bist schwanger?«

»Nein!«, sagte sie rasch und merkte gleich, dass sie sich ein wenig missverständlich ausgedrückt hatte. »Ich bin nicht schwanger.«

»Ach, schade. Ich würde mich über ein weiteres Enkelkind freuen.«

»Tut mir leid, Papa, aber ohne einen passenden Mann ist es eher nicht so realistisch, dass ich dir demnächst diese Freude machen werde«, meinte sie.

»Ach, irgendwann wird der Richtige für dich schon kommen, mein Schatz.« Auch wenn der Satz ein wenig altbacken und gönnerhaft klang, nahm sie es ihm nicht übel, weil sie wusste, dass ihr Vater immer nur das Beste für seine Töchter wollte.

»Mal sehen … Aber darum geht es jetzt eigentlich gar nicht. Weißt du, Papa, ich bin nicht die Einzige, die hier im Haus im Schneesturm gestrandet ist.«

Wie aufs Stichwort kamen in diesem Moment Gitti und Paula mit Toni herein. Die Schwestern hatten wieder ihre Sachen vom Vortag an, mit denen sie hier angekommen waren.

»Es sind noch weitere Leute hier, die meine Ohrringe gesehen haben. Dadurch kamen wir überhaupt erst darauf. Denn sie kannten diesen Schmuck von einem alten Gemälde.«

»Von einem alten Gemälde hast du gesagt? Du machst es ja spannend, Kind.«

»Es ist ein wenig kompliziert, aber wenn wir hier mit unseren Vermutungen nicht alle völlig auf dem Holzweg sind, dann gibt es wirklich Familienzuwachs«, sagte sie mit einem verschmitzten Lächeln.

»Wie meinst du das denn jetzt?«, hakte Franz nach.

Jana drehte sich zu den Schwestern.

»Kommt doch bitte her …«

Paula und Gitti traten neben sie und winkten in die Kamera.

»Hier sind zwei der anderen Gestrandeten. Und Papa, du kennst sie ganz sicher, oder?«

»Natürlich, das sind die Meier-Schwestern vom Friseursalon … Guten Abend übrigens.«

»Hallo … guten Abend!«, grüßten die beiden fröhlich.

»Von mir auch ein Hallo. Ich bin Toni.« Er hatte sich ungefragt zu ihnen gesellt.

»Danke, dass Sie meine Tochter bei dem Schneesturm aufgenommen haben«, sagte Franz, wirkte aber insgesamt verwirrt über die ganze Situation, und Jana konnte es ihm nicht verdenken. Es war ja wirklich alles ein wenig verrückt.

»Papa. Die längere Version der Geschichte erzählen wir dir bald ganz in Ruhe. Aber so wie es aussieht, sind Paula und Gitti deine Cousinen.«

Er schüttelte lächelnd den Kopf.

»Das ist leider nicht möglich, Jana. Meine Eltern hatten beide keine Geschwister, und somit kann ich keine Cousinen haben. Auch wenn ich mich natürlich sehr darüber freuen würde«, fügte er freundlich hinzu.

»Das stimmt so nicht ganz. Denn wir wissen inzwischen etwas bisher Unbekanntes: Oma Luise hatte einen jüngeren Bruder, einen Halbbruder, um genau zu sein. Und der hieß Max und ist der Vater von Paula und Gitti.«

»Der Meier Max? Vom Friseursalon Meier?«

»Ja. Genau der.«

»Der soll der Halbbruder meiner Mutter gewesen sein?«, fragte Franz ungläubig.

»Ja. So wie es aussieht, war Omas Vater demnach gar nicht wirklich ihr Vater, zumindest nicht ihr biologischer Vater.«

»Also das muss ich erst mal sacken lassen. Du sagst, dass mein Opa also nicht mein echter Opa war?«

»Wahrscheinlich nicht. Die Ohrringe hat Luise zur Hochzeit von ihrem echten Vater bekommen, nehmen wir an. Von Peter Meier. Der hat sich aber nie zu erkennen gegeben. Vermutlich war sie das Kind einer heimlichen Affäre. Wer davon gewusst hat und wer nicht, das wird wohl für immer ein Geheimnis bleiben.«

Paula schob sich wieder näher heran.

»Das alles ist zumindest unsere Theorie. Wir wollen zur Sicherheit einen DNA-Test machen lassen. Aber wenn es sich bestätigt, dann sind wir tatsächlich Cousins und hatten denselben Großvater.«

Franz sah ziemlich verdutzt aus der Wäsche.

»Das ist alles sehr verwirrend. Wie seid ihr denn da überhaupt draufgekommen?«, wollte er wissen.

»Na, über die Ohrringe«, sagte Jana.

»Es gibt ein altes Gemälde bei uns im Wohnzimmer … Moment«, mischte sich nun auch Gitti ein. »Wir könnten das Bild doch deinem Vater schicken.«

Jana nickte.

»Warte kurz Papa, gleich kriegst du ein Foto deiner richtigen Uroma zu sehen.«

»Meiner richtigen Uroma?«

»Genau.«

Jana gab Gitti die Nummer ihres Vaters, dem diese das Foto per WhatsApp weiterleitete.

»Unglaublich«, sagte Franz ein paar Sekunden später, als er es gesehen hatte. »Die sieht fast aus wie meine Mutter früher. Und auch ein wenig wie du, Jana. Und das sind auch die Ohrringe …«

»Wir dachten, dass das alles keine Zufälle sein können. Und sobald unsere DNA ausgewertet ist, haben wir Gewissheit«, sagte Paula.

»Nun ja, wenn das so ist, freue ich mich natürlich sehr, zwei Cousinen zu haben. Aber das müsst ihr mir trotzdem alles demnächst noch mal ganz in Ruhe erklären. So ganz steige ich da noch nicht durch.«

»Das werden wir, Papa.« Jana lächelte.

»Wir sollten uns nach eurer Rückkehr bald alle treffen und auf unsere frisch gebackene Verwandtschaft anstoßen!«, schlug Gitti vor, für die der Familienzuwachs schon beschlossene Sache war.

»Ja freilich! Die anderen werden gleich ziemlich stauen, wenn ich ihnen das erzähle«, meinte Franz vergnügt. »Sofern ich das alles auch richtig wiedergeben kann. War ja doch ziemlich viel auf einmal jetzt.«

»Ich war auch ziemlich verwirrt. Aber zeig den anderen einfach das Bild von Isabella. Das erklärt schon mal einiges.«

»Mache ich.«

»Grüße sie bitte alle ganz lieb von uns«, bat Jana.

»Aber klar doch«, versprach Franz. »Euch frohe Weihnachten. Vielleicht melden wir uns später noch mal alle gemeinsam.«

»Das wäre schön. Dir auch schöne Weihnachten, Papa.«

Sie winkten sich zu, und dann war der Bildschirm wieder schwarz.

»Ein sehr sympathischer Mann, dein Papa!«, sagte Paula. »Wirklich. Da freue ich mich jetzt schon auf unser erstes gemeinsames Familienfest.«

»Ich mich auch«, sagten Jana und Gitti gleichzeitig und lachten dann.

»Diese zwei Tage hier haben es echt in sich«, fügte Gitti noch trocken hinzu. »Jetzt krieg ich nicht nur einen Schwager …«, sie setzte das Wort mit den Fingern in Anführungszeichen, »sondern auch noch einen Cousin mitsamt kompletter Familie.«

»Einen neuen Schwager?«, fragte Toni neugierig.

»Das Christkind gibt sich in diesem Jahr besondere Mühe mit uns«, scherzte Paula und erzählte ihm rasch die Kurzversion.

Kapitel 25

Aussprache

Stephan und Georgios kamen ein paar Minuten später in die Wohnküche. Auch sie trugen wieder ihre Sachen vom Tag zuvor.

»Vielen Dank noch mal Toni, dass du uns das Auto leihst, damit wir nach Hause fahren können«, sagte Stephan.

»Kein Problem. Den Schlüssel gebe ich dir gleich draußen. Ich brauche das Auto nur morgen vor Mittag wieder zurück, damit wir rechtzeitig zum Flughafen aufbrechen können.«

»Ich bringe es gleich in der Früh vorbei«, versprach Stephan.

»Irgendwann am Vormittag reicht locker.«

»Na gut. Dann können wir ein wenig ausschlafen. Nach der Mitternachtsmesse heute wird es doch ziemlich spät werden, bis ich ins Bett komme.«

»Klar, aber wie gesagt, mach dir keinen Stress.«

Stephan sah ungeduldig auf die Uhr.

»Ich ruf jetzt noch mal an und frag nach, wie lange das noch dauert«, sagte er und ging hinaus auf den Flur.

Georgios sah ihm nachdenklich hinterher.

»Er kann es offenbar gar nicht mehr erwarten, von hier wegzukommen«, murmelte er.

Um endlich zu seiner Frau zu kommen, dachte Jana.

Die anderen setzten sich an den Tisch, nur Jana blieb stehen.

»Vielleicht zieh ich mir besser auch was Gemütlicheres an«, sagte sie und ging zur Tür.

»Kannst du bitte oben kurz ins Kinderzimmer schauen, ob bei Finn alles in Ordnung ist?«, bat Toni.

»Ja klar.«

Jana verließ die Küche und wollte gerade in den ersten Stock gehen, da hörte sie Stephan, der neben der Haustür stand und empört schimpfte.

»Jetzt vielleicht doch noch mal eine Stunde länger? ... Das kann ja wohl nicht wahr sein! Hören Sie, ich sitze hier seit gestern Mittag fest und muss dringend nach Hause! Es ist Heiligabend ... Ja. Ich weiß, bei Ihnen auch ... Sie können ja auch nichts dafür ... Na, danke auch ... Wiederhören!«

Er legte auf und drehte sich genervt um, als er Jana entdeckte. Ohne etwas zu sagen, wandte er den Kopf ab und wollte zu den anderen zurück.

Wieder mal ignorierte er sie. Plötzlich kochte Wut in ihr hoch. Und bevor sie nachdenken konnte, ob das in diesem Moment wirklich eine so gute Idee war, platzte es aus ihr heraus: »Sag mal, was stellst du dich eigentlich so an?«, fuhr sie ihn an. »Alle anderen kommen mit der Situation hier gut klar, für die kein Mensch etwas kann, und tun ihr

Bestes, damit wir es nett haben, aber du benimmst dich wie ein kleines Kind.«

Er atmete einmal tief durch.

»Lass es gut sein, Jana.«

»Nein. Das tu ich nicht, Stephan. Liegt es an mir? Ist es, weil du meine Gegenwart nicht aushältst?«

»Was? Nein! Natürlich ist es eine etwas seltsame Situation, dass wir beide hier zusammengekommen sind, aber du interpretierst das falsch!«

»Ach ja? Bist du dir da sicher? Du kannst mir ja kaum in die Augen sehen. Dabei lasse ich mir nichts anmerken und bin freundlich zu dir. Und das, obwohl du mich damals einfach so abserviert hast.«

Jetzt hatte sie es endlich mal ausgesprochen! Vielleicht lag es auch an dem Glas Rotwein, das sie vorhin getrunken und sie womöglich etwas mutiger gemacht hatte?

»Bitte Jana, musst du jetzt wirklich dieses Fass aufmachen?«

»Warum auch nicht?« Sie funkelte ihn an.

»Weil das schon so lange her ist. Über sechs Jahre! Jeder von uns führt doch inzwischen längst ein anderes Leben. Und ich hatte damals auch nicht den Eindruck, dass unsere Trennung für dich so ein großes Problem war.«

Jana verschlug es die Sprache.

»Kein großes Problem, dass mein Freund mich von heute auf morgen wegen einer anderen verlässt? Und das kurz bevor wir zusammengezogen wären in eine Wohnung, für die wir nur sieben Wochen vorher einen Mietvertrag unterschrieben hatten? Entschuldige mal, aber das hat mir natürlich den Boden unter den Füßen weggezogen. Was glaubst du denn, warum ich meine Stelle hier gekündigt habe und nach München gegangen bin?« Auch das gab sie zum ersten Mal offen zu.

Er sah sie etwas verdattert an.

»Aber … ich dachte, das wolltest du so?«

»Wie bitte?«

»Jetzt mal ganz ehrlich, Jana. Es lief doch schon eine Weile nicht mehr so ganz ideal zwischen uns beiden. Wir haben uns auseinandergelebt, wollten es aber nicht wahrhaben.«

Was? Offenbar hatte er ihre Beziehung völlig anders empfunden als sie.

»Es wäre ein Fehler gewesen zusammenzuziehen. Das hast du doch damals selbst gesagt.«

»Das habe ich nie gesagt, sondern du!«, protestierte Jana heftig.

»Stimmt. Ich habe es gesagt. Aber du hast daraufhin nur genickt. Sonst kam nichts von dir. Also war es für mich klar, dass du derselben Meinung warst. Dass es eine Fehlentscheidung von uns beiden war, uns eine gemeinsame Wohnung zu suchen. Und ich hatte den Eindruck, dass du auch erleichtert warst, dass die Vermieterin Verständnis für unsere Lage zeigte und dich ohne Probleme aus dem Vertrag entließ.«

Was redet er denn da?

»Stephan, du hattest mir eben eröffnet, dass du eine andere Frau mehr liebst als mich und mir gleich noch unter die Nase gerieben, dass das mit der gemeinsamen Wohnung für dich ein Fehler wäre und du deswegen gerade noch rechtzeitig die Notbremse ziehen willst. Ich war schockiert. Und sprachlos. Keine Ahnung, ob ich da genickt habe oder nicht. Aber ich war ganz bestimmt nicht derselben Meinung! Ich hatte mich total darauf gefreut!«

Für einige Sekunden schwieg er.

»Okay. Wenn wir damals so aneinander vorbeigeredet haben, dann tut es mir leid, Jana«, sagte er dann. »Wirklich. Vielleicht habe ich mich dir gegenüber echt nicht ganz fair verhalten. Aber meine Gefühle für dich waren einfach nicht mehr so, wie ich es mir in einer Beziehung wünsche. Und leider gibt es kein Rezept dafür, wie man jemandem entspannt beibringt, dass man sich trennen möchte.«

Jana wusste nicht, was sie darauf antworten sollte.

»Wenn dich das so getroffen hat, habe ich es dir wirklich nicht angemerkt. Dann hättest du was sagen sollen. Ich habe echt gedacht, dass du einigermaßen gut damit klarkommst und einfach einen klaren schnellen Schlussstrich ziehen möchtest, als du nach München gingst«, fuhr er fort.

»Was dir natürlich sehr gelegen kam, damit du dich endlich mit deiner Veronika, die sich schon die ganze Zeit an dich rangemacht hatte, in der Öffentlichkeit zeigen konntest.«

Es tat wirklich gut, sich all diese Dinge endlich mal von der Seele zu reden, das laut zu auszusprechen, was sie damals zurückgehalten hatte.

»Entschuldige, sie hat sich nicht an mich rangemacht. Veronika und ich – wir passen einfach zusammen! Wir gehören zusammen.«

»Ach wirklich? Das wäre mir ja fast nicht aufgefallen!«, sagte sie sarkastisch. »Du hältst es ja kaum eine Stunde aus, ohne mit ihr zu schreiben oder zu telefonieren, wie so ein verliebter Teenager. Das ist ja schon fast kindisch lächerlich! Und nebenbei erwähnt, das fällt nicht nur mir auf!«

Sie bemerkte, dass die Tür zur Wohnküche aufging und Toni sie besorgt ansah, aber es war ihr im Moment egal, wenn die anderen das Gespräch mitbekamen.

»Du hast doch überhaupt keine Ahnung, was los ist!«, rief Stephan plötzlich wütend, der mit dem Rücken zur Tür dastand und die anderen nicht bemerkte.

»Denkst du ernsthaft, dass ich mich einfach nur so wie ein verknallter Teenager verhalte, der es keine Minute ohne seine Freundin aushält? Denkst du das wirklich von mir, Jana? Ich dachte, du kennst mich ein bisschen.«

»Es sieht jedenfalls ganz danach aus!«, antwortete sie trotzig, jedoch etwas verunsichert. In seinem Blick lag nun etwas fast Verzweifeltes.

»Bist du nicht vielleicht auf den Gedanken gekommen, dass es einen Grund dafür geben könnte?«

»Nun ich …«

»Ich telefoniere deswegen so oft mit meiner Frau und schicke ihr Nachrichten, weil ich mir große Sorgen um Veronika mache«, platzte es aus ihm heraus. »Wir haben vor zwei Jahren an Weihnachten …« Er stockte kurz und fuhr sich fahrig durch die Haare, bevor er weitersprach. »… in der vierzehnten Schwangerschaftswoche unser Baby verloren.«

Jana war wie vom Donner gerührt. Mit so etwas hätte sie niemals gerechnet.

»Das ... oh Gott, das tut mir leid!«, murmelte sie schockiert.

»Veronika ist wieder schwanger«, fuhr er fort, und seine Stimme klang nun heiser. »In der 11. Woche. Eigentlich geht es ihr gut. Aber seit ein paar Tagen holen sie all die schrecklichen Erinnerungen an das vorletzte Jahr mit voller Wucht ein. Es war ein schlimmes Weihnachten für uns, und sie hat Angst, sie könnte auch dieses Kind verlieren, obwohl es für diese Sorge laut ihrer Ärztin zum Glück keinen Grund gibt.«

»Stephan ...«

»Es mag sein, dass ich mich in euren Augen ein wenig seltsam benehme, weil ich ständig am Handy hänge, aber es gibt nichts, was ich mir mehr wünsche, als endlich bei meiner Frau zu sein und ihr zur Seite zu stehen, sie im Arm zu halten und ihr, in dieser für sie besonders schwierigen Zeit, Zuspruch zu geben.«

In diesem Moment fiel alles von Jana ab. Jegliche Verletzung, die noch tief in ihr drin eingesperrt geschlummert hatte. Jegliche Eifersucht auf die Frau, die ihr den Freund weggenommen hatte. Als hätte sich mit einem Mal ein Knoten gelöst. Sie wusste plötzlich, dass Stephan recht hatte. Sie beide hatten niemals wirklich zusammengepasst. Und es tat ihr unendlich leid, dass Veronika und Stephan etwas so Schlimmes durchmachen mussten.

Wortlos ging sie auf Stephan zu und umarmte ihn. Er ließ es zu.

»Natürlich willst du jetzt unbedingt bei deiner Frau sein. Und ich hoffe sehr, dass alles gut geht und ihr ein gesundes Baby bekommt!«, sagte sie leise.

»Danke«, murmelte er und löste sich von Jana.

»Es dauert bestimmt nicht mehr lange, bis wir aufbrechen können«, sagte Paula, die mit den anderen in den Flur gekommen war und alles mitbekommen hatte. »Du wirst den Abend heute bei deiner Frau verbringen, Stephan.«

»Und wenn nicht bald die Räumfahrzeuge kommen, dann geh ich raus und räume den Weg nach oben persönlich mit der Schneeschaufel frei!«, beteuerte Georgios, und ihm war anzusehen, dass er das völlig ernst meinte.

»In diesem Fall helfe ich dir«, versprach Toni, nicht weniger entschieden.

»Wir alle helfen!«, versicherte Gitti.

Stephan sah sie an, und Jana sah es in seinen Augen verdächtig glänzen.

»Danke euch! ... Aber das ist nicht notwendig«, winkte er ab. »Ich habe vorhin telefoniert. Sie müssten jetzt wirklich innerhalb der nächsten Stunde da sein. Dann können wir gleich losfahren.«

»Wird auch Zeit!«, murmelte Gitti.

»Und es tut mir leid. Ich hätte euch schon eher erklären sollen, warum ich die ganze Zeit so auf heißen Kohlen saß«, sagte Stephan. »Aber Veronika und ich haben bisher noch niemandem von der neuen Schwangerschaft erzählt, weil wir einfach Angst hatten, dass es dann ...«

»Das muss dir nicht leidtun«, unterbrach Paula ihn verständnisvoll. »Aber endlich verstehe ich, warum du dich so anders verhalten hast, seitdem wir hier festsitzen. Das war wirklich untypisch für dich.«

Georgios nickte.

»Und wir werden es auch ganz bestimmt niemandem verraten«, versprach Gitti.

Kapitel 26

Finn

Während die anderen wieder in die Küche gingen, blieb Jana noch im Flur. Sie brauchte einen Augenblick für sich. Nur Toni blieb an der Tür stehen und schloss sie.

»Alles gut bei dir?«, fragte er.

Sie nickte.

»Ich denke schon. Das war jetzt nur alles ein wenig viel heute. Und … ich habe mir vermutlich den dümmsten Zeitpunkt ausgesucht, um Stephan vorzuwerfen, was ich ihm vor sechs Jahren nicht sagen konnte.«

»Du meinst, der dümmste Zeitpunkt wegen der Schwangerschaft seiner Frau?«

»Ja.«

»Hmm. Vielleicht war es gut, dass du es nicht gewusst hast. Sonst hättest du sicher nicht alles gesagt, was dir auf der Seele brannte. Es gibt nun mal Dinge, die müssen irgendwann laut gesagt werden, wenn sie schon so lange in einem schlummern, oder?«

Es wäre sicher für sie besser gewesen, hätte sie ihre

Gefühle damals ganz offen ausgesprochen, auch mal mit Stephan gestritten und nicht alles in sich reingefressen, nur damit er nicht merkte, wie sehr er sie verletzt hatte. Dann hätte sie früher mit alldem abschließen können. Doch das spielte jetzt keine Rolle mehr. Das gehörte der Vergangenheit an. Stephan und Veronika gehörten zusammen.

Sie nickte.

»Ja. Du hast recht. Es war wie ein Ballast, den ich gerade losgeworden bin.«

Er lächelte.

»Das ist gut ... Aber sag mal, wolltest du dich nicht umziehen?«

»Schon längst«, antwortete Jana. »Und genau das mache ich jetzt. Dann schau ich nach Finn und frage ihn, ob er nicht wieder zu uns runterkommen mag.«

Oben im Büro zog Jana das Kleid aus und schlüpfte in ihre Jeans und einen bequemen roten Pulli. Auch die Ohrringe nahm sie ab und verstaute sie wieder sicher in dem Samtsäckchen.

Die Ohrringe meiner Ururoma Isabella, dachte sie und lächelte versonnen. Was genau damals wohl passiert war?, fragte sie sich. Ging es um eine unglückliche romantische Liebe? Vielleicht fand sie ja zusammen mit Gitti und Paula irgendwo in den alten Unterlagen noch Hinweise aus dieser Zeit, die ihnen Antworten darauf geben konnten, irgendwelche alten Briefe oder Notizen. Jetzt wussten sie schließlich genau, worauf sie bei ihrer Suche achten mussten.

Als Jana das Samtsäckchen in den Rucksack packen wollte, fiel ihr auf, dass die kleine Schachtel geöffnet und die gläserne Schildkröte nicht mehr darin war.

»Nanu.«

Sie sah sich um. War die Figur womöglich herausgefallen, ohne dass sie es bemerkt hatte? Doch der Glücksbringer war nirgends zu finden, weder im Rucksack noch auf dem Boden oder dem Sofa. Das konnte nur eines bedeuten. Jemand hatte die Schildkröte aus der Schachtel genommen. Doch wer sollte das getan haben? Plötzlich schoss ihr ein Gedanke durch den Kopf, und sie glaubte zu ahnen, wer es gewesen sein könnte. Sie verließ das Büro und ging ins Kinderzimmer. Doch das war leer.

»Finn?«, rief sie in den Flur. »Finn? Wo bist du denn?«

Hatte er sich irgendwo versteckt? Oder war er zu den anderen nach unten gegangen, während sie sich umgezogen hatte.

Sie ging nach unten in die Wohnküche, doch auch da war er nicht.

Seltsam.

»Sagt mal, war Finn in der Zwischenzeit bei euch, als ich oben war?«, fragte sie.

»Nein«, antwortete Georgios, und auch die anderen schüttelten den Kopf.

»Er war nicht im Kinderzimmer«, sagte Jana zu Toni. »Ich schau mal ins Wohnzimmer. Vielleicht ist er ja beim Christbaum oder spielt dort mit seinen Matchbox Autos.«

Fehlanzeige.

Toni war ihr gefolgt.

»Es könnte sein, dass er sich in seinem Zimmer versteckt hat und du ihn nur nicht gesehen hast. Das macht er ab und zu«, meinte er.

»Ich schau noch mal nach.«

»Ich komme mit.«

»Vielleicht war er gerade auf dem Klo, als ich in sein Zimmer geschaut habe«, überlegte sie laut, als sie die Treppe nach oben gingen.

»Kann auch sein.«

Wieder Fehlanzeige.

»Finn?«, rief Toni. »Finn?«

»Wo steckt er denn nur?«

Toni und Jana suchten das ganze obere Stockwerk gründlich ab, schauten unter alle Betten, in jeden Schrank und hinter die Vorhänge. Kein Finn.

»Das gibt es doch nicht. Er muss doch hier irgendwo sein!«, sagte Toni und klang inzwischen schon ziemlich besorgt.

Auch Jana fühlte eine gewisse Beklommenheit in sich aufsteigen.

Toni ging erneut zurück ins Kinderzimmer und sah sich genau um.

»Xaverl ist auch weg«, stellte er fest.

»Was hat das nur zu bedeuten?«

Plötzlich hörten sie unten laute Stimmen.

»Kommt ihr bitte runter?!«, rief Paula.

»Bestimmt ist Finn wieder aufgetaucht«, meinte Jana hoffnungsvoll.

Doch als sie nach unten kamen, schlüpften gerade alle in

ihre Jacken und Schuhe. Stephan lächelte erleichtert, während er telefonierte.

»Schatz, wir machen uns gleich auf den Weg. Ja. Ich bin spätestens in einer halben Stunde bei dir ... Ja, bis gleich ... Ich liebe dich auch!«

Er legte auf.

»Das Räumfahrzeug fährt gerade den Weg zum Haus runter«, erklärte Georgios. »In ein paar Minuten können wir endlich losfahren.«

»Wir können Finn nicht finden«, rief Toni, ohne auf ihn einzugehen.

»Wie? Finn ist verschwunden? Wie kann das denn sein?« Paula sah sie verwundert an.

Jana schüttelte den Kopf.

»Keine Ahnung. Wir haben oben alles nach ihm abgesucht, aber da ist er nicht. Und auch nicht im Wohnzimmer. Nirgends.«

»Jetzt kann er nur noch im Bad oder im Keller sein«, sagte Toni und öffnete schon die Tür zum Badezimmer.

»Finn?«

Leer.

Er eilte nach unten in den Keller.

»Sollen wir euch beim Suchen helfen?«, fragte Gitti und wartete noch damit, den Mantel zuzuknöpfen.

»Aber ihr müsst doch gleich losfahren, damit Stephan so schnell wie möglich zu seiner Frau nach Hause kommt«, sagte Jana.

»Finn taucht sicher gleich wieder auf. Wo soll er denn auch hin?«, meinte Paula zuversichtlich. »Finn! Finn!«, rief sie laut. »Wir möchten gerne noch Auf Wiedersehen zu dir sagen, bevor wir nach Hause fahren! Finn?«

Stephan öffnete währenddessen die Haustür. Der Schneepflug war unten angekommen und wendete nun schwungvoll und mit blinkenden Lichtern, bevor er wieder nach oben fuhr und den restlichen Schnee zur Seite schob.

Der Weg war frei, sie konnten endlich von hier weg.

»Finn?! Finn?!«, rief Paula weiter.

Plötzlich fiel Jana etwas auf.

»Sein Schneeanzug ist weg!«, rief sie erschrocken. »Und seine Schuhe und die Mütze auch.«

»Aber Finn wird doch nicht bei der Kälte und in der Dunkelheit ganz alleine das Haus verlassen haben!« Gitti klang ganz besorgt.

Toni kam die Kellertreppe hoch.

»Unten ist er auch nicht.«

Nun war eine gewisse Panik in seinen Augen zu sehen.

»Toni, ich fürchte, dass Finn weggelaufen sein muss. Schau.« Sie deutete zur Garderobe. »Seine Sachen sind nicht mehr da.«

»Verdammt noch mal! Das kann doch nicht wahr sein!«, rief Toni gleichzeitig aufgebracht und ängstlich.

Er riss seine Jacke von der Garderobe.

»Wir suchen draußen nach dem Jungen«, sagte Stephan, der schon angezogen war.

»Nein, Stephan. Du steigst jetzt in den Wagen und fährst zu deiner Frau! Und wir helfen Toni und Jana, nach Finn zu suchen«, sagte Georgios und warf einen Blick zu den Schwestern. »Oder?«

Gitti nickte.

»Natürlich!«, sagte Paula.

»Und wie kommt ihr dann nach Hause?«, fragte Stephan, dem man ansehen konnte, dass er hin- und hergerissen war zwischen dem Wunsch, sofort zu seiner Frau zu eilen, und bei der Suche nach dem kleinen Jungen mitzuhelfen.

»Da finden wir schon jemanden. Mach dir um uns keine Gedanken«, erklärte Gitti.

»Ich bitte einfach Markus, dass er uns von hier abholt. Er wollte gegen 18 Uhr in Bodenmais sein. Und er wird uns später dann auch in die Kirche zum Konzert bringen.«

»Aber ich kann euch doch jetzt nicht …«, begann Stephan.

Toni drückte ihm den Autoschlüssel des Leihwagens in die Hand.

»Jetzt fahr schon los, Stephan! Deine Frau braucht dich«, forderte er ihn auf.

»Okay. Ich danke euch allen!«, sagte Stephan. »Viel Glück bei der Suche. Und gebt mir bitte Bescheid, wenn ihr Finn gefunden habt«, bat er Jana, die bereits in ihre Stiefel schlüpfte.

»Machen wir! Alles Gute für euch. Und das meine ich ganz ehrlich.«

»Danke, Jana.«

Zu ihrer Überraschung umarmte er sie noch mal kurz, dann eilte er hinaus, stieg ein und fuhr los.

Kapitel 27

Der Weihnachtswunsch

Jemand sollte im Haus bleiben und vielleicht noch mal alles gründlich absuchen, falls Finn sich doch nur irgendwo versteckt hat«, schlug Georgios vor.

»Das kann ich machen«, bot Gitti an. »Aber warum sollte der Kleine das tun?«

»Kinder verstecken sich doch gern mal irgendwo«, meinte Paula. »Oder, Jana?«

»Ja, schon. Aber ich kann mir nicht vorstellen, dass er einfach nur Verstecken mit uns spielen will.«

»Das glaube ich inzwischen auch nicht mehr«, sagte Toni angespannt. »Okay, Gitti bleibt hier im Haus, und wir suchen draußen nach Finn.«

»Vielleicht hält er ja Ausschau nach dem Christkind?«, überlegte Georgios.

»Stimmt. Das habe ich als Kind auch gemacht!«, rief Gitti.

»Vielleicht«, meinte Jana. Das wäre immerhin eine nachvollziehbare Erklärung, warum der Junge das Haus verlassen hatte.

»Wieso macht er so was?«, fragte Toni verzweifelt, während er und Jana kurz darauf mit ihren Handytaschenlampen um das Haus herum zur Scheune gingen. Doch auch dort hatte Finn sich nicht versteckt.

Da Georgios und Stephan am Vormittag die Einfahrt geräumt und auch Nachschub zum Einheizen für den Holzofen geholt hatten, war der Schnee an vielen Stellen niedergetrampelt und frische Spuren schwer zu erkennen. Und jetzt war auch noch der Weg nach oben zur Straße frei.

»Ich weiß es nicht, Toni.«

Das Licht der Taschenlampen war nicht sonderlich hell und reichte nicht weit. Außerdem hatte es wieder leicht angefangen zu schneien. So war es schwierig, überhaupt etwas zu erkennen.

»Und wir haben noch nicht einmal eine Ahnung, wann Finn das Haus überhaupt verlassen hat. Vielleicht ist er ja nur kurz nach oben in sein Zimmer und hat Xaverl geholt und ist dann sofort verschwunden.«

»Dann wäre er inzwischen schon seit über einer Stunde unterwegs«, sagte Jana, die sich immer größere Sorgen machte.

»Verdammt!«, fluchte Toni. »Ich hätte besser auf ihn aufpassen müssen.«

»Das konntest du doch nicht wissen!«

»Aber ich bin für ihn verantwortlich. Es ist meine Schuld, wenn ihm etwas passiert.«

»Jetzt mach dich bitte nicht verrückt, Toni. Das hilft Finn doch auch nicht weiter.«

Daraufhin schwieg er.

Jana leuchtete mit der Taschenlampe rechts etwas entfernt vom Haus und entdeckte endlich was.

»Schau mal, das sind doch frische Spuren im Schnee in Richtung See. Toni, ich glaube, ich weiß jetzt, wo Finn sein könnte«, rief Jana aufgeregt.

Toni wusste sofort, was sie damit meinte. »Der Weihnachtssee! Finn hat heute die Geschichte mit den Wünschen gehört und will dorthin.«

Sie nickte.

»Das muss es sein!«

»Georgios, Paula!«, rief Toni den beiden zu, die sich auf der anderen Seite in der Nähe des Schneemanns und der Schneefrau umsahen, die Jana und Finn am Vormittag gebaut hatten. »Wir gehen zum See!«

»Sollen wir mitkommen?«, fragte Georgios.

»Vielleicht sucht ihr besser noch mal ums Haus herum und den frei geräumten Weg ein Stück nach oben ab.«

»Gut. Machen wir.«

Toni und Jana folgten den Spuren.

»Der Schnee muss ihm ja fast bis zum Bauch gehen«, meinte Jana besorgt. »Und wie kommt er in der Dunkelheit überhaupt voran?«

»Finn hat eine Taschenlampe. Wir haben erst vor ein paar Tagen damit gespielt, als wir in seinem Zimmer mit Decken ein Lager gebaut haben.«

»Zumindest hat er dann gutes Licht!«

Das Vorankommen im Tiefschnee war nicht einfach. Doch die Spuren führten eindeutig zum zugefrorenen See und dann weiter zur kleinen Insel. Dort gingen die Spuren in mehrere Richtungen, so, als ob er hin und her gelaufen wäre.

»Finn?«, rief Toni. »Wo bist du? Finn?«

»Schau. Dort!«

Jana deutete mit dem Licht der Handytaschenlampe zu einem Baum. Darunter saß Finn wie ein Häufchen Elend im Schnee, Xaverl fest an sich gedrückt, und weinte leise. Die Taschenlampe lag neben ihm im Schnee.

Toni eilte auf ihn zu.

»Finn. Mein Kleiner! Da bist du ja.« Man konnte seiner Stimme anhören, dass ihm ein riesiger Stein vom Herzen fiel. Er beugte sich zu ihm, hob ihn hoch und drückte ihn fest an sich.

»Was machst du denn nur für Sachen, Finn? Du darfst doch nicht einfach so aus dem Haus verschwinden, ich hab mir solche Sorgen gemacht«, tadelte er seinen Neffen.

»Ich sage den anderen Bescheid, dass wir Finn gefunden haben.«

»Danke.«

Jana schickte rasch eine Nachricht an Gitti, dass Finn auf der Insel war, und bat sie, auch die anderen zu informieren.

»Komm, Finn. Wir gehen ganz schnell zurück ins Haus«, sagte Toni.

»Nein!«, rief Finn jedoch, der Xaverl festhielt, und begann, sich auf seinem Arm zu wehren. »Ich muss noch hierbleiben.«

»Es ist eiskalt, Finn. Und du bist schon völlig durchgefroren. Jetzt komm! Ich möchte nicht, dass du krank wirst.«

»Ich will aber nicht!« Er zappelte weiter.

»Toni. Bitte warte mal. Lass ihn noch mal runter, ja?«, bat Jana.

»Aber …«

»Bitte.«

Sie sah ihn eindringlich an. Er seufzte.

»Na gut, wie du meinst.«

Toni setzte ihn ab, und Jana ging vor dem Jungen in die Hocke. Da sie ihm nicht direkt mit der Taschenlampe in die Augen leuchten wollte, konnte sie seinen Gesichtsausdruck kaum erkennen.

»Du bist hier, um dir was zu wünschen?«

Er nickte, und dann öffnete er seine Faust. *Die kleine Schildkröte!*

»Sie sollte dir zusätzlich Glück bringen, oder?«, fragte sie ohne Vorwurf.

»Ja. Bitte nicht böse sein, Jana, dass ich sie mitgenommen habe.«

»Hey, alles gut. Du hättest sie mir ja wieder zurückgegeben, oder?«

»Ja.«

Er gab Jana den Glücksbringer, den sie in ihre Jackentasche steckte.

»Hast du dir denn schon was gewünscht?«, fragte Toni nun.

Finn schüttelte traurig den Kopf.

»Es geht nicht. Es sind keine Sterne da oben!«

Er deutete in den bewölkten Himmel, von dem vereinzelt winzige Schneeflocken zur Erde schwebten. Tatsächlich war kein einziger Stern zu sehen.

Jana erinnerte sich wieder an das, was Toni am Nachmittag bei Kaffee und Plätzchen erzählt hatte: Dass man auf der Insel im zugefrorenen Weihnachtssee in der Heiligen Nacht seinen Wunsch in den Sternenhimmel schicken konnte.

Finn schluchzte leise.

»Was wolltest du dir denn überhaupt wünschen?«, fragte sein Onkel.

Finn zog den Kopf ein und antwortete nicht.

»Hör mal, Finn«, sagte Toni bedauernd. »Heute sind leider ganz viele Wolken am Himmel, und es schneit ein wenig, deswegen kann man keine Sterne sehen.«

»Dann kann ich mir nichts wünschen?«, fragte er erschrocken.

»Oh doch! Natürlich kannst du das«, mischte sich nun Jana ein. »Ich glaube, dein Onkel weiß das nur nicht, Finn.« Sie sah zu Toni und bat ihn mit Blicken mitzuspielen. »Die Sterne sind nämlich immer am Himmel. Auch dann, wenn Wolken davor sind und man sie nicht sehen kann.«

»Wirklich?«

»Ja klar. Das ist genau so, wie wenn du dich hinter den Baum da stellst. Dann können wir dich nicht sehen, aber du bist trotzdem da. Verstehst du?«

Er nickte.

»Da könnte Jana recht haben«, meinte nun Toni.

»Natürlich habe ich das«, sagte sie und wandte sich wieder an Finn. »Und deswegen kannst du dir auf alle Fälle etwas wünschen, auch wenn man heute keine Sterne am Himmel sieht.«

»Aber du musst den Wunsch laut sagen, damit er in Erfüllung geht«, erklärte Toni, der offensichtlich unbedingt herausfinden wollte, was genau Finn auf die Insel getrieben hatte, ohne jemandem davon zu erzählen.

»Na gut«, murmelte Finn und hob den Blick zum Himmel.

»Finn! Warte noch einen Moment.«

In einer plötzlichen Eingebung holte Jana die Schildkröte noch mal aus der Jacke.

»Nimm den Glücksbringer in die Hand. Ich bin mir sicher, damit geht es noch besser.«

Er nahm die Schildkröte entgegen.

»Na dann kann ja nichts mehr schiefgehen«, meinte Toni, obwohl Jana glaubte, in seiner Stimme zu hören, dass ihm nicht ganz wohl dabei war.

Finn streckte die Hand mit dem Glücksbringer aus, drückte Xaverl mit der anderen Hand fest an sich und sah wieder nach oben.

»Ich wünsche mir, dass wir hierbleiben. Hier daheim. Und dass ich wieder hier in den Kindergarten gehen darf«, rief Finn überraschend laut in den Nachthimmel. »Bitte!«

Jana spürte, wie ihr mit einem Mal Tränen in die Augen schossen, und sie war froh, dass es so dunkel war.

Sie hörte, wie Toni sich räusperte.

»Danke Jana.« Finn gab ihr die Schildkröte zurück, und sie steckte sie erneut in ihre Tasche.

»Okay, Finn … Du hast deinen Wunsch gesagt. Und jetzt gehen wir schnell zurück ins Haus«, forderte Toni ihn auf.

»Hmmm«, stimmte Finn zu und griff zu ihrer Überraschung nach Janas freier Hand.

»Bleiben wir jetzt hier, Onkel Toni?«, fragte er hoffnungsvoll.

»Finn, ich …«, begann Toni, um Worte ringend. »Weißt du, es kann sein, dass …«

In diesem Moment sahen sie in der Dunkelheit Lichter, die sich bewegten und auf sie zukamen, und hörten das leise Knirschen von Schritten im Schnee.

Paula, Georgios und auch Gitti kamen auf sie zu, und Toni war offensichtlich froh, Finn erst mal keine Antwort geben zu müssen.

»Da ist ja der kleine Ausreißer!«, rief Georgios erleichtert.

»Finn, ich bin so froh, dass dir nichts passiert ist!«, beteuerte Paula und umarmte den Jungen.

»Aber sag mal, warum bist du denn nur weggelaufen?«, fragte Gitti. »Wir haben uns alle große Sorgen um dich gemacht.«

»Ich hab mir etwas gewünscht«, verriet der Kleine etwas kleinlaut.

»Hattest du denn keine Angst in der Dunkelheit?«

»Nur ein bisschen«, gab er zu.

»Was macht ihr denn hier auf der Insel?«, fragte Toni, doch seinem Tonfall nach schien er die Antwort zu ahnen.

»Natürlich wollen auch wir rausfinden, ob es wirklich stimmt, dass der Weihnachtssee Wünsche erfüllen kann«, antwortete Paula.

»So eine einmalige Chance muss man doch nutzen«, meinte Georgios freudig.

»Aber man sieht leider den Sternenhimmel gar nicht«,

meinte Gitti skeptisch, die am Nachmittag auch gut aufgepasst hatte. »Geht das dann überhaupt?«

Jana erklärte ihr genau wie Finn zuvor, dass man sich bestimmt trotzdem etwas wünschen konnte.

»Stimmt. Die Sterne sind ja trotzdem da. Na dann probiere ich das mal aus.«

»Wir gehen schon mal zum Haus zurück«, sagte Toni. »Dann könnt ihr in Ruhe eure Wünsche losschicken.«

»Wünschst du dir auch was, Jana?«, fragte Finn neugierig, der Janas Hand nicht losgelassen hatte.

»Ja«, antwortete sie und sah nach oben zum Himmel. »Ich wünsche mir vom Weihnachtssee, dass Kater Fleck ein schönes Zuhause bekommt!«

Kapitel 28

Ein Topf mit Glühweingulasch

Kurz vor achtzehn Uhr waren dann endlich alle wieder zurück im Haus. Dabei war es Jana so vorgekommen, als wären sie mehrere Stunden unterwegs gewesen.

»Ich stecke Finn noch kurz unter die heiße Dusche, damit er sich aufwärmt«, sagte Toni. »Danach kann dann bald das Christkind kommen.«

»Und ich mache uns solange eine Kanne Tee.«

Jana folgte den Schwestern und Georgios ins Esszimmer und setzte Wasser auf.

An Fleck war die ganze Aufregung um das Verschwinden von Finn spurlos vorübergegangen. Er lag entspannt auf der Ottomane und schlief tief und fest.

»Ich bin so erleichtert, dass Finn wieder da ist«, sagte Georgios.

Gitti nickte.

»Was da hätte passieren können. Man darf gar nicht daran denken!«

Auch Jana merkte erst jetzt so richtig, wie die Anspannung langsam nachließ. Es war noch mal alles gut gegangen.

Dieser Tag heute hatte es echt ganz schön in sich und sorgte definitiv für eine wilde Achterbahnfahrt der unterschiedlichsten Emotionen.

Paula sah auf ihr Handy.

»Markus hat sich gemeldet. Er ist in zehn Minuten da, um uns abzuholen.«

Sie strich sich plötzlich nervös eine Haarsträhne hinters Ohr. »Bin gleich wieder da. Verschwinde nur kurz ins Bad.« Eilig verließ sie den Raum.

Inzwischen kochte das Wasser, und Jana goss es in die Kanne, in die sie schon zwei Teebeutel gehängt hatte. Dann setzte sie sich wieder an den Tisch.

»Ich glaube, meine Bücher liegen noch im Wohnzimmer. Ich gehe sie mal holen«, sagte Georgios.

Kaum waren die beiden verschwunden, griff Gitti nach Janas Hand und drückte sie fest.

»Jana, ich hab Angst!«, flüsterte sie.

»Weil Paulas Freund gleich kommt?«

»Ja. Was ist, wenn ich ihn nicht leiden kann?« Sie klang dabei so besorgt, dass Jana fast Mitleid bekam.

»Ich denke mal, die Wahrscheinlichkeit ist deutlich höher, dass du den Freund deiner Schwester leiden kannst«, machte sie ihr Mut.

»Aber wenn es in diesem Fall mit der Wahrscheinlichkeit nicht klappt? Oder wenn er mich nicht leiden kann? Was dann? Das würde alles total durcheinanderbringen und vielleicht einen Keil in die Beziehung zwischen uns als Schwestern treiben. Das würde sich bestimmt ganz schlecht auf die Zusammenarbeit in unserem Geschäft auswirken.«

Jana konnte ihre Sorgen zwar verstehen, wollte aber nicht, dass Gitti sich so übertrieben in die Sache hineinsteigerte.

»Wie gesagt, ich denke mal, dass eh alles gut geht. Aber falls nicht, falls du ihn tatsächlich überhaupt nicht leiden kannst, oder er dich nicht, dann musst du mit Paula darüber reden und gemeinsam eine Lösung finden, wie ihr damit umgeht. Das schafft ihr schon.«

Gitti seufzte.

»Mein Leben wird sich jedenfalls schlagartig ändern, sobald auch er durch meine Schwester ein Teil davon ist«, murmelte sie.

»Das kann ja auch was Gutes sein. Oder?«

Gitti lächelte plötzlich.

»Kann es. Jedenfalls bin ich jetzt schon glücklich, dass du ein Teil meiner Familie bist, Jana.«

»Falls der DNA-Test unsere Vermutung bestätigt.«

»Genau. Aber das werden wir so schnell wie möglich rausfinden.«

»Und außerdem …«, fiel Jana plötzlich noch etwas ein, und sie lächelte, »… hast du dir doch gewiss auf der Insel gewünscht, dass mit deinem neuen Schwager alles gut ausgeht, oder?«

Zu ihrer Überraschung schüttelte Gitti den Kopf. »Das wollte ich zuerst. Vor allem wegen der Sache, dass ich zukünftig alleine wohnen werde. Und ich weiß wirklich noch nicht, wie ich damit klarkommen soll. Aber dann erschien es mir doch wichtiger, mir zu wünschen, dass das Baby von Stephan und seiner Frau gesund zur Welt kommt.«

Jana schluckte.

»Das ist lieb von dir.«

»Ich weiß inzwischen, dass ihr mal ein Paar wart. Und so, wie ich das vorhin mitbekommen habe, war das Ende besonders für dich damals nicht gerade schön. Das tut mir leid. Aber Stephan ist wirklich ein ganz toller Mensch. Er ist hilfsbereit und kümmert sich um die Leute im Chor, die keine Fahrgelegenheiten haben. Nicht nur zu den Proben oder Auftritten. Er macht auch sonst Erledigungen für sie und engagiert sich mit seiner Frau in Vereinen. Ich hatte mich auch schon gefragt, warum er in letzter Zeit so angespannt wirkte, aber jetzt, wo ich weiß, welche Sorgen er hat, kann ich das wirklich verstehen.«

»Ja, ich auch. Und ich hoffe ganz fest, dass dein Wunsch in Erfüllung geht.«

Georgios kam wieder zurück, in der Hand die beiden Romane.

»Ich habe gerade ein wenig in die Bücher reingeblättert. Eines davon werde ich heute noch anfangen, wenn ich zu Hause bin«, sagte er.

»Aber vergiss vor lauter Lesen bloß nicht, dass um Mitternacht die Mette beginnt«, erinnerte ihn Gitti.

»Ganz bestimmt nicht.«

In diesem Moment sahen sie durch die Fenster in der Dunkelheit die Lichter eines Autos, das den kleinen Weg zum Haus heruntergefahren kam.

»Das ist er!«, rief Gitti und warf einen nervösen Blick zu Jana. Auf ihren Wangen erschienen vor Aufregung plötzlich hektische rote Flecken.

»Sollen wir uns gleich anziehen und rausgehen?«, fragte Georgios.

»Ich möchte mich eigentlich noch gern in Ruhe von Finn und Toni verabschieden«, meinte Gitti, und ihre Stimme klang ein wenig höher.

»Das möchte ich auch«, sagte Georgios. »Vielleicht kann Paulas Freund ja noch kurz reinkommen, bis die beiden nach unten kommen.«

»Ich mach einfach schon mal auf«, meinte Jana.

Gitti folgte ihr, doch Paula stand bereits an der offenen Haustür.

Jana nickte Gitti aufmunternd zu, als der Freund ihrer Schwester eintrat. Er trug einen lässigen dunkelblauen Anorak und war in echt etwas kleiner, als er auf dem Foto gewirkt hatte, dafür aber genauso sympathisch.

»Hallo Paula!«

Paula umarmte ihn stürmisch, als ob sie ihn wochenlang nicht gesehen hätte.

»Gut, dass du endlich da bist, Markus«, sagte sie und gab ihm einen Kuss.

Als sie sich von ihm gelöst hatte und sich zu den anderen umdrehte, strahlte sie wie ein Honigkuchenpferd, wirkte aber nach wie vor etwas fahrig.

»Darf ich euch vorstellen: Markus.«

»Schönen guten Abend«, sagte er mit einem offenen Lächeln in die Runde. Er ging als Erstes auf Gitti zu und schüttelte ihr die Hand.

»Endlich lernen wir uns kennen, Gitti. Ich freue mich so!«

»Ich freue mich auch, Markus!«, sagte diese und fügte hinzu: »Auch wenn ich bis gestern nichts von dir gewusst habe.« Diese kleine Spitze konnte sie sich offenbar doch nicht verkneifen.

»Ja, ich weiß. Und das tut mir auch sehr leid. Paula hat es immer wieder verschoben, und ich habe ...«

»Das habe ich doch inzwischen mit Gitti geklärt«, unterbrach diese ihn rasch.

»Ja. Das hast du.«

Gitti nickte und lächelte dann. Offenbar war ihr erster Eindruck von Markus schon mal gut.

»Und du musst Jana sein, die neue Großcousine?«, wandte er sich nun an sie und schüttelte auch ihr die Hand.

»Es hat sich also schon herumgesprochen«, antwortete Jana.

»Paula hat mich ständig auf dem Laufenden gehalten. Hier war ja wirklich einiges los, meine Güte. Spannender als ein Krimi.«

»Das kann man wohl sagen«, bestätigte Georgios, den Markus als Letzten begrüßte. »Aber zum Glück ging alles gut aus.«

»Schön. Sollen wir dann aufbrechen?«, fragte Markus.

»Wir würden nur noch gern kurz warten, bis Toni mit dem kleinen Finn nach unten kommt. Damit wir uns bei ihm bedanken und uns von den beiden verabschieden können. Das dauert bestimmt nicht mehr lange«, sagte Gitti.

»Ja klar. Uns läuft ja nichts davon.«

»Nur der Heilige Abend«, scherzte Paula. »Komm noch kurz rein.«

Sie gingen alle ins Esszimmer.

»Setz dich doch inzwischen!«, forderte Gitti ihn auf. Er öffnete den Reißverschluss seiner Jacke und nahm Platz.

»Und das muss Kater Fleck sein, der während des Schneesturms auch hier Unterschlupf gefunden hat?«, fragte er und streichelte vorsichtig über das weiche Fell des Tieres, das neben ihm lag. Fleck hob kurz den Kopf und blinzelte, dann legte er sich wieder hin und schlief weiter. Offensichtlich konnte den Kater kaum etwas aus der Ruhe bringen.

»Paula hat dich ja wirklich bestens über alles informiert!«, meinte Gitti amüsiert.

Ihre Schwester zuckte ein wenig verlegen mit den Schultern.

»Ja. Weil Markus sich auch wirklich für alles in meinem Leben interessiert und zuhört, was ich ihm erzähle.«

Sie sah ihn mit einem funkelnden Strahlen in den Augen an, und er strahlte nicht weniger glücklich zurück.

»Natürlich tue ich das.«

Es war nicht zu übersehen, dass die beiden etwas Besonderes verband.

»Möchtest du vielleicht eine Tasse Tee, Markus? Ich habe vorhin welchen gemacht«, bot Jana an. »Früchtetee.«

»Gern.«

»Sonst noch jemand?«

Die anderen schüttelten den Kopf.

Jana schenkte für Markus und sich ein und stellte die Tassen zusammen mit der Schale mit den restlichen Plätzchen auf den Tisch.

»Oh. Ich liebe Plätzchen. Darf ich?«, fragte er.

»Genau deswegen stehen sie da!«, meinte Jana. »Es sind nur leider nicht mehr viele.«

Markus nahm sich ein Vanillekipferl und biss genussvoll hinein.

»Hm. Das ist mal ein richtiges Vanillekipferl, wie ich es von früher kenne«, schwärmte er und griff noch mal zu.

Jana bemerkte, wie aufmerksam Gitti den Freund ihrer Schwester beobachtete.

»Und ihr habt euch also beim Orthopäden kennengelernt?«, fragte sie schließlich.

»Ja. Wir waren die letzten beiden im Wartezimmer, und es dauerte über eine Stunde, bis Paula vor mir aufgerufen wurde. Das war die unterhaltsamste Stunde in einem Wartezimmer, die ich je erlebt habe.«

»Und es ging keine Sekunde um unsere Wehwehchen, sondern um Gott und die Welt«, ergänzte Paula.

Die Tür ging auf, und Toni und Finn kamen herein.

»Ah, Sie sind schon da. Guten Tag, ich bin Toni. Und das ist Finn.«

»Ich bin Markus – und können wir einfach *Du* sagen?«

»Gern.«

»Hallo Finn«, wandte sich Markus zu dem Kleinen.

»Hallo.«

Finn war wieder etwas schüchtern. Und der heimliche Ausflug zur Insel im See hatte ihn wohl auch etwas aufgewühlt. Auch sein Onkel wirkte nicht ganz so entspannt, stellte Jana fest.

»Toni, wir möchten uns alle ganz herzlich bei dir bedanken, dass du uns im Schneesturm hier aufgenommen hast!«, sagte Gitti nun und stand auf.

»Ach komm, ist doch schon gut«, winkte er ab. »Ich hatte ja Glück mit euch Gestrandeten. Ihr wart sehr angenehme Gäste. Und für Finn und mich war es letztlich sehr schön, dass ihr hier wart.«

»Vielleicht besucht ihr uns ja noch mal, du und Finn, bevor ihr eure Zelte hier ganz abbrecht?«

»Ja, da würden wir uns sehr freuen. Außerdem habt ihr ja auch noch einen Haarschnitt gut«, erinnerte Paula.

»Anfang Januar komme ich mit Finn noch mal mit einem Kleintransporter her, um die Sachen abzuholen, die wir mit nach Hamburg nehmen wollen. Da findet sich bestimmt eine Gelegenheit, bei euch vorbeizuschauen.«

»Macht das unbedingt.«

Während er sprach, ließ Finn den Kopf immer weiter herunterhängen.

»Und bitte kommt auch auf einen Besuch ins Restaurant, in dem ich arbeite. Das Essen geht dann natürlich auf mich«, versprach Georgios.

»Mal schauen, wie wir es zeitlich schaffen. Aber wir melden uns auf jeden Fall bei euch«, beteuerte Toni.

»Apropos Essen. Leider konnten wir nichts mehr einkaufen. Aber wir haben noch Würstchen im Gefrierschrank und Sauerkraut daheim. Ich hoffe, das passt für dich, Markus?«, fragte Paula.

»Und den Christbaum haben wir leider auch nicht mehr rechtzeitig für deinen Besuch schmücken können«, fügte Gitti hinzu.

»Was? Ihr habt keinen Weihnachtsbaum? Na, dann fahr ich aber besser gleich wieder nach Hause!«, scherzte Markus. Er hatte offenbar wirklich viel Sinn für Humor, was Jana gefiel.

»Du bleibst schön hier«, sagte Paula entschieden liebevoll.

»Natürlich, so einfach wirst du mich nicht los. Dann gibt es eben in diesem Jahr mal keinen Christbaum an Heiligabend«, winkte er ab. »Und ich habe zwar nichts gegen Würstchen mit Sauerkraut, aber da mir schon klar war, dass ihr für heute Abend nicht mehr groß was vorbereiten konntet, war ich heute Vormittag noch einkaufen und habe einen großen Topf mit Glühweingulasch gekocht. Und dazu gibt es selbstgemachte Spätzle und Weißbrot. Das ist alles im Auto, wir müssen es nur noch bei euch daheim aufwärmen.«

»Weihnachten ist also gerettet. Kulinarisch gesehen. Du bist ein Schatz, Markus«, sagte Paula und drückte ihm einen Kuss auf die Wange.

»Und wir müssen hier so langsam auch mal schauen, was unser Kühlschrank für das Abendessen noch so hergibt. Vielleicht machen wir uns was mit den Bohnen«, meinte Toni. »Aber vorher kommt hoffentlich das Christkind und stellt die Geschenke für Finn unter den Christbaum.«

Er warf einen Blick zu seinem Neffen.

»Ihr habt hier also einen Weihnachtsbaum?«, fragte Markus überrascht.

»Ja. Einen ziemlich schönen sogar«, meinte Paula.

»Das hast du mir nicht erzählt.«

»Muss ich glatt vergessen haben.«

Plötzlich lächelte Markus.

»Hört mal. Ich möchte mich zwar nicht aufdrängen. Aber ihr habt einen Weihnachtsbaum, und ich habe genügend Gulasch und Spätzle dabei. Das reicht locker für alle. Wenn ihr wollt, dann könnten wir uns zusammentun und gemeinsam hier essen?«

»Das ist eine schöne Idee!«, rief Paula.

Gitti sah Markus von der Seite an.

»Du weißt, wie man Leute um den Finger wickeln kann?«

Jana musste grinsen.

»Ich gebe jedenfalls mein Bestes, um mich bei der Schwester der Frau, die ich liebe, mächtig einzuschmeicheln«, sagte er, etwas dick aufgetragen, aber mit einer entwaffnenden Offenheit. »Und ich hoffe natürlich, dass es funktioniert.«

Gitti zuckte lässig mit den Schultern und zog die Augenbrauen hoch. »Mal sehen.«

»Auf jeden Fall war mein Angebot mit dem Essen für alle ernst gemeint«, fügte er dann doch noch hinzu.

»Na ja. Wenn das für euch alle okay ist«, meinte Toni. »Dann nehme ich es sehr gern an.«

Paula wandte sich an Georgios.

»Und du wirst Heiligabend nun auch nicht alleine verbringen, mein Lieber, sondern schön gemeinsam mit uns essen.«

Kapitel 29

Heiligabend

Während Markus mit Paulas Hilfe die Töpfe hereinholte und Georgios noch rasch eine Rahmsoße ohne Alkohol für Finn zauberte, zog Toni Jana zur Seite.

»Bevor wir essen, möchte ich gerne die Bescherung für Finn machen. Sonst wird es zu spät für ihn.«

»Klar. Ich hole schnell mein Geschenk.«

»Leg es einfach unter den Baum und lenk Finn bitte kurz ab, damit ich den Rest noch vorbereiten kann.«

»Sag mal, ist bei dir alles in Ordnung, Toni?«, fragte sie.

»Sicher«, beteuerte er knapp, aber sie merkte ihm an, dass ihn etwas beschäftigte. Und sie ahnte auch, worum es ging. Es war Finns sehnlichster Wunsch hierzubleiben, den er seinem Neffen nicht erfüllen konnte.

Zehn Minuten später standen alle vor der Tür zum Wohnzimmer und warteten gespannt darauf, dass das Christkind endlich kam.

»Das lässt sich aber ganz schön Zeit!«, meinte Toni, und Finn nickte.

»Hört! War das gerade ein Klingeln?«, fragte Gitti.

»Ich hab nichts gehört«, meinte Paula.

»Ich auch nicht«, kam es von Georgios, und auch Markus schüttelte den Kopf.

Trotzdem waren alle kurz ganz still und lauschten.

»Hoffentlich hat das Christkind sich nicht verflogen«, scherzte Jana. Das hatte ihr Vater in ihrer Kindheit jedes Jahr gesagt, während alle auf die Bescherung gewartet hatten. Christa hatte dann jedes Mal die Augen verdreht.

»Das war angeblich früher tatsächlich manchmal der Fall«, sagte Markus mit bierernster Miene. »Aber inzwischen hat das Christkind ein Navi. Hab ich zumindest mal irgendwo gelesen.«

Es war den Erwachsenen anzusehen, dass sie sich ein Grinsen verkneifen mussten.

»Jedenfalls macht es das Christkind ganz schön spannend«, meinte Toni, der neben seinem Neffen stand und durch seine Haare wuschelte. Dann nickte er Jana zu, die ein wenig abseits stand.

Sie zog das Handy unbemerkt aus der Hosentasche, wählte die Nummer von Toni und legte nach ein paar Sekunden wieder auf. Aus dem Wohnzimmer hörte man das Klingeln eines Glöckchens. Toni hatte seinen Klingelton extra für die Bescherung geändert.

Überrascht riss Finn die Augen auf.

»Die Glöckchen – jetzt klingeln sie!«, rief er mit großen Augen.

»Ja! Dann war wohl das Christkind da! Komm, Finn, lass uns schnell reingehen«, rief Toni, und zum zweiten Mal an diesem Tag betraten sie gemeinsam das Wohnzimmer. Der

Duft von Kerzen und frischem Tannengrün lag in der Luft, und im Raum schien es noch mehr zu funkeln und zu glitzern als am Nachmittag.

»Schau mal, Finn. Da liegen Geschenke für dich unter dem Baum.« Toni deutete zu den Päckchen.

Für Jana war dies ein völlig anderer Heiligabend, als sie ihn sonst erlebte, und doch wohnte diesem Abend eine ganz ähnliche Magie wie zu Hause bei ihren Eltern inne. Vielleicht war gerade das der Zauber von Weihnachten, dass man dieses besondere Gefühl überall empfinden konnte und es mit Millionen von Menschen auf der Welt teilte.

Sie drückte auf eine Playlist an ihrem Handy, und gleich darauf erklang *Stille Nacht*. Zuerst sangen nur die Schwestern und Georgios mit, dann stimmten Jana, Toni und Markus ebenfalls mit ein.

»Frohe Weihnachten!«, wünschten sie sich, als das Lied zu Ende war, und jeder umarmte jeden. Markus passte so gut zu dem zusammengewürfelten Haufen, als wäre er von Anfang an dabei gewesen.

Sie setzten sich schließlich alle aufs Sofa und sahen lächelnd zu, wie Finn das erste Päckchen mit den Legosteinen auspackte, die früher Toni gehört hatten. Jana machte fleißig Fotos mit dem Handy.

»Damit können wir zwei eine ganz tolle Feuerwehrstation bauen«, sagte Toni zu seinem Neffen.

»Ist da auch ein Feuerwehrauto dabei?«, fragte er.

»Aber klar! Schau …«

Er deutete auf das Fahrzeug, das auf der Schachtel abgebildet war.

»Mit Lego hat mein Sohn Jonas früher auch stundenlang gespielt«, verriet Markus.

»Du hast einen Sohn?«, fragte Gitti überrascht.

»Zwei sogar. Zwillinge. Sie werden im Januar zweiundzwanzig. Jonas macht gerade ein Auslandssemester in Kanada. Er studiert Physik. Und Linus verbringt dieses Weihnachten bei seiner Freundin in London. Ansonsten studiert er an der Filmhochschule in München Kamera.«

»Wie spannend. Das hat meine Schwester mir gar nicht erzählt.«

»Nun ja, viel Zeit hatten wir ja wirklich noch nicht, um uns darüber zu unterhalten. Außerdem kann Markus dir das alles selber viel besser – und aus erster Hand erzählen«, meinte Paula.

»Keine Sorge, Schatz. Deine Schwester wird mich schon noch richtig kennenlernen.«

»Ist das eine Drohung?«, feixte Gitti.

»Lass dich überraschen«, gab er zurück.

»Das werde ich.«

Paula lächelte. Sie hatte den Subtext in den Worten ihrer Schwester offenbar verstanden. Diese hatte inzwischen wohl nichts mehr gegen die Wahl ihrer Schwester einzuwenden.

Jana freute sich, dass diese spezielle Begegnung so gut anlief.

Toni gab Finn währenddessen das zweite Päckchen zum Auswickeln.

»Schau mal, das hier ist auch für dich.«

»Danke Onkel Toni.«

Finn wickelte das Geschenkpapier ab und nahm das Memory-Spiel heraus.

»Das stecken wir morgen in meinen Rucksack und nehmen es schon mal im Flugzeug mit nach Hamburg, damit wir dort damit spielen können. Und die Legosteine nehmen wir dann beim nächsten Mal im Auto mit, zusammen mit deinen anderen Sachen. Und ich weiß ganz zufällig, dass in Hamburg auch noch ein schönes Geschenk auf dich wartet.«

Jana hatte das Gefühl, dass Toni umso mehr sprach, je stiller Finn wurde. Oder war es umgekehrt?

»Sollen wir nach dem Essen mal gemeinsam eine Runde Memory spielen, Finn?«, fragte Paula. »Ich habe das schon ewig nicht mehr gemacht.«

»Ja«, antwortete der Kleine.

»Hey, da ist ja noch was. Schau doch mal in die große Schachtel rein«, forderte Jana Finn auf.

Finn kniete sich auf den Boden und klappte den Deckel hoch. Dann sah er Jana fragend an.

»Kennst du das?«

Er schüttelte den Kopf.

»Was ist das?«

»Das sind Schlittschuhe. Mit denen kann man auf dem Eis herumfahren.«

»Als Kind hatte ich auch welche«, verriet Toni ihm.

»Ich auch. Das macht ganz viel Spaß, auch wenn man manchmal auf dem Hinterteil landet«, sagte Gitti vergnügt.

»Komm, wir probieren gleich mal, ob sie dir passen«, schlug Jana vor.

Bei Finn saßen die Schlittschuhe wie angegossen, und es gab sogar noch ein wenig Luft nach oben. Er würde vermutlich auch im nächsten Jahr noch damit laufen können.

Toni hielt Finn an den Händen fest, als er ziemlich wackelig auf den Kufen ein paar Schritte auf dem Teppich machte.

»Ich kann das nicht!«, murmelte Finn, nachdem er fast umgefallen wäre.

»Doch, doch. Das wird schon noch, Finn! Bestimmt lernst du das ganz schnell, wenn du fleißig übst«, munterte Gitti ihn auf.

»Weißt du was, Finn? Ich habe meine Schlittschuhe im Auto dabei. Wenn es morgen früh nicht schneit, dann räume ich auf dem See ein kleines Stück frei und zeige dir schon mal, wie man damit auf dem Eis fährt. Magst du?«, fragte Jana.

»Ja!«, antwortete Finn, und endlich lächelte er wieder.

Sie half ihm, wieder aus den Schlittschuhen zu schlüpfen, und er fing an, mit den Legosteinen zu spielen.

»Meine Geschenke für euch habe ich im Auto«, sagte Markus zu den Schwestern. »Ihr bekommt sie später, wenn wir bei euch sind. Aber so eine kleine Überraschung möchte ich euch jetzt schon gern unter dem Weihnachtsbaum verraten.«

»Was denn?«, fragte Paula neugierig.

Für einen Moment dachte Jana, dass er gleich einen Ring aus der Hosentasche holen würde, um Paula unter dem Weihnachtsbaum einen Heiratsantrag zu machen. Doch er zog sein Handy heraus.

»Als ich Paula vor einer Weile vorgeschlagen habe, dass wir endlich zusammenziehen sollten, war sie plötzlich ein wenig zurückhaltend und gab mir keine klare Antwort darauf. Ich habe schon befürchtet, dass sie das gar nicht möchte. Erst Tage später rückte sie mit der Sprache raus und erzählte mir von dem Versprechen, das ihr Schwestern euch mal gegeben habt. Und auch, wie es dazu gekommen war.«

Er wandte sich nun mehr an Gitti.

»Ich möchte mich wirklich nicht zwischen euch stellen, Gitti, aber ich liebe Paula und möchte gerne mit ihr zusammenleben.«

»Ja, ich versteh das schon«, warf Gitti ein.

»Trotzdem sollte man ein Versprechen nicht so einfach brechen«, fuhr er fort. »Und als ich letztens auf einer Immobilienseite nach Häusern in Bodenmais gesucht habe, bin ich über dieses hier gestolpert.«

Er suchte etwas auf dem Handy. »Da ist es.«

Paula und Gitti sahen neugierig auf das Foto der Immobilie.

»Das Haus steht in einem schönen Naturgarten und liegt nur etwas mehr als fünf Minuten von eurem Friseurladen entfernt.«

»Ich glaube, ich weiß, wo das steht. Sieht hübsch aus!«, meinte Paula.

»Ja, das auch. Und es hat auch genügend Zimmer, damit meine Söhne ihr eigenes kleines Reich haben, wenn sie zwischendurch bei mir sind, bis sie ihr Studium abgeschlossen haben. Aber das Besondere daran ist eine sehr geräumige Einliegerwohnung mit Terrasse, mit einem eigenen abgetrennten Gartenanteil und separatem Eingang. Das Haus wäre ab März frei und falls das für euch beide in Frage kommt, würdet ihr auch zukünftig weiter unter einem Dach leben, wenn auch in getrennten Wohnungen.«

Paula und Gitti sahen ihn wie vom Donner gerührt an.

»Das wäre ja genial. Meinst du das ernst?«, fragte Paula leise.

Markus nickte.

»Ich finde, Familie und Freunde sind nun mal das Wichtigste im Leben. Und wenn es eine Möglichkeit gibt, die Wünsche und Bedürfnisse aller so gut es geht unter einen Hut – oder unter ein Dach – zu bringen, dann sollte man die Gelegenheit beim Schopf packen.«

Jana staunte. Wenn das wirklich die grundsätzliche Einstellung von Markus war, dann hatte Paula mit diesem Mann tatsächlich einen Glücksgriff gemacht.

Gitti hatte noch immer nichts gesagt.

»Das ist doch *die* Lösung für uns!«, sagte Paula aufgeregt zu ihr.

Gitti atmete einmal tief durch.

»Danke, das ist wirklich nett von dir gemeint, Markus. Aber ich möchte nicht das fünfte Rad am Wagen sein«, erklärte sie.

»Aber Gitti, das wärst du doch auch gar nicht!«, rief Paula.

»Wie würdest du es denn sonst nennen?«, entgegnete ihre Schwester.

»Ich kann deine Bedenken gut nachvollziehen, Gitti«,

sagte Markus. »Und ich finde, du solltest auch gut darüber nachdenken. Andererseits weiß ich von Paula, dass du neben der Arbeit immer sehr viel unterwegs und in Vereinen aktiv bist. Also führst du ja schon ein sehr selbständiges Leben und wärst keinesfalls ein Anhängsel, sondern mehr oder weniger eine Nachbarin. Wie gesagt, die Wohnung ist komplett separat.«

»Und du könntest dir dann endlich auch ein Haustier zulegen, das wir mitversorgen könnten, wenn du wieder mal unterwegs bist, und es könnte auch raus in den Garten«, schlug Paula vor. Für sie war offenbar jeder Grund recht, ihre Schwester für den Vorschlag zu begeistern.

»Hm. Ich denke mal darüber nach.«

»Das war jetzt ja auch nur ein Vorschlag. Wenn ihr möchtet, können wir das Haus nach den Feiertagen zumindest mal gemeinsam besichtigen. Man muss ja auch erst mal sehen, wie es sich anfühlt, wenn man durch die Räume geht, und versuchen sich vorzustellen, darin zu leben.«

»Na gut. Damit bin ich einverstanden. Aber das ist noch keine Zusage!«, erklärte Gitti bestimmt.

»Natürlich nicht«, sagte Markus, doch Jana konnte ein Lächeln in seinen Augen entdecken. Sie war gespannt, wie die Sache ausgehen würde.

Eine Viertelstunde später saßen sie am Tisch in der Wohnküche und ließen sich das Glühweingulasch schmecken.

»Kompliment. Das schmeckt sehr gut, Markus!«, lobte Georgios das Essen. »Gulasch mit Glühwein – das muss ich mir merken.«

Toni nickte. »Ja, richtig toll!«

»Danke. Es ist ein Rezept meiner Mutter.«

»Du darfst uns gern öfter was kochen, Markus«, meinte Gitti. Mit seinen kulinarischen Fertigkeiten schien der Freund ihrer Schwester bei ihr schwer gepunktet zu haben.

Auch Jana schmeckte es, und sie war auch schon ordentlich hungrig gewesen. Trotzdem ließ sie auf ihrem Teller ein paar Fleischstücke übrig. Die wollte sie später abwaschen und Fleck geben.

Finn aß nur wenige Löffel von den Spätzle mit Soße und stocherte dann lustlos in seinem Teller herum.

»Schmeckt es dir nicht, Finn?«, fragte Georgios.

»Doch, aber ich hab keinen Hunger.«

Immer wieder rieb er sich die Augen.

»Ich glaube, du bist schon sehr müde, Krümel. Möchtest du schlafen gehen?«, fragte Toni.

»Ja.«

»Der Tag war wirklich lang und aufregend für ihn«, sagte Georgios.

»Für uns alle!«, fügte Paula hinzu.

»Und es ist schon fast halb neun. Normalerweise ist um sieben, spätestens halb acht Schlafenszeit.«

Toni stand auf.

»Na komm, dann gehen wir mal hoch, wir beide.«

Doch Finn schüttelte den Kopf.

»Jana soll mitkommen.«

»Ich? Das mache ich gern. Das ist doch für dich okay? Oder Toni?«

»Ja klar.«

Während sich alle von dem Jungen verabschiedeten und ihm eine gute Nacht wünschten, stellte Jana ihren Teller mit den Resten für Fleck in den Kühlschrank.

Dann gingen sie nach oben. Als Finn sich im Bad die Zähne putzte und einen Schlafanzug anzog, lüftete Jana kurz in seinem Zimmer und schüttelte sein Bett auf.

»So, jetzt hast du noch ein wenig frische Luft. Da kann man viel besser schlafen«, erklärte sie. »Und jetzt rein mit dir in die Federn.«

Als Finn unter die Bettdecke schlüpfte, entdeckte Jana den Kater, der sich ins Zimmer schlich.

»Schau mal, wer da kommt, Finn! Darf Fleck wieder bei dir schlafen?«

»Ja. Das darf er.«

Als ob der Kater ihn verstanden hätte, hüpfte er aufs Fußende des Bettes, und fing sofort an, sich ausgiebig zu putzen.

Jana schaltete das große Licht aus und setzte sich zu ihm ans Bett. Jetzt brannte nur noch die kleine Nachttischlampe.

»Haben dir deine Geschenke vom Christkind gefallen?«, wollte sie wissen.

»Ja. Schon.«

Jana hörte in seiner Stimme ein leises *Aber*, das vermutlich nichts mit den Geschenken zu tun hatte. Doch sie fragte nicht weiter nach. Der Junge wirkte schon ziemlich erschöpft, und sicher war es besser, wenn er bald einschlief.

»Singst du mir wieder das Lied vor?«, bat er.

»Freilich.« Sie räusperte sich kurz.

»Es gibt ein Land zum Träumen … da dürfen alle hin … alles ist dort möglich … ich darf wählen, wer ich bin …«

Während sie sang, fielen ihm bereits die Augen zu.

Doch als das Lied zu Ende war und sie leise aufstehen wollte, griff er nach ihrer Hand.

»Noch nicht«, murmelte er im Halbschlaf.

»Schon gut, ich bleibe noch ein wenig bei dir.«

Ein paar Sekunden war es still.

»Jana?«, fragte er dann ganz leise.

»Hm?«

»Ist es in Hamburg auch schön?«

»Oh ja, Finn. Ich war schon mal dort, das ist eine sehr schöne und eine ganz große Stadt.«

»Kannst du nicht mitkommen?«

Sie zögerte ein paar Sekunden, bevor sie antwortete.

»Es tut mir leid, Finn. Aber das geht leider nicht.«

»Schade.«

»Aber wenn du und dein Onkel Toni das möchtet, dann kann ich euch ja mal besuchen kommen. Was meinst du?«

»Darf Elina da auch mitkommen?«

»Da müsste ich erst Elinas Mama fragen. Aber vielleicht ginge das mal.«

»Erzählst du mir noch eine Geschichte?«

»Gern.«

»Die vom riesigen Zwerg?«

»Von Minimax? Klar.«

Sie begann zu erzählen, und ihre Stimme wurde immer leiser. Schon wenige Minuten später atmete Finn gleichmäßig. Er war eingeschlafen. Jana streichelte noch kurz durch sein Haar.

»Ach du süßer kleiner Kerl, ich wünsche dir so sehr, dass es dir und deinem Onkel in Hamburg gut geht«, murmelte sie leise.

Dann stand sie auf und verließ das Kinderzimmer.

Kapitel 30

Die Weihnachtsnacht

Als Jana wieder nach unten kam, waren die anderen gerade am Aufbrechen.

»Schläft er schon?«, fragte Toni.

»Ja. Es ging ziemlich schnell.«

»Kein Wunder bei dem, was er heute alles erlebt hat«, sagte Georgios.

»Diese beiden verrückten Tage hier werde ich ganz sicher niemals vergessen«, meinte Paula, während Markus ihr in den Mantel half.

»Keiner von uns ... Also, nochmals vielen Dank für alles«, sagte Gitti und umarmte zuerst Toni, dann Jana.

»Ich weiß noch nicht, wie lange ich in Bodenmais bleibe«, sagte Jana, »aber ich komme euch sicher die nächsten Tage mal besuchen. Und es wird auch bald ein Familientreffen geben, damit ihr den Rest der Böhm-Bande kennenlernen könnt.«

»Unbedingt. Wir telefonieren einfach«, sagte Paula.

»Außerdem müssen wir diesen DNA-Test bald machen, ich bin schon ganz neugierig«, erinnerte Gitti.

Jana nickte und wandte sich nun zur Verabschiedung an Markus.

»Schön, dass wir uns heute kennengelernt haben.«

»Es war zwar ein ziemlich kurzes Vergnügen, aber ich hoffe doch sehr, dass wir uns in Zukunft ab und zu sehen werden, vor allem, wenn ich hoffentlich bald nach Bodenmais gezogen bin. In welches Haus auch immer.«

»Auch das kriegen wir ganz sicher hin.«

Georgios schüttelte Toni fest die Hand.

»Ich danke dir sehr für den Anruf im Hotel, und dass ich die Chance habe, mich dort vorzustellen.«

»Keine Ursache. Jetzt muss es nur noch klappen. Aber ich bin zuversichtlich«, beteuerte Toni. »Und falls es doch nicht hinhaut mit dieser Stelle als Entremetier, dann melde dich bitte unbedingt noch mal bei mir. Ich habe noch weitere Kontakte auf Rhodos, die ich ansprechen könnte.«

»Das mache ich. Danke!«

Georgios umarmte Jana als Letzte.

»Dir auch noch mal frohe Weihnachten, Jana.«

»Das wünsche ich dir ebenfalls, Georgios … Und alles Gute für den Auftritt eures Chors in der Christmette. Heute schaffe ich es wohl leider nicht mehr, aber ich komme ganz sicher am 2. Weihnachtsfeiertag zu eurem Konzert nach Drachselsried.«

»Wie schön. Das freut mich. Gute Nacht.«

Toni und Jana sahen dem Wagen hinterher, als er wenige Minuten später langsam den Weg nach oben zur Straße fuhr. Inzwischen hatte es ganz aufgehört zu schneien, und auch der Wind hatte sich gelegt.

»Sag mal, hast du vielleicht noch Lust auf ein Bier?«, fragte Toni.

Jana war zwar auch schon etwas müde, gleichzeitig fühlte sie sich aber noch zu aufgekratzt, um schon ins Bett zu gehen.

»Habe ich«, sagte sie deswegen.

Sie nahmen die Getränke und eine angebrochene Packung Nüsse mit ins Wohnzimmer und setzten sich aufs Sofa.

»Auf Weihnachten!«, rief Toni, und sie stießen mit ihren Bierflaschen an.

»Auf Weihnachten!«

Nachdem sie getrunken hatten, schwiegen sie eine Weile.

»Ist zwischen dir und Stephan jetzt endgültig alles geklärt?«, fragte er plötzlich.

»Ja. Ich denke schon. Es musste wohl einfach nur mal alles aus mir raus.«

Er nickte.

»Aber eines weiß ich ganz sicher, in Zukunft werde ich in so einem Fall nicht mehr alles in mich reinfressen, nur damit niemand mitbekommt, wie schlecht es mir geht. Wenn Stephan nicht hier aufgetaucht wäre, hätte ich das vermutlich noch ewig weiter mit mir herumgeschleppt, auch wenn mir das gar nicht so bewusst war.«

»Schon verrückt, dass ihr ausgerechnet hier aufeinandergetroffen seid«, sagte er.

»Total verrückt. Und dann auch noch diese mögliche Verwandtschaft mit den Meier-Schwestern.«

Sie schüttelte lächelnd den Kopf und nahm einen Schluck Bier.

Eine Nachricht traf auf ihrem Handy ein.

»Meine Mutter. Sie sind immer noch bei diesem Weihnachtsmenü auf dem Schiff. Das zieht sich offenbar. Sie schlägt vor, dass wir morgen Nachmittag mal in Ruhe telefonieren.«

Jana tippte rasch eine Antwort und legte das Handy dann zur Seite.

»Bietet ihr über euer Reisebüro eigentlich auch Kreuzfahrten an?«

»Mein Geschäftspartner möchte das zwar, weil die Nachfrage groß ist, aber ich bin da etwas zwiegespalten. Grundsätzlich finde ich es toll, auf einem Schiff zu reisen. Aber man kann es sich schönreden, wie man will, die Umweltbelastung ist enorm.«

»Wie läuft denn eigentlich dein Reisebüro?«, fragte sie dann.

»Oh. Ziemlich gut. Nach Corona wollen die Leute, die es sich leisten können, wieder was erleben. Wobei wir gerade dabei sind, mehr individuelle Unterkünfte in Deutschland und Europa anzubieten, oft von Familien geführt. Gästehäuser und Höfe, in denen die Urlauber gemeinsam an einer langen Tafel sitzen, und vielleicht nur zwei oder höchstens drei Gerichte zur Auswahl haben, meist Hausmannskost. Keine riesigen Buffets mit einer Unzahl an Gerichten, von denen ein großer Rest weggeworfen werden muss. Bei immer mehr Menschen geht der Trend tatsächlich zur Nachhaltigkeit. Vor allem bei Singles steigt die

Nachfrage für solche Urlaube immer mehr, die auf diese Weise und völlig unkompliziert Kontakt zu anderen Leuten bekommen. Oft werden gleichzeitig auch Kurse angeboten. Kochkurse, irgendwas Handwerkliches, Yoga oder gemeinsame Ausflüge in die Umgebung.«

»Das hört sich wirklich schön an«, sagte Jana. »Man merkt, dass du deinen Job sehr magst.«

Er nickte.

»Ja. Es macht mir wirklich viel Spaß.«

Sie schwiegen eine Weile. Plötzlich wollte sie Toni unbedingt etwas erzählen, etwas, für das sie sich selbst erst so richtig in diesem Moment entschieden hatte.

»Als ich vorgestern bei meinen Eltern war – meine Güte, ist das wirklich erst zwei Tage her?«, fragte Jana sich kopfschüttelnd. »Also, da haben sie mir erzählt, dass im örtlichen Kindergarten schon länger eine Erzieherin gesucht wird. Das könnte was für mich sein.«

»Du willst aus München weggehen?«, fragte Toni überrascht.

Sie zuckte mit den Schultern.

»Ich liebe zwar meine Arbeit dort mit den Kindern, aber ehrlich gesagt war ich noch nie so ganz glücklich darüber, in einer Großstadt zu leben. Dort habe ich auch nur ein kleines WG-Zimmer, und in unserer Wohnung gibt es noch nicht einmal einen Balkon. Ich bin wohl eher der Typ für eine ländliche Umgebung und brauche viel Natur. Und hier im Bayerischen Wald fühle ich mich einfach wohl.«

»Aber warum bist du dann nicht schon eher zurückgekommen … Oder warte. Lass mich raten. Das hatte was mit Stephan zu tun.«

»Genau. Ich wollte den beiden nicht ständig im Ort über den Weg laufen. Aber jetzt ist für mich alles geklärt.«

»Das freut mich für dich. Du bewirbst dich also um die Stelle?«

»Ja. Ich versuche es. Falls es klappt und ich wieder zurückkomme, kann ich meine Familie wieder regelmäßiger sehen und mehr mit meiner kleinen Nichte unternehmen.«

Sie schwiegen wieder eine Weile.

»Finn will absolut nicht nach Hamburg«, sagte Toni plötzlich bedrückt.

»Ich weiß. Aber das liegt sicher auch daran, dass er sich darunter überhaupt nichts vorstellen kann«, gab sie zu bedenken. »Er weiß eigentlich nur, dass Hamburg weit weg ist von hier.«

Toni nickte nachdenklich.

»Margit war mit ihm zweimal für ein paar Tage bei mir zu Besuch, aber da war er noch kleiner und er erinnert sich nicht mehr daran.«

»Gibt es davon Fotos?«

»Sicher. Wir haben damals die obligatorische Hafenrundfahrt gemacht und waren auch im Tierpark Hagenbeck.«

»Dann zeig ihm doch die Fotos, vor allem, wenn es Bilder gibt, auf denen er zusammen mit seiner Mama drauf ist.«

»Danke Jana, das ist ein guter Tipp.«

»Das wird eine Umstellung für Finn sein, und er wird

sich erst einmal an die neue Umgebung gewöhnen müssen«, sagte sie. Sie ahnte aber bereits, dass den beiden keine einfache Zeit bevorstand und die Eingewöhnung durchaus eine ganze Weile dauern konnte.

»Weißt du, heute, sein Wunsch auf der Insel ... ich fühle mich echt so richtig mies, dass ich ihn da enttäuschen muss.«

»Ich weiß. Aber du kannst die Schuld auf mich schieben. Sag ihm, dass ich mich geirrt habe, als ich gesagt habe, dass man den Sternenhimmel nicht zwingend sehen muss, wenn man den Wunsch ausspricht.«

Er lächelte etwas gequält.

»Ich fürchte, das werde ich sogar tun, Jana.«

Sie nahm einen großen Schluck Bier.

»Besser so, als dass er den Glauben an die Kraft von Wünschen verliert«, meinte sie dann.

»Ja ... das wäre schrecklich schade.«

Eine Weile schwiegen sie.

Jana versuchte ein Gähnen zu unterdrücken, doch Toni bemerkte es.

»Du bist wohl auch schon ganz schön müde, oder?«, meinte er.

Sie nickte und hob kurz die Bierflasche hoch.

»Die ist leer, und ich glaube, ich gehe dann besser mal schlafen. Und du?«

»Ich bin noch nicht müde genug. Mir geht noch so vieles durch den Kopf.«

»Soll ich noch bleiben? Möchtest du mit mir darüber reden?«

»Nein. Geh schlafen, Jana. Ich muss einfach noch eine Weile in Ruhe nachdenken.«

»Aber mach dich bitte nicht zu verrückt.«

»Ich versuche es.«

»Okay. Dann geh ich mal.«

»Und ich hole mir noch ein Bier.«

Sie standen gleichzeitig auf.

»Jana, ich …« Er sah sie für einige Sekunden nur an, dann hob er seine Hand und strich ihr eine Strähne, die ihr ins Gesicht gefallen war, hinters Ohr.

Plötzlich klopfte ihr Herz wie wild, und sie fragte sich für einen Moment, ob er vorhatte, sie zu küssen. Als er es nicht tat, bewegte sie sich wie von selbst kaum merklich auf ihn zu.

»Ich danke dir für alles«, murmelte er und trat einen Schritt zurück. Dann lächelte er melancholisch.

»Ich hätte dich jetzt echt gern geküsst, Jana. Glaub mir, so gern. Aber das würde alles nur noch viel schwieriger machen, als es ohnehin schon ist. Und es ist ja so schon kompliziert genug.«

»Schon gut.«

Er strich sich fahrig durchs Haar, und sie hatte das Gefühl, dass er ihr noch etwas sagen wollte.

»Gute Nacht, Jana. Schlaf gut«, sagte er dann jedoch nur.

»Ja … du … du auch, Toni!«, erwiderte sie mit kratziger Stimme und spürte, dass ihre Wangen leicht brannten. Er hatte recht. Es würde alles verkomplizieren. Und doch bedauerte sie, dass er sie nicht geküsst hatte.

Mit zittrigen Beinen ging sie nach oben. Als sie am Kinderzimmer vorbeikam, hielt sie inne und sah kurz hinein. Finn schlief tief und fest, genau wie Fleck, der sich nicht vom Fleck bewegt hatte.

Langsam normalisierte sich ihr Herzschlag wieder. Sie ging ins Badezimmer, putzte sich die Zähne und zog sich im Büro ihren Schlafanzug an. Noch vorhin war sie müde gewesen, doch jetzt war sie wieder total aufgekratzt. Sie ging zum Fenster und öffnete es, weil sie unbedingt frische Luft brauchte.

»Keine Wolken mehr!«, murmelte sie. Der Himmel war klar und unzählige funkelnde Sterne waren zu sehen.

Plötzlich hörte sie ein leises Geräusch von unten. Gleich darauf sah sie einen Schatten vom Haus weggehen. Toni!

Kapitel 31

Der Weihnachtsmorgen

Als Jana erwachte, war es draußen schon hell. Erschrocken sah sie auf ihr Handy. Es war kurz nach acht Uhr. Dabei hatte sie eigentlich vorgehabt, früher aufzustehen. Allerdings hatte sie in dieser Nacht erneut nicht gut und vor allem nur sehr wenig geschlafen. Fast eine Stunde lang hatte sie am Fenster gestanden und gewartet, bis Toni wieder zurück zum Haus gekommen war. Sie ahnte natürlich, wo er gewesen war. Auf der Insel im Weihnachtssee.

Welchen Herzenswunsch hat er in den Sternenhimmel geschickt?

Fast wäre sie noch mal nach unten gegangen, um ihn darauf anzusprechen. Doch da war er auch schon die Treppe nach oben gekommen und in seinem Zimmer verschwunden. Jetzt am Morgen war sie froh darüber, dass sie ihn nicht mehr abgefangen hatte. Vielleicht hätte sie Dinge zu ihm gesagt, die es für sie beide nur noch schwieriger gemacht hätte. Denn eines immerhin hatte sie sich eingestehen müssen: Sie fühlte sich zu Toni hingezogen, und sie war traurig darüber, dass er und Finn bald am anderen

Ende der Republik und damit weit von ihr entfernt sein würden.

Jana stand auf und ging ins Bad, um kurz zu duschen. Zurück im Büro zog sie sich die Kleider an, mit denen sie hier angekommen war, und packte die restlichen Sachen in die Reisetasche und den Rucksack. Nach dem Frühstück würde sie noch versuchen, ein Stück Eis auf dem See vom Schnee zu befreien, um mit Finn die Schlittschuhe auszuprobieren. Danach wollte sie sich ein Taxi rufen und zum Haus ihrer Eltern zurückbringen lassen.

Sie zog das Bettzeug ab, stopfte es in einen Wäschekorb im Badezimmer und trug ihre Sachen schon mal nach unten. Sie verspürte einen kleinen Stich, als sie neben der Garderobe einen kleinen Koffer entdeckte, den man als Handgepäck mit ins Flugzeug nehmen konnte, und einen grünen Kinderrucksack mit einem lustigen Dinosaurier. Sie stellte ihre Sachen daneben ab.

Aus der Wohnküche hörte sie Stimmen. Sie war erleichtert, dass Finn ebenfalls schon wach war und sie nicht mit Toni allein wäre. Dass sie sich fast geküsst hätten, beschäftigte sie noch immer. Auch wenn letztlich nichts passiert war, so hatte sie sich ihm während dieser wenigen Sekunden ganz nah gefühlt. Näher als je einem anderen Mann in den letzten Jahren. Doch das würde sie ihn nicht wissen lassen.

Sie setzte ein Lächeln auf, bevor sie ins Zimmer trat.

Toni und Finn saßen am Tisch, vor ihnen ein aufgeklapptes MacBook.

»Guten Morgen«, rief sie und bemühte sich, unbeschwert zu klingen.

»Guten Morgen, Jana«, sagte Toni und schien ebenfalls um ein fröhliches Lächeln bemüht.

»Hallo Jana!« Finn war wohl der Einzige, der sich nicht verstellte. Er lächelte zwar, als er sie sah, wirkte aber auch ein wenig traurig.

»Kaffee ist schon fertig in der Kanne!«, sagte Toni, wich aber ihrem Blick aus.

»Super, danke.«

Sie holte sich eine große Tasse aus dem Schrank und schenkte ein.

»Hast du gut geschlafen, Finn?«

»Ich glaub schon. Und ich hab von was geträumt.«

»Du kannst dich noch erinnern? War es was Schönes?«, fragte sie.

»Ich habe mit dir einen riesigen Lego-Turm gebaut«, erzählte er.

»Das ist ja mal ein schöner Traum.«

»Hm«, stimmte Finn zu.

»Wo ist denn Fleck?«

»Dem habe ich ein wenig von dem Fleisch im Kühlschrank gegeben, dann wollte er raus.«

»Kein Wunder bei dem schönen Wetter«, meinte Jana. Draußen war nach Tagen endlich die Sonne rausgekommen.

»Habt ihr schon gefrühstückt?«

»Nein, wir haben auf dich gewartet. Sonderlich viel zu essen ist leider nicht mehr da. Aber ich könnte uns aus den zwei übrigen Joghurts, Nüssen und einem Apfel ein Müsli machen … Und ein paar Plätzchen sind auch noch in der Dose.«

»Ich glaube, mir reicht erst mal der Kaffee. Esst ihr beide ruhig das Müsli«, sagte sie. »Ich kann mir später dann bei meinen Eltern was machen, da ist der Gefrierschrank proppenvoll.«

Sie setzte sich zu den beiden an den Tisch und warf einen Blick auf das MacBook.

»Ihr schaut euch Fotos an!«

»Ja. Da sind auch welche dabei, als Finn mich mit seiner Mama in Hamburg besucht hat.«

»Da war ich noch ganz klein«, erklärte Finn.

»Ganz genau.«

»Darf ich die auch sehen?«, fragte Jana.

»Klar.«

Toni scrollte ein wenig zurück, bis zu einem Bild, auf dem Margit zu sehen war, die mit Finn auf dem Arm am Eingang zum Tierpark Hagenbeck stand.

»Das ist meine Mama«, sagte Finn und deutete mit dem Finger auf den Bildschirm.

»Die sieht aber ganz lieb aus, Finn!«, sagte sie und lächelte.

»Wenn wir in Hamburg sind, gehen wir bald in den Tierpark, oder Finn?«

Finn nickte zögerlich.

»Schaut ihr beide euch doch die Bilder noch weiter an, ich kümmere mich inzwischen ums Frühstück«, sagte Toni und stand auf.

»Da ist ein Auto!«, sagte Finn plötzlich und deutete zum Fenster.

»Tatsächlich, da kommt jemand.«

»Und da ist noch ein Auto.«

Toni ging hinaus.

»Jana, Finn, kommt ihr mal?«, rief er kurz darauf.

Die beiden standen auf und gingen hinaus.

»Hallo Jana, hallo Finn«, sagte Stephan, der eine gefüllte Bäckertüte in der Hand hielt. »Ich habe euch Frühstück mitgebracht. Frische Semmeln und Brezen. Ich wusste ja, dass ihr nicht mehr allzu viel zu Essen hier habt.«

Er gab Toni die Tüte.

»Das ist echt nett, vielen Dank, Stephan!«, sagte Toni.

»Ich muss mich bei dir bedanken. Hier ist der Schlüssel für den Leihwagen. Ich habe ihn noch aufgetankt.«

»Das hätte es aber wirklich nicht gebraucht.«

»Oh doch.«

»Wie geht es deiner Frau?«, fragte Jana.

»Das kannst du sie am besten gleich selbst fragen«, antwortete er und drehte sich um. Aus dem zweiten Wagen stieg eine dunkelhaarige Frau aus und kam zur Haustür. Jana kannte sie zwar noch von früher, hatte aber persönlich niemals mit ihr zu tun gehabt.

»Veronika, das sind Toni und Finn. Und Jana.«

»Freut mich.«

Sie gab ihnen nacheinander die Hand.

»Grüß dich Finn. Stephan hat mir viel von dir erzählt. Du bist ein ganz toller Junge. Stimmt das?«

»Weiß nicht«, antwortete er und zuckte mit den Schultern.

»Ja, das ist er!«, bestätigte Toni und begrüßte Stephans Frau.

Kurz schoss Janas Puls etwas in die Höhe. Doch als Veronika auch ihr mit einem freundlichen Lächeln die Hand reichte, war nichts mehr von der Bitterkeit zu spüren, die sie sechs Jahre lang in sich getragen hatte.

»Hallo Jana!«

»Hallo Veronika! Dir geht es hoffentlich gut? Das muss ja auch für dich ganz schön aufreibend gewesen sein.«

»Ja. Jetzt geht es mir wieder gut.«

Sie warf einen kurzen Blick zu ihrem Mann.

»Ich bin so froh, dass Stephan während des Schneesturms hier so gut aufgehoben war. Und danke, dass ihr ihn mir gestern Abend so schnell nach Hause geschickt habt.«

»Aber klar doch«, sagte Toni.

»Tja, dann, machen wir uns mal wieder auf den Heimweg. Alles Gute für euch«, sagte Stephan.

»Euch auch!«, sagten Toni und Jana gleichzeitig.

Als die beiden sich umdrehten und zu ihrem Auto gingen, hörte Jana, wie Veronika fragte: »Sind die beiden eigentlich ein Paar?«

Auch Toni hatte es gehört und wich ihrem Blick verlegen aus.

»Wisst ihr was? Ich zieh mich schon mal an und geh nach oben, um die Schlittschuhe aus meinem Auto zu holen«, sagte sie. »Und dann versuche ich, ein kleines Stück am See frei zu räumen, damit Finn seine Schlittschuhe auf dem Eis ausprobieren kann. Und ihr könnt inzwischen noch in Ruhe frühstücken.«

Kapitel 32

Auf dem Eis

Es war klirrend kalt, als Jana kurz darauf den geräumten Weg nach oben zu ihrem Auto ging, doch die Sonne am tiefblauen Himmel ließ den Schnee wie unzählige Brillanten glitzern. Ein wunderschöner Weihnachtsmorgen wie aus dem Bilderbuch. Nach etwa zehn Minuten war sie oben angekommen und fegte mit den Armen den Schnee vom Kofferraum, damit sie die Schlittschuhe herausholen konnte.

Auf das Auto würde sie bestimmt noch bis nach den Feiertagen verzichten müssen. Auch Stephans Auto steckte noch fest. Noch einmal wurde ihr bewusst, wie viel Glück sie alle gehabt hatten, dass sich die Autos nicht überschlagen hatten und nichts Schlimmeres passiert war.

Sie griff in ihre Jackentasche, dort war noch die kleine Schildkröte, die sie gestern auf der Insel eingesteckt hatte, als sie Finn gesucht hatten. Ihr Glücksbringer.

Jana hatte das Gefühl, sich verändert zu haben, seitdem sie vor zwei Tagen erschrocken und ängstlich aus dem Auto geklettert war. Sie fühlte sich stärker und endlich wieder bereit, sich für etwas Neues zu öffnen. Gleichzeitig war sie etwas traurig, weil das unerwartete Abenteuer hier sich dem Ende neigte und Toni und Finn bald wieder aus ihrem Leben verschwunden sein würden. Aber vielleicht würden sie ja doch weiterhin Kontakt halten können.

Als sie wieder zurück am Haus war, holte sie eine Schneeschaufel und einen großen Besen aus der Scheune und ging den von gestern noch niedergetrampelten Weg durch den Schnee zum Ufer. Es war anstrengend, den Schnee wegzuschaufeln, und sie kam nur ganz langsam voran. Doch die Bewegung tat ihr gut.

»Sollen wir dir helfen?«, hörte sie Toni rufen.

Sie drehte sich keuchend um und sah Toni und Finn auf sie zukommen. Toni hatte die zweite Schaufel dabei, und Finn trug seine Schlittschuhe.

»Ja, das wäre toll!«, rief sie zurück.

Als die beiden am Ufer waren, sagte Toni: »Da haben wir ja einiges zu tun.«

Fast eine halbe Stunde waren sie mit Schaufeln und Kehren beschäftigt, und am Ende hatten sie nur ein paar Quadratmeter freie Eisfläche, nicht sehr viel größer als das Wohnzimmer.

»Das muss reichen«, sagte Toni.

Jana nickte.

»Nur damit Finn ein Gefühl dafür bekommt, wie es sich mit Schlittschuhen auf dem Eis anfühlt.«

Während Jana ihre Schlittschuhe anzog und Toni Finn in seine half, sah Jana den Kater, der durch den Schnee streunte, wo man ihn kaum erkennen konnte. Für ihn musste sie auch noch dringend eine Lösung finden.

Schließlich stand Jana auf dem Eis.

»Das wäre jetzt toll, wenn ich bei dem herrlichen Wetter um den ganzen See fahren könnte«, sagte sie sehnsüchtig.

»Als Kinder haben wir das oft gemacht«, erinnerte sich Toni. Dann half er Finn aufs Eis.

Er war noch ziemlich wackelig auf den Beinen.

Jana streckte die Hände nach ihm aus, und er griff nach ihr.

»Halte dich an mir fest, Finn.«

»Aber ich falle um«, sagte er ängstlich.

»Und wenn schon. So ein kleiner Sturz ist nicht schlimm«, rief Toni ihm zu. »Das ist uns allen mal passiert.«

»Versuch mal so zu tun, als ob du mit den Schlittschuhen gehen würdest«, forderte Jana ihn auf.

Er versuchte es und sie zog ihn gleichzeitig.

»Ja. Schau mal, so funktioniert das.«

Geduldig zeigte sie ihm die ersten Schritte, und nachdem er einmal gemerkt hatte, dass es gar nicht so schwierig war, und sie ihn gut festhielt, traute er sich schon ein wenig mehr.

»Hey, du machst das richtig gut, Finn!«, rief Toni nach einer Weile. »Schade, dass ich keine Schlittschuhe hier habe, sonst würde ich auch zu euch aufs Eis kommen.«

»Du solltest dir unbedingt welche besorgen, Toni. Damit du mit Finn in Hamburg in einer Eishalle üben kannst.«

»Sollte ich.«

Sie fuhren noch ein paar Minuten, dann merkte Jana, dass Finn die Kräfte verließen.

»Ich denke, das reicht fürs Erste«, sagte sie und brachte ihn zu Toni ans Ufer. Während er ihm die Schlittschuhe auszog, drehte sie auf dem kleinen Stück ein paar Pirouetten.

»Du bist echt gut, Jana«, sagte Toni, und Finn klatschte.

»Danke.«

»Wir sollten langsam zurückgehen. In etwa einer Stunde müssen wir zum Flughafen losfahren.«

Sie kam ans Ufer.

In diesem Moment klingelte ihr Handy. Sie zog die Handschuhe aus und holte es aus der Jackentasche. Eine unbekannte Nummer.

»Ja hallo?«, meldete sie sich.

»Grüß Gott, hier ist Gerti Obermeier. Ich rufe an, wegen der Katze, die Ihnen zugelaufen ist.«

»Guten Tag, Frau Obermeier. Mein Name ist Jana Böhm. Gehört die Katze Ihnen?«, fragte Jana.

Toni und Finn sahen sie neugierig an. Sie stellte das Gespräch laut, damit sie mithören konnten.

»Nein. Mir nicht«, sagte die Frau. »Aber ich glaub, ich kenne sie. Wenn ich mir das Foto genau anschaue, könnte es der Kater von unseren ehemaligen Nachbarn sein.«

»Ehemaligen?«, fragte Jana irritiert.

»Ja. Die sind vor zwei Wochen weggezogen nach Frontenhausen und haben den Kater einfach dagelassen.«

»Was? Wie kann man denn sowas nur tun?«, fragte Jana empört.

»Das waren etwas seltsame Leute. Die haben auch nur zwei Jahre hier gewohnt. Den Kater haben sie sich als kleines Kätzchen letztes Frühjahr geholt.«

»Also ist er noch kein Jahr alt?«

»Ja … also nein. Wir haben versucht, ihn mit Futter anzulocken und einzufangen, den armen Kerl, damit wir ihn ins Tierheim bringen können, aber er hat immer nur kurz draußen was gefressen, und sobald man ihn dann hochheben wollte, ist er immer gleich auf und davon.«

Redeten sie tatsächlich vom selben Kater?

»Und dieser Kater hatte einen kleinen schwarzen Fleck auf der rechten Pfote?«, fragte sie sicherheitshalber nach.

»Genau. Aber seit ein paar Tagen haben wir ihn nicht mehr gesehen.«

»Wo wohnen Sie denn?«, fragte Jana.

Frau Obermeier nannte ihr die Adresse.

»Das ist gar nicht weit weg von hier«, meinte Toni.

Er musste es wohl sein.

»Also gehört der Kater im Moment niemandem?«, fragte Jana.

»Nein. Ich hätte ihn ja gern genommen, aber wir haben zwei Hunde, und die vertragen sich nicht mit Katzen.«

»Na gut. Dann weiß ich Bescheid. Vielen Dank für Ihren Anruf, Frau Obermeier.«

»Gern. Was passiert denn jetzt mit ihm? Bringen Sie ihn ins Tierheim?«

»Ich werde mich darum kümmern, dass der Kater einen schönen Platz bekommt und es ihm gut geht. Darauf können Sie sich verlassen.«

»Danke. Da bin ich froh. Und ich muss mir jetzt wirklich keine Sorgen mehr um ihn machen?«

»Das müssen Sie nicht. Wiederhören, Frau Obermeier.«

»Wiederhören, Frau Böhm!«

Sie legte auf und schüttelte den Kopf.

»Wie kann man nur so was machen? Sich ein Tier anschaffen und es dann einfach zurücklassen?«, brauste Jana wütend auf.

»Unglaublich! Aber gut, dass die Nachbarin sich um das Tier Sorgen gemacht und angerufen hat.«

Jana nickte.

»Ja. Immerhin gibt es doch viele Menschen, die nicht einfach nur wegsehen.«

»Ich muss aufs Klo!«, rief Finn plötzlich. »Ganz schnell.«

»Dann lauf schon mal voran zum Haus. Der Türschnapper ist unten, du kannst rein«, sagte Toni, und der Junge flitzte los.

Jana zog die Schlittschuhe aus. Sie war immer noch stinksauer auf diese Menschen.

»Und was passiert jetzt mit Fleck?«, fragte Toni.

Jana seufzte, während sie in ihre Stiefel schlüpfte.

»Ich nehme den Kater mit zu meinen Eltern. Eine andere Idee habe ich im Moment nicht. Wenn sie den süßen kleinen Kerl sehen, dann werden sie sich sowieso in ihn verlieben und behalten wollen.«

»Danke, dass du das machst, Jana. Irgendwie ist mir dieser kleine Racker inzwischen auch schon ans Herz gewachsen, und ich bin echt froh, wenn er in gute Hände kommt.«

»Jeder hat ein schönes Zuhause verdient, in dem man sich wohlfühlt.«

Sie griff nach der Schaufel und dem Besen.

»Komm, lass uns zum Haus gehen, damit ihr pünktlich wegkommt«, forderte sie ihn auf und marschierte los.

»Jana. Warte!«

Sie drehte sich zu Toni um. Der stand da und sah sie mit einem seltsamen Blick an.

»Was ist denn, Toni?«, fragte sie.

»Ich … ich kann das nicht. Ich kann das einfach nicht«, sagte er plötzlich und schüttelte den Kopf.

»Was kannst du nicht?« Besorgt sah sie ihn an.

»Ich … ich kann Finn nicht hier aus seiner Umgebung reißen. Aus seinem Zuhause, in dem er sich so wohl fühlt. Und wenn ich ehrlich bin, dann will auch ich dieses Haus nicht aufgeben.«

»Toni? Wie meinst du das?«

»Letzte Nacht, da bin ich noch mal auf die Insel rüber.«

Sie verriet ihm nicht, dass sie ihn dabei gesehen hatte.

»Ich weiß schon, es ist absolut kindisch, an so etwas zu glauben, aber ich habe in den Sternenhimmel geschaut und mir gewünscht, dass ich eine Lösung finde, mit der es vor allem Finn gut geht. Und jetzt ist mir klar, was das Beste für ihn ist. Er soll hier aufwachsen. Sicherlich hätte meine Schwester sich genau das gewünscht.«

Völlig verdutzt sah Jana ihn an.

»Du meinst das wirklich ernst?«

»Ja! Dann könnte auch Fleck hier bei uns bleiben. Er scheint sich dieses Zuhause ausgesucht zu haben.«

»Toni …«

»Wir fliegen heute nicht nach Hamburg!«, meinte er entschlossen.

»Und was ist mit deiner Arbeit?«

Er lächelte.

»Das meiste kann ich online auch von hier aus machen. Ich werde meinem Geschäftspartner sagen, dass er eben zukünftig mehr reisen muss. Oder wir stellen noch jemanden ein. Und wenn ich ab und zu doch mal weg muss, dann ...« Er sah Jana an. »... dann hat Finn hier viel mehr Leute, die vielleicht einspringen könnten, um auf ihn aufzupassen, als in Hamburg. Vor allem verlässliche Menschen, die er mag.«

»Die hat er hier ganz bestimmt. Toni ... ich weiß gar nicht, was ich jetzt sagen soll? Sicher ist dir diese Entscheidung ganz schön schwergefallen.«

Zu ihrer Überraschung schüttelte er den Kopf.

»Eigentlich war es letztlich ganz einfach. Früher hätte ich zwar nie gedacht, dass ich je wieder in meine alte Heimat zurückkommen werde, aber jetzt gefällt mir der Gedanke, mit Finn in diesem Haus zu leben. Ich musste ihn einfach nur zulassen. Und dafür brauchte ich wohl ein wenig Zeit.«

Jana lächelte und spürte plötzlich ein leises Flattern in ihrem Magen.

»Mir gefällt der Gedanke auch ganz gut, dass ihr beide hierbleibt.«

»Ach ja?«

Er trat auf sie zu und lächelte.

»Ja«, antwortete sie, und ihr Herz schlug plötzlich schneller.

»Und wenn ich jetzt hierbleibe, dann ist das mit dem Küssen doch bestimmt auch viel unkomplizierter, oder?«, fragte er leise.

»Absolut unkompliziert«, murmelte sie.

»Jana?«

»Ja?«

»Ich glaube, ich möchte nicht nur wegen Finn hierbleiben.«

»Sondern auch wegen Fleck?«, fragte sie, und ihre Stimme war inzwischen ein wenig heiser. »Und Gitti und Paula?«

Er lachte leise.

»Auch, aber nicht nur. Ich möchte mehr Zeit mit dir verbringen und dich noch viel besser kennenlernen.«

Jana lächelte.

»Das möchte ich auch, Toni!«

»Wenn du die Stelle hier wirklich bekommst und wieder nach Bodenmais ziehst, wär das toll. Aber auch wenn du noch in München bleibst, wäre die Entfernung ja nicht so weit und …«

»Ich will auf alle Fälle wieder zurück. Irgendeinen Job finde ich hier sicher in der Gegend«, unterbrach sie ihn. Diese Entscheidung hatte sie bereits getroffen.

»Ganz schön verrückt das alles gerade«, sagte er mit einem Grinsen.

Sie nickte.

»Und wie!«

»Jana?«

»Ja?«

»Ich würde wirklich gern wissen, wie es ist, dich zu küssen.«

Inzwischen schlug ihr Herz bis zum Hals.

»Dann rede nicht so viel und küss mich endlich!«, flüsterte sie mit einem Lächeln.

Toni zog Jana an sich, und ihre kalten Lippen berührten sich. Ihr erster Kuss war vorsichtig, langsam und süß.

Er löste sich wieder von ihr.

»Es fühlt sich gut an«, murmelte er heiser.

Sie nickte.

»Finde ich auch.«

»Vielleicht ...«

Bevor er weitersprechen konnte, küsste sie ihn erneut. Und diesmal war der Kuss leidenschaftlicher und sinnlich, und Jana hatte das Gefühl, die Welt würde plötzlich auf dem Kopf stehen.

»Was macht ihr denn da?«, rief Finn, der nur ein paar Meter von ihnen entfernt stand.

Erschrocken lösten sie sich voneinander.

»Finn wir ... äh ...« Jana suchte nach den richtigen Worten.

»Ihr habt euch geküsst!« Offenbar wusste er nicht, ob er sich darüber freuen oder es eklig finden sollte.

»Stimmt. Wir haben uns geküsst, Finn. Und weißt du warum?«, fragte Toni.

»Weil ihr euch lieb habt?«, fragte er.

»Ich ... ich denke schon!«, antwortete Jana etwas ausweichend. Schließlich war das alles völlig überraschend gekommen und noch ganz frisch. Sie mussten beide erst herausfinden, ob sich tatsächlich etwas daraus entwickeln konnte. Doch insgeheim wünschte Jana sich, dass genau das passieren würde.

»Jana und ich mögen uns echt gern. Aber wir haben uns auch deswegen geküsst, weil wir uns sehr gefreut haben. Es gibt nämlich eine große Überraschung, Finn«, sagte Toni.

»Was denn?«

»Du hast dir doch gestern auf der Insel im Weihnachtssee ganz fest gewünscht, dass du hierbleiben darfst.«

Finn nickte.

»Das hab ich.«

»Und stell dir vor. Jana hat recht gehabt. Es hat tatsächlich nichts ausgemacht, dass da Wolken am Himmel waren.«

»Natürlich hab ich das!«, sagte Jana lächelnd.

»Dein Wunsch geht in Erfüllung, Finn. Wir bleiben hier in diesem Haus.«

Finn starrte seinen Onkel ungläubig an. Dann schaute er zu Jana.

»Stimmt das, Jana?«

»Ja. Finn. Das stimmt.«

»Und dann darf ich auch hier wieder in den Kindergarten gehen?«

»Darfst du!« Toni lächelte.

Mit einem Mal strahlte Finn übers ganze Gesicht und umarmte seinen Onkel.

Toni hob ihn hoch und drückte ihn an sich. Dann legte er auch noch einen Arm um Jana, und sie lächelten sich an. Zu dritt standen sie am Ufer des Weihnachtssees, der auf wundersame Weise ihre Wünsche erfüllt hatte.

Was für ein besonderes Weihnachten!, dachte Jana. In Gedanken schickte sie ein riesiges Dankeschön an ihre Schwester. Ohne das überraschende Geschenk an ihre Eltern mit der Reise nach Ägypten, über das Jana sich zunächst so geärgert hatte, weil sie nicht dabei sein konnte, wäre Jana niemals hier in diesem Haus gelandet. Sie hätte nicht endgültig mit ihrer Vergangenheit mit Stephan abschließen, ein Geheimnis lüften und mit Gitti und Paula Familienmitglieder kennenlernen können. Und vor allem wäre sie Toni nicht wieder begegnet, den sie zusammen mit seinem Neffen und Kater Fleck in den letzten beiden Tagen in ihr Herz geschlossen hatte.

EPILOG

Ein Jahr später

In diesem Jahr fand die Bescherung an Heiligabend wieder im Haus von Almut und Franz statt. Auch wenn ihm die Nilkreuzfahrt und der Strandurlaub in Hurghada im letzten Jahr zu seiner eigenen Überraschung gefallen hatten, fühlte er sich doch viel wohler, Weihnachten gemütlich in seiner Heimat zu verbringen. Und so saß Franz glücklich mit einem Glas Rotwein auf dem Sofa und freute sich über das fröhliche Treiben um ihn herum.

Almut und Jana probierten gerade die flauschigen neuen Bademäntel an, die Christa ihnen zusammen mit einem Gutschein für ein baldiges Mutter-Schwestern-Wellness-Wochenende geschenkt hatte. Toni und Franz würden währenddessen gemeinsam auf Elina und Finn aufpassen und hatten dafür schon jetzt einige spannende Aktivitäten geplant.

Die beiden Kinder, die inzwischen unzertrennlich waren, knieten mit roten Wangen neben dem Weihnachtsbaum und setzten die Teile für ein Lego-Piratenschiff zusammen. Franz hätte nicht gedacht, dass sich sein Wunsch nach einem weiteren Enkel so schnell erfüllen würde. Doch nach der Hochzeit von Jana und Toni im vergangenen September gehörte der Kleine nun auch ganz offiziell zur Familie.

Einzig die Tatsache, dass es in diesem Jahr keinen traditionellen Gänsebraten mit Blaukraut und Knödeln gab, fand Franz etwas bedauerlich. Doch für das Abendessen war etwas anderes geplant.

»Wir sollten uns dann langsam mal auf den Weg machen, Toni«, sagte Jana, die ihren neuen Bademantel zu den anderen Geschenken gelegt hatte.

»Sollten wir. Könnt ihr Finn bei euch im Auto mitnehmen, wenn ihr später nachkommt?«, bat Toni seine Schwägerin.

»Klar!«, antwortete Christa. »Wann sollen wir denn da sein?«

»Es reicht, wenn ihr in einer halben Stunde losfahrt!«, sagte Toni. »Aber vergesst nicht, euch ganz warm einzupacken.«

Um das Haus am See war alles festlich mit Fackeln beleuchtet, und überall standen große Weckgläser mit Kerzen im Schnee. Neben der Scheune waren mehrere Stehtische neben einer bunt geschmückten Tanne aufgebaut, und es gab sogar eine Schneebar, hinter der Jana stand und schon mal Gläser auf einem Tablett bereitstellte. Unter dem Tisch befand sich eine Box mit den Geschenken für die Gäste. Darunter auch Fotobücher mit den Bildern, die Jana letztes Weihnachten gemacht hatte. Für Georgios hatte sie eine digitale Ausführung, die sie ihm später noch per Mail schicken würde.

Über einer Feuerschale hing ein Kessel mit Hähnchen-Gulasch, das vor sich hin köchelte. Toni rührte um und kam dann mit dem Löffel zu Jana.

»Magst du mal probieren?«, bat er und hielt ihr den Löffel hin.

»Igitt. Das ist ja total versalzen!«, rief sie und verzog das Gesicht.

»Was?«

»Das kann man nicht essen.«

»Echt?«, fragte er erschrocken und probierte ebenfalls einen Löffel voll.

»Du Schwindlerin!«, rief er dann, und sie begann zu lachen.

»Weil du dich aber auch die ganze Zeit so verrückt machst, Toni. Wir haben den halben Tag alles super vorbereitet, und das Hähnchen-Gulasch ist toll. Sie werden es lieben! Genau wie die Stockbrote und die Bratwürstchen.«

»Meinst du?«

»Klar.«

»Und denkst du, das reicht auch alles?«

»Hungern muss heute ganz sicher niemand hier, Schatz. Jetzt entspann dich mal.«

Sie schlang die Arme um seinen Hals und küsste ihn ganz innig. Schließlich löste er sich von ihr und lächelte.

»Heute vor einem Jahr hätte ich nicht gedacht, dass ich noch einen weiteren Heiligabend hier in diesem Haus erleben werde«, sagte er. »Aber hierzubleiben war die beste Entscheidung meines Lebens.«

»Das finde ich auch!«, stimmte Jana zu.

»Vor allem kann ich kaum glauben, wie toll Finn sich inzwischen entwickelt hat. Natürlich vermisst er seine Mama noch, aber er fühlt sich mit seiner neuen Familie ziemlich wohl.«

»Und wir werden alles tun, dass es auch so bleibt.«

In diesem Moment kam Fleck durch den Schnee auf die beiden zugeflitzt. Jana gab ihm ein paar Leckerlies, die sie extra in ihre Jackentasche gesteckt hatte, bevor er über seine Katzenklappe ins Haus verschwand.

»Ich bin so froh, dass wir den Kater auch adoptiert haben«, sagte Toni.

»Ich glaube ja eher, dass er sich uns ausgesucht hat«, meinte Jana.

»Oder so.«

Toni lachte.

»Hey, endlich. Da kommt jemand!«, rief Jana.

Und tatsächlich fuhr ein Auto nach unten zum Haus. Gitti, Paula, Markus und seine beiden Söhne Jonas und Linus stiegen aus.

»Frohe Weihnachten!«, riefen alle durcheinander, als sie mit Geschenken auf Toni und Jana zugingen.

Ein weiteres Auto folgte kurz darauf.

»Schön, Franz und Almut kommen auch schon mit Christa und den Kindern!«, rief Gitti und drückte Jana eine Dose in die Hände. »Das sind Melomakaronas. Georgios hat mir das Rezept geschickt.«

»Super. Danke. Wie geht es ihm denn?«, fragte Jana.

»Er hat ziemlich viel zu tun mit seinem neuen Job als Entremetier«, mischte Paula sich ein. »Aber er mag das ja. Nur unseren Chor vermisst er ziemlich. Vielleicht kann jemand von euch ja später bei der Mitternachtsmette eines der Lieder von uns mit dem Handy mitfilmen und ihm schicken?«

»Gute Idee, darüber würde er sich bestimmt sehr freuen«, meinte Gitti. »Sicherlich wird Stephan auch nichts dagegen haben.«

Er und Veronika waren inzwischen Eltern einer zauberhaften kleinen Tochter geworden.

»Bestimmt nicht!«, beteuerte Paula.

»Na gut. Darum kümmere ich mich!«, versprach Toni.

»Schade, dass Tante Wally heute nicht dabei ist«, sagte Almut. »Es wäre schön, wenn sie auch mit uns feiern würde.«

»Du weißt ja, wie wichtig ihr die Weihnachtsfeier im Seniorenheim ist. Sie wird wieder die Weihnachtsgeschichte vorlesen«, sagte Jana. »Und außerdem ist sie ja morgen Mittag beim Essen dabei.«

Eine halbe Stunde später standen sie um die Stehtische herum und ließen sich Hähnchen-Gulasch, Würstchen und Stockbrote schmecken, die Finn und Elina zusammen mit den Zwillingen begeistert über das Feuer hielten. Dazu gab es Glühwein und Kinderpunsch, Bier und Limonade, sowie einen Weihnachts-Cocktail, den Markus extra für diesen Abend kreiert hatte. Und zum Nachtisch machten sie sich über die griechischen Plätzchen und Christas Baumkuchen her.

»Also, es ist zwar kein Gänsebraten mit Blaukraut und Knödeln, aber ich muss sagen, das schmeckt mir auch ausgesprochen gut«, meinte Franz und holte sich noch ein wenig Nachschlag.

»Manchmal ist es gar nicht so verkehrt, die Traditionen ein wenig zu brechen und was Neues auszuprobieren«, sagte Gitti.

Nach reiflichen Überlegungen war sie tatsächlich in die Einliegerwohnung ins Haus von Markus und Paula gezogen. Und alle kamen bestens mit der neuen Situation klar. Für ein Haustier hatte Gitti sich allerdings doch nicht entschieden, weil sie neben der Arbeit im Friseursalon zu viel unterwegs war. Sie verstand sich super mit den Zwillingen, die ihren Vater ab und zu besuchten.

Und in der Gesellschaft ihrer erweiterten Verwandtschaft schienen auch Linus und Jonas sich wohlzufühlen.

»Schön, dass du heute wieder die Ohrringe von Isabella trägst«, sagte Paula und lächelte Jana zu.

»Die gehören für mich nun unbedingt zu Weihnachten dazu«, meinte Jana. Durch sie waren sie schließlich auf das Geheimnis ihrer bisher unbekannten Verwandtschaft gekommen. Tatsächlich hatte sich durch den DNA-Test herausgestellt, dass Paula, Gitti und Franz denselben Großvater hatten und dadurch Cousin und Cousinen waren.

»Apropos Ohrringe. Das ist das Stichwort!«, meinte Gitti vergnügt und nickte ihrer Schwester zu.

Paula grinste und holte eine Mappe aus einer großen

Tasche heraus, die sie Franz reichte. »Wir haben auf dem Speicher einen Karton gefunden, in dem einige Briefe waren, die unser Großvater Peter von seiner heimlichen großen Liebe Anna, deiner Großmutter, Franz, bekommen hat.«

»Ein paar Fotos sind auch dabei. Von ihrer gemeinsamen Tochter Luise als Kind«, fügte Gitti noch hinzu.

»Wie traurig, dass die beiden ihre Liebe niemals offen leben konnten«, meinte Almut und seufzte.

»Trotzdem sollten wir froh sein, dass die beiden diese Affäre hatten. Sonst wären Papa, Jana, Elina und ich gar nicht da«, fand Christa in ihrer pragmatischen Art.

»Stimmt! Darauf sollten wir trinken!«

Sie stießen auf Peter und Anna an!

»Wie wär's mit einem gemeinsamen Weihnachtslied?«, schlug Almut vor.

»Wenn's sein muss!«, sagte Christa, und Jana grinste.

Nach *Alle Jahre wieder* und *O du fröhliche* fragte Toni:

»Wer von euch hat Lust, mit auf die Insel im Weihnachtssee zu kommen, um sich was zu wünschen?«

Der kleine See war zugefroren, und der Himmel war sternenklar in dieser Weihnachtsnacht. Und Jana war nicht darüber verwundert, dass alle mitkommen wollten.

Danksagung

Von Herzen ein ganz dickes Dankeschön an alle, die an der Entstehung des Romans beteiligt waren oder mich auf eine andere Weise in meiner Arbeit unterstützen. Ihr seid alle ganz wunderbar!

In alphabetischer Reihenfolge sind dies:

Alexandra, Redakteurin
Anna-Lisa, Lektorin
Blanvalet Verlag, das gesamte Team
Carolin, Schwiegertochter
Christian, befreundeter Kollege
Christina, Agentin
Elfriede, Mama
Elias, Sohn
Elisa, Bloggerin
Enrica, Freundin von Elias
Felix, Sohn
Franka, Agentin
Ingeborg, Buchhändlerin
Johannes, Grafikdesigner

Jojo, Autorenkater
Leon, Enkel
Lucky, Autorenkater
Max, Illustrator

Und ein besonderes DANKE geht natürlich an alle meine treuen Leserinnen und Leser, Bloggerinnen, Buchhändlerinnen und Buchhändler und Büchereien!

Ich freue mich immer sehr über all eure Nachrichten und Rückmeldungen, die mich auf verschiedenen Wegen erreichen, und versuche sie nach Möglichkeit zeitnah zu beantworten.

Rezepte:

Gefüllte Fladen

(in verschiedenen Varianten,
für 4–6 Fladen je nach gewählter Größe)

Zutaten:

Für den Teig:
200 g Mehl (+ extra zum Ausrollen)
½ TL Salz
1 EL Olivenöl
150 g Joghurt
1 kleine Knoblauchzehe fein gerieben
½ TL Backpulver

Für die Füllung:

Variante Hawaii:
Kochschinken, geriebener Emmentaler,
kleine Ananasstücke

Variante Tomate:
Camembert, Tomaten, Knoblauch

Reichlich Sonnenblumenöl zum Ausbacken
Etwas Butter zum Bestreichen

Zubereitung:

Alle Zutaten für den Teig vermischen und ein paar Minuten zu einem geschmeidigen Teig kneten. Im Bedarfsfall noch ein wenig mehr Mehl hinzugeben. Den Teig zu einer Kugel formen und mit einer Folie abdecken. Dann für mindestens eine halbe Stunde, besser noch etwas länger, ruhen lassen.

Den Teig nach der Ruhezeit noch mal gut durchkneten. Je nachdem, wie groß man die Fladen haben möchte, in 4–6 Stücke teilen und zu dünnen Fladen ausrollen. Dann mit den Zutaten nach Wahl belegen. Die Ränder leicht mit etwas Wasser anfeuchten, den Fladen vorsichtig zusammenklappen und die Ränder gut zusammendrücken.

Fett in einer Pfanne erhitzen, und die Fladen von beiden Seiten langsam goldbraun ausbacken. Kurz auf Küchenkrepp abtropfen lassen und dann mit etwas Butter bestreichen.

Beim Befüllen der Fladen sind keine Grenzen gesetzt, man kann sie zum Beispiel auch mit angebratenen roten Zwiebelringen und Tiroler Speck und Bergkäse befüllen, oder mit gekochten Gemüseresten.

Werden die Fladen ohne Füllung in heißem Fett gebacken, sind sie eine leckere Beilage zu einem Curry.

Markus' Glühweingulasch

Für 5–6 Personen

Zutaten:

1 kg Rindergulasch, in 2 bis 3 cm großen Würfeln
Öl zum Anbraten
800 g Zwiebeln, rot und weiß gemischt
2 rote Paprikaschoten
4 Knoblauchzehen
½ l Glühwein
500 ml Gemüsebrühe oder Wasser
5 EL Tomatenmark
Salz
Pfeffer
2 TL Paprika Pulver süß
1 TL Paprika Pulver rosenscharf
(falls gewünscht, ansonsten 3 TL Paprika Pulver süß)
1 Lorbeerblatt
½ Zimtstange
½ TL gemahlener Kümmel
½ TL Zimt
Frisch gehackte Petersilie
Etwas Sahne oder Schmand (optional)

Zubereitung:

Zwiebeln und Paprika in kleine Würfel schneiden. Den Knoblauch fein hacken. Das Fleisch von allen Seiten in heißem Fett anbraten und mit Salz, Pfeffer und Paprikapulver würzen. Zwiebeln, rote Paprika und Knoblauch dazugeben und noch kurz mit anbraten. Dann Tomatenmark unterrühren und zuerst mit Glühwein, danach mit der Brühe aufgießen. Lorbeerblatt, Zimtstange, Kümmel und Zimtpulver dazugeben und köcheln lassen, bis das Fleisch weich und die Soße sämig ist. Bei Bedarf noch etwas Flüssigkeit (Glühwein oder Brühe) hinzugeben und noch mal gut abschmecken. Wenn man das Gulasch richtig scharf mag, kann man zusätzlich noch eine scharfe Peperoni hinzugeben.

Wer möchte, kann zum Schluss noch etwas Sahne oder Schmand ins Gulasch geben.

Mit frisch gehackter Petersilie bestreut servieren.

Dazu passen gut Kartoffeln oder Spätzle – oder einfach nur Schwarzbrot oder Baguette.

Melomakarona – griechische Plätzchen

Zutaten:

Für den Sirup:
250 ml Wasser
280 g Zucker
2 ungespritzte Orangen (eine halbiert)
1 Zimtstange
1 Sternanis
100 g Honig (später hinzufügen)
Etwas Zitronenabrieb (optional)

Für den Teig:
500 g gesiebtes Mehl (Weizen oder Dinkel)
50 g Puderzucker gesiebt
1 Päckchen Vanillezucker
1–1 ½ TL Zimt
1 Messerspitze Nelkenpulver
100 ml Sonnenblumenöl
100 ml Olivenöl
100 ml frischer Orangensaft
2 TL Backpulver

Ca. 10 Walnüsse gehackt zum Bestreuen

Zubereitung:

Zuerst den Sirup vorbereiten. Wasser, Zucker, Zimtstange, Sternanis, halbierte Orange und Abrieb einer weiteren Orange (deren frischen Saft man noch für den Teig braucht) ca. 10–15 Minuten in einem Topf köcheln lassen. Die Flüssigkeit etwas abkühlen lassen; sie soll nicht mehr zu heiß sein, wenn der Honig hinzukommt, damit er sein feines Aroma behält.

Sirup nach dem Abkühlen in den Kühlschrank stellen. Vor der Verwendung abgießen.

Für den Teig zunächst die trockenen Zutaten (ohne Backpulver) und Gewürze miteinander vermischen.

Das Backpulver in Orangensaft auflösen. Dieses Gemisch zusammen mit dem Öl und den anderen Zutaten verrühren. Wichtig: Nur ganz kurz verkneten, bis die Zutaten miteinander vermengt sind.

Ein Backblech mit Backpapier auslegen und den Ofen auf ca. 180 Grad vorheizen.

Aus dem Teig lauter kleine Laibchen formen und mit einer Gabel oder einem feinen Gitter ein Muster in den Teig drücken (damit der Sirup nach dem Backen besser aufgesaugt werden kann).

Ca. 20–25 Minuten goldbraun backen. Noch heiß ganz in den Sirup tauchen und auf einem Gitter abtropfen lassen. Die fein gehackten Walnüsse darüber streuen. Wer möchte, kann auch andere Nüsse (Haselnüsse, Pistazien oder Mandeln) verwenden.

Es war das erste Mal, dass ich dieses Gebäck gemacht

habe, und ich habe dabei ein wenig mit den Zutaten experimentiert. In manchen Rezepten, die ich gefunden habe, wurden im Teig Gries oder/und Metaxa oder Rum verwendet. Wir fanden diese Variante richtig lecker. Die Melomakaronas wird es bei uns zukünftig definitiv öfter geben.

Hasenöhrl

Schmalzgebackenes
(süße Variante)

Zutaten:

300 g Mehl + etwas Mehl für die Arbeitsfläche
80 g geschmolzene Butter
1 Ei
60 g Zucker
1 Päckchen Vanillezucker
1 Prise Salz
100 g Frischkäse
Etwas Abrieb einer unbehandelten Zitrone

Reichlich Fett zum Ausbacken

Puderzucker zum Bestreuen

Die Zutaten zu einem geschmeidigen Teig kneten. In den meisten Rezepten wird Sauerrahm verwendet. Ich habe stattdessen Frischkäse (Balance) genommen, was auch gut funktioniert hat. Den Teig für ca. ½ Stunde in den Kühlschrank stellen. Danach den Teig auf einer bemehlten Arbeitsfläche dünn ausrollen. Längliche Dreiecke oder verschobene Rauten schneiden – oder welches Muster man immer gerne haben möchte.

Öl in einer tiefen Pfanne erhitzen (die Hasenöhrl müssen schwimmen!), den Teig vorsichtig ins Fett geben und auf beiden Seiten goldgelb ausbacken. Auf ein Küchenkrepp geben, damit das überschüssige Fett aufgesaugt wird.

Mit Puderzucker bestreuen und servieren.

Für eine herzhafte Variante den Zucker/Vanillezucker und Zitronenabrieb weglassen und stattdessen noch eine weitere Prise Salz hinzufügen.

Weihnachtliches Schwarzwälder-Kirsch-Tiramisu

Zutaten:

1 Packung Biskuitstangen
1 Glas Sauerkirschen
1–2 Stamperl Kirschgeist (optional)
3 Becher Schlagsahne (600 ml)
150 g Schokoladenkuvertüre (zartbitter)
Ca. 30–50 g Zartbitterschokolade für die Deko
2 TL Zimt
1 Päckchen Vanillezucker
2 Päckchen Sahnesteif
1 EL Zucker

Zubereitung:

Als Erstes die Schokoladencreme zubereiten (am besten schon am Vortag).

300 ml Sahne in einem Topf erhitzen – nicht kochen lassen! Den Topf vom Herd nehmen und die in Stücke zerkleinerte Schokokuvertüre unter Rühren in der Sahne schmelzen lassen. Dann Zimt hinzugeben. Zum Abkühlen mehrere Stunden in den Kühlschrank stellen.

Die Sauerkirschen in einem Sieb abtropfen lassen. Wer möchte, kann Kirschgeist oder Rum in den Saft geben.

300 ml Schlagsahne mit je einem Päckchen Vanillezucker und Sahnesteif sowie 1 EL Zucker steif schlagen.

Das Schoko-Sahnegemisch aus dem Kühlschrank holen und ebenfalls mit 1 Päckchen Sahnesteif aufschlagen. Falls es zu fest ist, kann man noch ein paar Löffel flüssige Sahne dazugeben.

Eine Reihe Biskuitstangen in eine Auflaufform schichten. Diese mit dem Kirschsaft beträufeln und einen Teil der Sauerkirschen darüber geben. Mit einer Spritztülle abwechselnd Schokoladensahne und Sahne aufspritzen, so dass es ein schönes Muster ergibt.

Eine weitere Lage Biskuitstangen darauf schichten. Diese wieder mit Kirschsaft beträufeln, Kirschen verteilen und mit Schokoladensahne und Sahne, den restlichen Kirschen und geriebener Zartbitterschokolade dekorieren. Wer es sehr weihnachtlich mag, kann noch etwas Zimt darüber streuen.

Am besten vor dem Verzehr noch mal gut im Kühlschrank durchziehen lassen.

Tante Ellys Taler

Zutaten:

250 g Mehl
250 g weiche Butter
100 g Puderzucker
(und noch ein wenig zum Bestreuen)
1 Päckchen Vanillezucker
50 g Schokopuddingpulver
50 g Vanillepuddingpulver

Zubereitung:

Für den ersten Teig 125 g Butter mit 50 g Puderzucker und ½ Päckchen Vanillezucker cremig aufschlagen. Dann 125 g Mehl und das Vanillepuddingpulver vermischen und portionsweise unterrühren. Den Teig in Frischhaltefolie wickeln und ca. 1 Stunde kühl stellen.

Mit den restlichen Zutaten in gleicher Weise den dunklen Teig herstellen und ebenfalls in Frischhaltefolie gewickelt in den Kühlschrank stellen.

Den jeweiligen Teig nach der Kühlzeit in drei gleichgroße Teile teilen und zu je drei Rollen formen. Je eine Rolle des Vanille- und Schokoteiges aneinanderlegen und zu einer einheitlichen Rolle rollen. Dabei können sich die unterschiedlichen Teige gern verdrehen.

Dann schneidet man von der Rolle kleine Stücke ab und formt diese zu kleinen Kugeln, die man auf ein mit Backpapier ausgelegtes Backblech legt. Die Plätzchen gehen nicht auf, so dass man eine gute Menge auf ein Backblech bekommt.

Die Teigkugeln mit einer Gabel flach drücken, damit ein schönes Muster entsteht, und die Gabel langsam abziehen.

Die Plätzchen bei 160 Grad Umluft für ca. 10 Minuten backen. Nach dem Rausnehmen mit Puderzucker bestreuen und abkühlen lassen, da sie sonst zerbrechen.

An dieser Stelle möchte ich mich ganz herzlich bei Elisa bedanken, die mir dieses Rezept für den Roman zur Verfügung gestellt hat.

Elisa hat in den letzten Jahren auf ihrem tollen Blog www.RoRezepte.com (Romanrezepte) schon viele meiner Bücher rezensiert und Rezepte daraus nachgekocht und mit tollen Fotos vorgestellt. Auch dafür ganz lieben Dank!

Dimpferl in verschiedenen Variationen

Zutaten für Teig:

500 g Mehl
½ TL Zucker
250 ml warmes Wasser
1 Packung Trockenhefe
50 g geschmolzene Butter
1 Ei
1 TL Salz

Zutaten für die Füllung:

(Variante Hackfleisch/Weißkraut)
500–600 g Hackfleisch
¼ Weißkrautkopf
1 Zwiebel
Salz
Pfeffer
Petersilie frisch gehackt
Öl zum Anbraten

Zutaten für die Soße:

500–600 ml Gemüsebrühe
1 Becher Sauerrahm
1 EL mittelscharfer Senf
Salz und Pfeffer

Zubereitung Teig:

Die Butter in kleine Stücke zerteilen und in 250 ml warmem Wasser schmelzen und abkühlen lassen, bis die Flüssigkeit lauwarm ist. Dann die Hefe und den Zucker einrühren, über die Hälfte des Mehls dazugeben und kurz verrühren. Mit einem Tuch abdecken und an einem warmen Ort etwa eine halbe Stunde gehen lassen. Danach das restliche Mehl, Salz und Ei hinzugeben und zu einem geschmeidigen Teig verarbeiten. Bei Bedarf noch etwas Mehl hinzugeben. Eine weitere halbe Stunde abgedeckt gehen lassen.

Zubereitung Füllung:

Währenddessen das Weißkraut in feine Streifen schneiden und die Zwiebel fein hacken. Ein paar Minuten in heißem Öl anbraten, dann das Hackfleisch hinzugeben, weiter anbraten und mit Salz und Pfeffer würzen. Frische gehackte Petersilie darüber streuen und zur Seite stellen.

Den Teig in ca. 8–10 Stücke teilen, zu etwa handgroßen etwas dickeren Fladen ausrollen, mit der Hackfleisch-Krautmischung füllen und zu Bällen formen. Da nicht alle gefüllten Dimpferl in einen einzigen Topf nebeneinander gepasst haben, habe ich zweierlei Varianten daraus gemacht:

(Weiche Variante im Topf): Fünf gefüllte Dimpferl habe ich in einen großen Topf mit heißer Gemüsebrühe – vermischt mit Sauerrahm, Senf, etwas Salz und Pfeffer – gesetzt und mit einem Deckel abgedeckt. Die Dimpferl ca. 20–25 Minuten bei geschlossenem Deckel und niedriger Hitze leicht köcheln/dämpfen lassen.

Vor dem Servieren noch etwas frische Petersilie dazugeben.

(Variante mit Kruste im Backofen): Butter in eine Bratraine geben, die Dimpferl hineinsetzen und in den Ofen schieben. Ca. 20–25 Minuten bei 200 Grad backen, bis eine goldbraune Kruste entsteht. Dazu passen Sauerrahm und Salat.

Falls noch etwas von der Füllung übrigbleibt, kann man diese einfach als warme Beilage mit servieren.

Ich habe auch noch andere Varianten mit den Dimpferl im Ofen ausprobiert: Mit angebratenem Hackfleisch und Zwiebeln und Knoblauch, Tomatenstücken und Sandwichkäse gefüllt (ähnlich wie Burger) und dazu gab es Ketchup und Majo und Salat.

Eine Variante habe ich mit Soße Bolognese (diese darf nicht zu flüssig sein) und reichlich Parmesan gefüllt. Dazu gab es Tomate-Mozzarella als Beilage.

Man kann die Dimpferl auch mit Chili con Carne (oder sin Carne) füllen und mit Käse überbacken in einer leichten Tomatensoße – und dazu Schmand und Salat als Beilage reichen.

Weitere Varianten möchte ich noch ausprobieren. Wer sich die Arbeit nicht machen möchte, viele einzelne Kugeln zu füllen, kann den Teig auch (wie bei einem Strudel) in drei Stücke teilen, ausrollen und nach Geschmack befüllen. Dann jeweils zu einem Strudel rollen und nebeneinander in etwas Brühe (oder Tomatensoße) in eine große Bratraine setzen und ca. 30 Minuten backen.

Ich wünsche euch viel Spaß beim Nachkochen und Nachbacken der Gerichte. Und wie immer gilt: Der eigenen Kreativität sind keine Grenzen gesetzt.